KB092208

전장에

핀

무궁화

(下)

차례

서문

햇살이 따사롭다.

글을 쓰다가 뭔가 떠오르지 않을 때는 일어나서 작은 거실을 서성인다. 밖을 내다보니 3월 한낮의 화사한 햇살은 대지에 가득하고 저 멀리 산 위의 소나무 숲은 늘 푸르름을 자랑하고 있다.

우연히 이 글에 매달렸다. 3년이란 세월을 밥 한 숟갈 떠먹고는 글에 매달렸다. 원래 내 의지와는 다른 방향으로 흘러간 것 같다.

논개의 애틋한 사랑을 나름대로 개작해서 이 세상에서 가장 고매하고 아름다운 사랑으로 그려보려고 이것저것 자료를 찾던 중 '임진왜란'이 한눈에 들어왔다. 자료를 읽다가 나는 통분함을 금치 못했다. 이럴 수가….

우리나라 사람이라면 임진왜란에 관해선 전혀 낯설진 않을 것이다. 그러나 어느 특정 부분에 한해서일 것이다. 이순신 장군의 통쾌한 승리라든가 진주대첩이라든가.

임진왜란은 역사상 우리나라가 겪은 전란 중 가장 비참하고 조선 땅을 폐허로 만든 전쟁이다. 조선 민족의 수난은 말할 수 없었으며, 헤아릴 수 없을 만큼 많은 백성들이 왜(倭)들의 총칼 아래 목숨을 잃었고, 그도 모자라 죄 없는 우리 백성들이 일본으로, 포르투갈로 끌려갔다. 그 중 도공과 인쇄공, 학자들을 끌고 가 이들이 가진 기술을 활용하여 미개했던 섬나라 일본이 큰 발전을 했다.

수백 년이 지나간 지금은 그 누구도 그때의 쓰라렸던 과거를 굳이 떠올리고 싶지도 않을 뿐더러 알려고 하지도 않을 것이다. 그저 기억하기 싫은 가슴 아픈 우리 조상들의 역사 속의 한 페이지로 남아 있을 뿐이다.

단재 신채호 선생은 “영토를 잃은 민족은 재생할 수 있어도 역사를 잃은 민족은 재생할 수 없다.”라고 했다. 그처럼 내가 태어난 내 나라 사람이라면 기본적인 역사 정도는 마땅히 알아야 하며, 더불어 옛 선열들의 값진 피로 이룩한 내 나라를 감사해 하며 사랑할 줄 알아야 할 것이다.

전반적으로 우리나라 사람들, 아니 저 자신부터 역사에는 무관심하면서 무턱대고 자기 나라를 비하하는 경향이 많다.

고대로 거슬러 올라가 동아시아 세계에서 민족과 국가를 보존한 나라는 우리나라뿐이다. 수많은 민족들이 나타났다가 사라져 갔다. 예외적으로 일본이 있다지만, 일본은 동아시아 세계에 포함시킬 수 없는 변방의 섬나라로서 동아시아 세계의 영향권 밖에서 생존한 민족일 뿐이다.

일찍이 왜구의 침입, 몽골의 40여 년간의 침범 속에서도 거뜬히 살아남은 백의민족이, 과거 세계열강 속에서 지금까지 어떻게 건재해 왔으며, 얼마나 위대한 민족이었는지 알아야 할 의무가 있다.

그런가 하면 이 글을 쓰기 위해 자료를 찾던 중 젊은 세대들이, 과거 일본과 우리나라와의 관계에 대해 꼭 알고 싶다는 글을 수차 본 적이 있다. 한편 반가웠다. 그래도 자국의 역사에 관해서 이처럼 궁금해 하는 젊은이들도 있다는 것을 생각하니 마음 한편 흐뭇했다.

이제 부족하게나마 논개의 애틋한 사랑을 전 작품에 녹여, 임진왜란이 발발하던 1592년 4월 13일(음력) 10만 대군을 이끌고 부산 앞바다에 쳐들어온 왜군들을, 부산진성의 정발 장군에 이어 동래성 송상현 장군 등의 충의에 불타는 우리 장군들과 백성들이, 내 나라 내 땅 조선을 지키기 위해 목숨도 아끼지 않았던 가슴 절절한 전쟁사(戰爭史)를 연대순(年代順)으로 엮어보았다.

이 글을 쓰게 해주신 하나님께 감사드리며

권명애

\- 1 -

우국충정(憂國衷情)

일본이란 나라는 조선과는 가깝고도 먼 나라였다. 신라 문무왕은 죽어서도 왜구를 막기 위해 자신의 무덤을 동해 바다에 만들라는 유언을 남길 정도로 예부터 왜구는 조선에 기어들어와 갖은 약탈과 악랄한 짓을 감행했다. 왜구는 경상도와 전라도 해안뿐만 아니라 충청도와 강원도 내륙 깊숙이 들어와서 40년 이상 온 강토를 유린했다. 왜구가 조선에 끼친 악영향은 지대했으며, 그것도 모자라 이젠 왜군들이 공공연히 조선 땅에 쳐들어와 이처럼 처참한 전쟁의 도가니 속으로 몰아넣었다. 예부터 조선은 왜인들에게 너무 많은 피해를 당하고 살아왔다. 항상 피해를 보는 쪽은 조선이고, 악연을 만드는 쪽은 일본이었다.

고려 말 공민왕(1351년)이 즉위할 즈음 해안은 왜구의 침입으로 편할 날이 없었다. 그 당시만 해도 고려인들은 배를 다룰 줄 몰랐다. 적이 바다에 와서 들끓어도 고려인들은 그저 멍하니 해안을 바라보고 있는 게 고작이었다. 그때서야 고려는 수군이 필요하다는 것을 통감했다. 그 후 공민왕 3년(1352년)에 수군 제도를 마련했으며 해안가에는 성을 쌓고 경비를 강화했다.

이처럼 14세기 후반에 극심하던 왜구의 노략질은 1376년 7월에 공주를 함락하고 이어 연산(논산)에 쳐들어와 박인계와 싸우다 그마저 전사했다. 이 소식을 들은 최영이 61세의 노구로 자신이 나서겠다고 하자 우왕과 여러 장군들이 말리니 "몸은 비록 늙었으나 뜻은 쇠하지 않았다. 다만 사직(社稷)을 평안히 하고 경성을 호위하고자 하는 것뿐이다"라며 뜻을 굽히지 않았다.

이에 최영이 홍산에 이르니 왜구들은 벌써 삼면이 모두 절벽이고 오직 한 길만이 통할 수 있는 곳에 진을 치고 있었는데, 모든 장수가 두려워 전진하지 못하니 최영이 앞장서서 예리한 지휘로 돌격해 적을 크게 격파했다.

왜구는 홍산에서 최영 장군에게 크게 패한 후 한동안 잠잠하다가 1380년 8월에 또다시 5백여 척의 대선단으로 진포에 침입하였다. 이때 최무선이 이끄는 고려 수군은 최신식 무기인 화포를 처음 사용해 100여 척의 적은 선단으로 5백 척이나 되는 왜구의 대선단을 격파하는 대승을 거두었다.

1380년 9월, 진포에서 배를 모두 잃은 왜구의 대부대는 다시 인월면 쪽을 쳐들어와 진을 치고 있었다. 이성계가 군사를 이끌고 운봉으로 향한 것이 바로 이때였다. 남원 운봉에 도착한 고려군은 이미 왜구가 지리산을 등지고 유리한 지형을 이용해 반격하자, 고려군은 쉽사리 전진하지 못했다. 이에 이성계는 직접 군사들을 이끌고 쳐들어가 한동안 격전이 벌어졌다. 그러기를 어스름이 되어 갈 무렵, 이성계는 부하들에게 "겁이 나는 사람은 물러가라. 나는 적과 싸우다 죽겠다." 하며 군사들을 다시 독려해 왜구를 사정없이 몰아 붙였다.

그러자 왜구의 진영에서 15,6세 되어 보이는 백마를 탄 장수가 달려 나와 창을 휘두를 때마다 고려군이 쓰러졌다. 고려 군사들은 그 장수를 아기바투, 즉 어린 대장이라 부르며 무서워했다. 아기바투는 목과 얼굴을 감싼 투구를 쓰고 갑옷을 입고 있어 화살을 쏠 만한 틈이 없었다.

완전 무장한 왜장 아기바투의 출현으로 고려군이 망설이고 있을 때, 이성계는 부하 퉁두란에게 "내가 투구의 정자(頂子)를 벗길테니 당신이 뒤이어 쏘아라"고 말한 뒤 죽기를 각오하고 달려들어 달리는 말 위에서 활을 당겨 정확하게 투구의 정자를 맞추었다. 아기바투는 투구의 끈이 기울자 번개처럼 투구를 바로 썼다. 이성계가 다시 투구의 정자를 쏘아 맞추니 투구가 땅에 떨어졌고, 그때를 놓칠세라 부하 퉁두란이 화살을 쏘아 얼굴을 명중시켰다.

왜장이 무너지자 어쩔 줄 모르고 헤매는 왜구 대부분을 사상시키고 말 1천6백 필을 사로잡는 대전과를 올렸다.

진포대첩이 바다의 주도권을 한손에 쥘 수 있는 첫 승리였다면, 이성계가 이끄는 황산대첩은 왜구 토벌의 한 획을 긋는 전투였다. 그 뒤부터 왜구의 세력은 약화되고, 고려의 왜구 대책은 보다 적극적인 태도를 취했다. 결국 왜구의 잦은 출몰로 인해 얻은 것도 많았다.

그 당시 최무선의 화약 무기와 함께 1377년(우왕 3년 10월) 최무선의 건의로 화통도감이 설치되었으며, 이성계가 신흥 사대부와 손을 잡고 새 왕조인 조선을 건국하게 되는 계기가 되기도 했다. 조선 왕조를 세운 이성계가 가장 중요시한 것은 국방이었다. 육군과 구별된 새로운 병종(兵種)으로 수군 제도를 확립했다. 그것은 고려 말부터 왜구들이 분수도 모르고 함부로 날뛰었을 때 수군의 역할이 지대했기 때문이다.

태종은 즉위 초부터 국방 강화 정책과 더불어 수군 제도도 함께 정비했다. 그가 왕위를 세종에게 물려준 후 또다시 왜구들이 날뛰기 시작하자 태종은 자신이 직접 나서서 왜구의 본거지인 대마도를 정벌했다.

그 당시 이종무 장군에 의해 대마도에 정박해 있던 전선이 파괴되자 대마도주는 조선으로부터 정식 교역을 허가받아야 했기 때문에 노략질을 단념하기에 이르렀다. 그럼에도 세종은 차후를 위해 군선을 8백여 척으로 증가시키고, 동시에 조선군 병력도 11만 명에 달하도록 했는데 그 중 수군이 5만 여 명에 이를 만큼 수군을 중요시했다.

이처럼 조선 초기 왕들은 국방의 중요성을 인지하고 수군과 화기의 개발과 발전에 주력했으나, 세조대에 와서는 단종 사건 등 등극 과정상에서 떳떳치 못했으므로 자칫 자신에게 반기를 들 것을 우려하여 오히려 군사력을 억제하는 방향으로 나아갔다. 그러다 보니 정작 임진왜란이 발발할 당시에는 조선군의 전력이 현저하게 떨어졌으며 조선 전체가 나태해져 있는 상태였다.

200년 동안 안이한 생활에 젖어있던 조선. 오랜 세월 태평성세를 누리던 조선 땅에 갑자기 밀어닥친 왜군들을 감당할 길이 없었다. 초기엔 여지없이 당했으니 왜군들은 삼천리금수강산을 금방이라도 송두리째 집어삼킬 수 있을 것처럼 보였을 것이다.

그러나 조선인은 강인했다. 무지한 왜군들과 싸우는 동안 서서히 백의민족의 긍지와 저력이 나타나기 시작했다. 하나뿐인 목숨을 초개같이 버리고 내 나라 내 민족을 위해 열렬히 싸우다 간 수많은 장군들, 애국심에 불타는 의병장, 각처에서 모여든 의병들, 결국 조선은 조선인이 스스로 지켜야 했고, 스스로 지켰다.

임진왜란이 일어나고 계속 조선군이 고전을 면치 못하다가 이순신 장군이 옥포 해전과 합포 해전 그리고 적진포 해전에서 눈부신 활약으로 대승리를 했다. 후에 이순신의 장계에 의하면 '바람과 우레처럼 일시에 해치웠다.'는 것은, 바람과 우레처럼 왜선과 왜군을 눈 깜짝할 사이에 동시에 해치웠다는 것일 게다.

그처럼 이순신에게 혼이 난 왜군들은 우리 함대를 보자 싸울 엄두도 못 내고 도망치기에 바빴다. 그렇게 1차 출동은 우리 병사들에게 값진 승리와 자신감을 가져다주었다.

그러나 이순신은 그로서 만족하지 않았다. 이제부터 본격적인 준비를 해야 했다. 더구나 전시(戰時)에 있는 나라 안팎을 살펴보면 걱정이 태산 같았다. 임금님으로서 제자리를 지키지 못하고 쫓기는 신세가 된 선조 임금, 왜적의 난동 아래 맥없이 유린당하는 백성들, 위기에 처해있는 조선을 내다보니 좀처럼 잠을 이룰 수 없었다.

이순신은 오래전부터 이러한 날이 올 것이라 예상하고 나름대로 많은 준비를 해 왔지만 막상 부딪치고 보니 어려움이 뒤따랐다. 1차 해전에서는 대승을 거두었지만 앞으로 다가올 2차 출동을 앞두고 많은 수의 왜군이 나타날 경우를 대비해 지속적으로 위기관리에 심혈을 기울여 왔다.

이순신이 오랫동안 고심한 끝에 생각해 낸 것이 학익 진법과 거북선이었다. 조선 함대는 거북선을 중심으로 한 새로운 전술과 진법을 집중적으로 훈련을 했다. 고된 훈련이었다. 하루도 쉬지 않고 맹훈련이 계속되었다.

그러나 누구 하나 요령을 피우는 자 없이 스스로 열과 성의를 다했다. 오히려 훈련을 받는 수군들은 곧 다가올 왜군과의 한판 승부가 은근히 기대되기도 했다. '1차 해전에서 대승리를 거두었는데

2차 해전에선 우리 이순신 장군이 놈들을 하나도 남기지 않고 전멸시킬 거야.' 하면서.

한편 일본 수군은 해전에서 큰 손실을 보았음에도 서해안으로 진출하려는 미련을 버리지 못하고 계속 기회를 노리고 있었다. 더구나 도요토미 히데요시는 나고야성에 앉아서 왜군 수군이 패했다는 전언을 듣고 눈에 불을 켜고 날뛰었다.

임란 초기, 부산진성, 동래성을 손쉽게 함락시켰다는 소식을 접했을 때는 이미 예견한 일이었다는 듯이 만족해하더니, 옥포 등지에서 왜군 수군이 여지없이 당했다는 전언이 도착했을 때는 도저히 이해할 수 없다는 듯이 미친 듯이 날뛰었다.

아무리 생각해도 도요토미 히데요시에게는 해괴하고 황당한 소식이 아닐 수 없었다. 바다의 나라라는 일본 수군들이 조선 수군에게 참패했다는 사실, 더구나 목숨보다 귀중한 병선을 버리고 도망쳤다는 사실, 모든 병선을 잃었다는 사실 등은 납득할 수 없는 일이었다. 또한 "왜군 수군들이 옥포, 합포, 적진포에서 조선 수군에게 패주해 돌아왔으며, 수치감으로 할복한 왜장들이 있는가 하면 왜군 함대들은 모든 병선을 버리고 일부만이 살아서 돌아왔다."는 기가 막힌 전언이었다.

도요토미 히데요시는 좀 더 명확하게 알고 싶었다. 도대체 왜군이 부산 앞바다에 당도하자마자 차례대로 성을 함락하고 일사천리로 한성으로 쳐들어가자 조선 왕도 댓바람에 도망치기 바빴는데,

주인도 없는 나라에 어느 누가 나라를 지키며 적과 대항했단 말인가? 다 도망가고 없다던 조선 수군은 또 어디에서 나타났단 말인가?

전쟁이라면 신물이 나도록 치렀던 자신인데, 자신보다 우위에 있는 자가 또 있단 말인가? 도요토미 히데요시는 전후 사정을 알기 위해 다시 자세히 보고하라고 명령을 내렸지만 결과는 별다른 게 없었다. 옥포, 합포, 적진포 해전에서 여지없이 깨져 수천의 사상자가 생기고 대부분의 병선을 잃었다는 내용뿐이었다.

다시 그 사실을 접한 히데요시는 구로다 간베에를 비롯한 히데요시의 측근들과 도쿠가와 이에야스를 포함한 다이묘들을 불러들여 머리를 땅에 붙인 채 꼼짝도 하지 않았다. 숨소리조차 부담스러울 정도로 정적의 순간이 흘러간 후 도요토미 히데요시가 내린 결론이었다.

평생을 전쟁터에서 생활해온 그의 신조는 '긴장이 풀어진 군대로는 아무것도 할 수 없다.'는 것이었다. 처음부터 전쟁을 너무 쉽게 치른 탓에 모든 병사들이 긴장하지 않고 해이해진 탓이라고 여겼다. 전쟁은 이제 시작인데 벌써부터 개선장군이나 되는 것처럼 으스대는 장군들이 많아 이 기회에 혼을 내주어야겠다고 생각했다.

드디어 다섯 가지 조항을 내세워 우기타 사령부에 전하라는 그의 조항이 가관이었다. 그는 아마 조선이 그 옛날 강대국과 싸워서 이긴 것을 몰랐을 것이다. 조선도 일본이라는 나라를 처음부터 너무 얕잡아 보았거니와 일본 또한 조선을 자신의 속국쯤으로 여겼는지 몰랐다. 조선이란 나라가 이 땅에 건제하기까지 얼마나 많은 진통을 겪었으며 얼마나 많은 장군들이 나라를 위해 희생되었는데, 기껏 이 정도로 저들에게 나라를 내줄 줄 알았던가.

그러한 과대망상증에 빠져있던 도요토미 히데요시에게 또 한 번 기함할 일이 전개되었다. 도요토미 히데요시가 우기타 사령부에 보낸 다섯 가지 조항에도 있듯이, 해전에서 여지없이 깨졌음에도 기어이 서해안으로 진출하려는 미련을 버리지 못하고 기회만 엿보고 있을 때였다.

5월 27일, 드디어 이순신 장군은 2차 출동을 앞두고 소속 기지 함대들을 소집하여 출전 태세를 점검했다. 6월 3일을 출동일로 잡고 그날 이억기와 합류하기로 했다.

일본에서 조선으로 들어오는 첫 관문인 부산은 왜군들의 중심이 되는 중요한 근거지였다. 이곳은 조선 각지에 흩어져 있는 왜군 부대들을 연결하는 최대의 병참기지였고, 주요 군수 물자와 증원군이 집결되는 물류(物流)뿐만 아니라 대규모 수송 선단들이 하루에도 수차례씩 대마도와 나고야를 오가며 어마어마한 물자들을 실어 나르는 곳이다.

적들이 조선 땅에서 활개를 치고 있는 꼴을 보고만 있을 수 없는 이순신 장군은 이곳에 집결해 있는 왜군 함대와 수송선단을 완전히 몰아내고, 조선 팔도에 기세를 떨치고 있는 적의 기운을 꺾어버려야겠다는 생각을 굳혔다. 그러나 쉬운 일은 아니었다.

이순신이 심혈을 기울여 각 기지의 함대들을 소집하고 출동 준비 상황 등을 체크하고 있을 때, 원균이 보낸 전령이 숨을 몰아쉬며 달려왔다. 이순신이 급히 살펴보니 왜군 선발대가 사천포와 곤양까지 쳐들어왔고 자신은 경상도와 전라도의 접경인 노량 해협까지 밀려났으니 급히 출동해 달라는 내용이었다.

드디어 5월 29일, 사천포를 향한 출전의 북이 온 산천을 뒤흔들었다. 수군들은 비장한 각오와 함께 사천포로 향했다. 두 번째 출동 때는 총 23척의 판옥선이 동원됐다. 2차 출동은 1차 출동 때와는 달리 출동에 대한 결정이 신속하게 이루어졌다.

사천포는 진주성과는 불과 15㎞ 떨어진 인접한 곳에 있으며, 진주성은 전라도로 통하는 관문이자 조선 육군의 유일한 희망이었다. 이곳에 왜군들이 진을 치고 있는 까닭은 곤양읍성과 진주성을 격파할 중심부이자 옛날 곡물을 나르던 선창이었기 때문이다. 지리적 특성상 한 치의 양보도 할 수 없는 곳이었다.

만약 사천포 일대에 적의 거점이 마련되기라도 한다면 왜군들은 사천포를 전라도와 서해 진출을 위한 전초기지(前哨基地)로 사용해서 사천포를 경계로 한 동쪽, 한려수도(경남 한산도에서 시작되어 전남 여수까지 이어지는 세계 최고의 아름다운 바닷길)에서 부산까지는 적의 소굴이 될 것이 아닌가. 그리고 여수는 어떻게 될 것인가! 어림없는 일이었다. 목숨을 바쳐서라도 놈들의 농간에 놀아나서는 안 된다.

드디어 이순신의 함대는 노량으로 나아가 사천 앞바다에서 경상우수영 수군과 합류하였다. 이번 2차 출동의 함대 규모는 이순신이 이끄는 전라좌수영의 정예 함선 23척의 판옥선이 동원되고, 원균이 이끄는 경상우수영의 함대 3척도 함께 했다. 무엇보다 2차 출동에서는 조선 함대를 중세기 세계 최강의 함대로 끌어올린 신병기인 거북선이 등장했다. 왜들은 거북선을 보자 기가 한풀 꺾인 듯했다. 조선 함대는 해안선을 따라 사천포의 왜군을 찾아 항진해 가던 중, 아니나 다를까 사천 선창에서 왜선 한 척이 어물쩍거리다 조선 함대를 보자 번개처럼 도망치는 것을 기어이 따라가 척후선 한 척을 격침시켰다.

이순신은 사천포 선창을 바라볼 수 있는 곳까지 접근해서 선창을 바라보니, 과연 왜군들이 해안을 끼고 있는 험준한 산꼭대기에 이상한 진을 치고 있는 광경을 발견했다. 왜적들은 조선군 관내 깊숙이 쳐들어와 어느새 그들의 근거지로 삼으려고 성을 쌓고 있었던 것이다. 이러한 정황으로 미루어 볼 때 이번 이순신 장군이 미적거리지 않고 긴급히 출동한 일은 크나큰 다행이 아닐 수 없었다.

선창에는 왜군 대선 12척이 매여 있었다. 이순신 함대가 접근하자 도망은커녕 옥포에서의 패배를 만회하려는 듯, 자신만만한 태도로 조선 함대 쪽을 노려보고 있었다. 마침 조수가 나가 전선의 활동이 여의치 못함을 판단하고, 이순신 장군은 유인 작전을 세워 후퇴하는 척하며 대형 판옥선이 활동하기에 유리한 해역까지 왜선을 끌고 갔다. 이어 왜선이 아군의 함선을 따라오자, 이순신 함대는 갑자기 뱃머리를 돌려 왜군을 공격하기 시작했다.

해전이 벌어졌다. 이순신은 판옥선보다 먼저 거북선을 적진에 들여보내 각종 화포를 왜군들을 향해 발사했다. 처음엔 왜군들이 조선군을 노려보며 의기양양하게 맞서 싸우더니, 조선군이 각종 화포를 쏘아대니 그제야 놀라서 도저히 안 되겠는지 사천 포구 쪽으로 도망했다. 밀물을 따라 포구에 도착한 판옥선에서도 일제히 불을 뿜기 시작하자 왜군은 배를 버리고 산 위로 달아나느라 정신이 없었다.

조선군의 결사적인 항전에 수많은 왜군이 죽고 포구에 있던 왜선 10척이 불타버렸으며 나머지 2척의 배에 패잔병들이 타고 도주하려는 것을 6월 1일 그마저 태워버렸다.

이 해전에서 일본군의 손실은 매우 컸다. 우리 측은 군관 나대용이 적의 총탄에 맞았고, 이순신도 왼쪽 어깨에 탄환을 맞았다. 그러나 적은 2천6백 명이 죽임을 당했고 13척의 왜선도 모두 격침되는 속 시원한 한판 승부였다. 2차 출동 때는 사천포 해전뿐만 아니라 당포(6월 2일), 당항포(6월 5일), 율포 등지에서 네 차례의 해전을 치렀다.

사천포 해전에서 쾌거(快擧)를 거둔 이순신 장군은 사량도에서 하룻밤을 보내면서 적이 당포에 있다는 소식을 듣고 다음날 거북선을 선두로 당포로 진격해 갔다. 당포 선창에는 왜군 대선 9척, 중선 및 소선 12척 등 21척이 닻을 내리고 있었고, 지상에는 당포성을 점거한 왜병 3백여 명이 포진하고 있었다.

이순신 장군의 공격 명령이 떨어지자 거북선은 적군의 함선 중, 특히 대장이 탄 배를 집중 공격하였으며 그 뒤를 따라 전 함대가 함포 사격을 하면서 돌진하였다. 이어 대장선인 듯한 왜선을 거북선이 들이받아 서서히 침몰하는 배를 향하여 중위장 권준이 구루시마 미치유키 왜장을 활로 명중시켜 바다로 떨어트리자, 첨사(僉使) 김완과 군관 진무성이 적장의 목을 베어버렸다. 대장선이 파손되고 적장이 죽자 적의 사기는 떨어지고 육지로 도주하기에 바빴다.

이에 아군은 적 함대를 모두 불태워버리고 여세를 몰아 육지로 도망간 적을 추격하려 하였으나, 마침 왜군의 대선 20여 척이 거제도 방면으로부터 접근해 온다는 급보가 날아들어 더 이상 왜군들을 추격하지 못했다. 대신 새로 나타난 왜적의 선단을 치려했으나 아군을 발견한 적 함대는 싸움도 하기 전에 추도 방면으로 도주해 버렸다.

일이 이쯤 되자 수군들의 사기는 하늘에 닿았다. 이순신 장군의 지략으로 승리한 기쁨도 나눌 사이도 없이 새로 나타난 왜선을 치러 뒤쫓아 갔으나 그 역시 거북선과 판옥선을 보자 정신없이 달아났다. 왜군들은 거북선만 보아도 두려워했다. 이날 이순신 함대는 거북선을 이용한 충돌 전술과 판옥선을 이용한 포격전을 구사하여 대승리를 거두었다.

당시 세계적인 해전 전투 양식은, 근대 이전에는 단병접전이 주요한 해전 전법이었다. 단병접전이란 처음에는 활을 이리저리 쏘면서 분위기를 잡다가 갈고리 같은 것으로 상대방의 배를 끌어당겨 상대방 배로 건너가서 칼싸움으로 승패를 결정하는, 마치 해적들의 해상 약탈 방식과 비슷한 전투 방법이다. 임진왜란 당시 왜군의 특기가 이 방법이었다.

조선군이 구사한 출동 전술은 당포해전에서 돌격장 이기남이 거북선으로 왜선의 아랫부분을 찌르듯이 파괴했던 것을 말한다. 또 다른 하나는 우리 수군이 사용한 포격전이다. 포격전은 함재포를 교환하는 해전 양상이다. 왜적의 특기인 단병접전보다 한 수 위이다. 말하자면 당포해전에서 승리한 조선 수군의 주력 함정들은 각종 총통류를 탑재하고 있었다.

임진왜란이 발생한 시점인 1592년경에는 유럽 각국의 해군이 단병접전에서 포격전으로 그때 막 전환하는 시기였다. 그러고 보면 왜적들은 아직도 단병접전을 쓰는 반면, 조선 수군 함대는 당시 유럽 열강의 해군 함대와 어깨를 나란히 하고 있었다. 포격전

수행 수준 역시 유럽 함대와 비교해도 손색이 없을 정도였다. 그만큼 조선은 세계열상 사이에서도 무엇 하나 뒤지지 않는 위대한 나라였다.

거슬러 올라가서 8세기 때는 최고의 문화 선진국이라 자부할 수 있는 나라였다. 668년에 백제, 고구려를 멸망시킨 신라는 당나라와 7년 전쟁을 치르고 당을 한반도에서 몰아냈다. 백제, 고구려 그리고 당나라와의 전쟁을 승리로 이끈 태종 무열왕과 문무왕의 뒤를 이어 왕위에 오른 신문왕은 국학을 설치하여 학문을 장려하고 왕 중심으로 정치 조직을 다시 짰다.

이후 신라 역사상 최고의 전성기였던 8세기에 이르러서는 신라인들이 해외로 진출했으며, 중국 연안에 신라방(新羅坊)을 만들어 동중국해와 황해, 남해의 국제 교역망을 손에 쥐었고, 당나라에 유학 온 아시아 각국의 학생들 중에 뛰어난 재질을 보인 것이 신라 학생들이었다.

당나라는 그 당시 세계 최고의 문화 선진국이자 초강대국이었다. 아시아 곳곳뿐만 아니라 멀리 아랍과 페르시아의 상인들까지 당나라로 몰려들었으며, 세계 최고의 국제도시로 당시 지구 문명의 중심에 서 있었다. 그런 당나라가, 아시아권에서 문화적으로 가장 높은 수준에 있는 나라를 신라라고 했으며, 당나라 현종은 "신라는 군자(君子)의 나라로 글을 잘 알아 중국과 비슷하다."라고 했다.

그 무렵 중동에서는 사라센 제국이 등장했지만 문화적으로 성숙

하지 못했다. 또한 유럽의 여러 나라들도 여전히 중세의 암흑기에서 벗어나지 못하고 있었지만, 신라는 세계화된 국가였다. 이처럼 전 지구적 차원에서 볼 때 문화 수준이 중국과 거의 동등했던 신라는 당시 가장 개방된 국가였고 선진국임에 의심할 여지가 없었다.

조선은 이렇게 든든한 기반 위에서 성장했으며, 15세기 조선은 세계 과학 기술의 중심지였다.

인류 역사상 최고의 강대국이자 정복 국가였던 몽골 제국이 무너지면서 동아시아의 패권자로 새로 등장한 것이 주원장의 명나라였다. 1368년 주원장은 한족(漢族)의 나라를 세웠다.

대륙에서 일어난 왕조 교체와 때를 같이하여 고려에서도 이성계가 신흥사대부를 등에 없고 1392년 조선을 세웠다. 동아시아 세계를 뒤흔든 명나라의 건국은 단순한 왕조 교체가 아니라, 그것은 10세기 이후 이민족이 차지했던 중원의 패권이 다시 한민족에게로 넘어갔다는 의미를 가진다. 그와 동시에 한족 민족주의가 쇄국 체제로 바뀌었다. 이후 다시는 동아시아에서는 원나라 때와 같은 활발한 물적, 인적 교류는 기대할 수 없게 되었다.

이러한 역사의 흐름이 뒤바뀌는 혼란스러움 속에서도 한반도는 여전히 나라 안팎으로 왕성하게 뻗어가고 있었다. 조선에서는 건국 이후 어수선한 일들이 일어난 가운데도, 15세기를 맞아 역사상 가장 위대한 세종 임금이 등장했으며, 당시의 과학 수준은 세계 최고를 자랑했다.

당시 과학 기술의 중심은 동아시아였고 동아시아에서도 가장 압도적으로 발전된 곳이 조선이었다. 더구나 조선은 그 당시만 해도 세계 어느 나라보다 개방적이며 열린 국가였다. 신분 제도가 뚜렷하던 조선 사회에서 천민 출신인 장영실을 조선 최고의 과학자로 만드는가 하면, 여자 노비에게 출산 휴가를 주고 전 국민을 상대로 여론조사를 실시하는 등 주위의 나라들보다 한 발 앞서가는 나라였다.

그런가 하면 많은 이민족들이 조선에 들어와 별다른 차별을 받지 않고 삶의 터전을 닦아나갔다. 이처럼 세계 강대국 사이에서 빛을 발하며 지금에 이르기까지 뚜렷이 존재해온 조선이었다.

해전에서 일본인들을 거뜬히 꺾어버린 이순신 장군 또한 백의민족의 얼을 받은 조선인이었다. 뿐만 아니라 임진왜란 이전에도 함경도 지역에서 지략(智略)으로 여진족의 우두머리 울지내(鬱只乃)를 생포했던 뛰어난 지장(智將)이었다. 충효 사상이 지극한 그는 어느 나라 못지않은 훌륭한 장군이었다.

당포해전에서 이순신 장군과 우리 수군들이 왜적에게 입힌 피해는 왜선 21척을 침몰시켰으며 사살된 왜군은 2,820명가량 되었다. 또한 도요토미 히데요시가 왜장 구루시마 미치유키에게 하사한 금부채가 전리품으로 노획되기도 했다. 조선 수군은 당포해전을 승리로 이끌고 남은 왜선을 칠 틈도 없이 육지에 나타난 왜적을 쫓다가 왜적이 도망가 버리자 더 이상 쫓지 않았다.

수평선 너머로 해가 떨어지고 있었다. 붉은 저녁노을 사이로 스멀스멀 밀려오는 어둠이 뒤섞인다. 그제야 한판 승부를 겨루었던 노을 진 바다를 바라보자 마치 한 폭의 그림과도 같았다. 좀 전의 피비린내 나는 전투는 언제 그랬냐는 듯이 여전히 말없이 흐르는 바닷물은 새하얀 포말을 일으키며 유유히 흘러간다.

이제 막 한판 승부가 끝난 뒤, 붉은 노을을 안고 서 있는 수군들 사이로 만감이 교차하고 있다. 생사를 판가름 하는 전쟁터에서 그들은 두고 온 어린 자식, 노부모가 눈앞에서 떠나지 않는다. 그러나 그들은 사소한 감정에 오랫동안 젖어 있지 않았다. 자신들은 죽어도 조선의 군사요, 살아도 조선의 군사였다. 그 틈 사이로 이순신 장군은 속속 병사들을 이끌고 소리 높이 승전가를 부르며 삼천포 앞의 창선도를 향해 떠났다.

그곳에서 하룻밤을 머물고, 전라우수사 이억기 장군이 25척의 함선을 이끌고 합류하자 병사들의 사기는 하늘을 찌르는 듯했다. 조선군은 당포를 떠나 착포당에서 하룻밤을 더 새면서 그곳에서 작전을 세웠다. 그러던 중 거제 주민들로부터 일본 수군이 당항포에 정박하고 있다는 정보를 입수했다.

6월 5일, 이순신 장군은 이억기 장군, 경상우수사 원균 장군과 함께 연합 함대 51척을 이끌고 당항포로 향했다. 그곳에서 진해 연안에 있던 함안 육군으로부터 당항포의 포구는 좁으나 포구만은 넓어서 해전이 가능하다는 것을 알게 되었다.

조선 연합 함대가 아침 일찍 당항포로 진격하자 포구에는 왜군 대선 9척, 중선 4척, 소선 13척이 모여 있었다. 조선 함대는 당항만 가까운 곳에 전선 4척을 숨겨두고 거북선을 앞세워 47척의 함대가 일제히 함성을 지르며 바다에 쫙 깔리자 왜적들은 조선 함대만 보아도 기세가 꺾이는 것 같았다.

당포해전에서와 같이 우리 군이 거북선과 판옥선에 탑재한 함포 중에는 천자총통이 있었다. 천자총통은 태종 때 처음으로 발명되어 사용된 이래 더욱 연구 개발되어 임진왜란 때는 이순신이 전선에 탑재하여 왜선에 큰 타격을 주었다. 그뿐만 아니라 포구에 장착하여 발사하는 대형 화살인 대장군전과 자치총통, 현자총통, 그리고 황자총통도 배에 탑재하고 있었다. 이처럼 조선 수군이 사용한 각종 함포인 총통의 위력이 일본의 것과 비교해 현저한 차이가 났다.

우선 일본의 배는 나무가 가벼운 재질이어서, 무거운 재질의 육송을 주재료로 하여 기름을 칠한 우리의 판옥선에 부딪히면 바로 부서지기 일쑤인 약한 배였다. 게다가 일본은 기껏해야 아타케부네[安宅船]에 단 1문의 소형포를 장착하였지만 그 또한 부실한 배에 줄로 매달아 발사하며, 유효 사거리가 50m밖에 안 되는 주력 무기인 조총만으로 대항하는 왜군은 제대로 대항할 사이도 없이 한순간에 나가떨어졌다. 그러자 일순간 당항포 앞바다는 불바다로 변했다. 이 전투에서 왜선은 모두 산산조각이 났고 겨우 살아남은 자들은 뭍으로 도망갔으나 멀리 가지 못하고 잡히는 꼴이 되었다. 이순신 장군은 2차 해전에서 사천, 당포, 당항포, 그리고 율포 해전을 치른 셈이다.

6월 7일(양력 7월 15일), 율포 해전 역시 조선의 승리로 끝났다. 이순신 함대가 추격을 하자 적은 짐짝을 바다에 버리면서 필사적으로 도주하였다. 조선군은 끈을 늦추지 않고 계속 추격하여 율포만으로 들어가서 왜선의 대선 2척과 소선 1척을 불사르고 나머지는 모두 붙잡았다.

_ 2 _

조선 백성들의 의기투합

아직도 남아있는 무더위가 가시지 않았지만 이날따라 작은 산 동네를 휘감아 도는 상큼한 바람이 제법 가을을 느끼게 한다. 귓가의 머리카락 몇 올이 바람 따라 살포시 얼굴에 매달린다. 그마저 기분을 상쾌하게 해준다. 옆에 바짝 붙어 따라오는 애순은 연신 무언가 종알거린다. 언젠가는 “마님, 우리도 빨리 피란가요.” 하며 칭얼대더니 요즘은 신이 나있다. 박 씨 할아버지 역시 붉은 아침 해가 산등성이에 솟아오르기도 전에 건너오시더니 쪽마루에 앉아서 한껏 기분을 내다가 가셨다.

“마님, 이제 우리도 이순신 같은 훌륭한 장군님이 계셔서 마음을 놓을 수 있지요. 어떻게 2차 해전에서 한 곳도 아닌, 가는 곳마다 속이 시원하도록 대승을 하시는지요. 저는 어제 밤에는 놈들을 쳐부수는 광경을 제멋대로 상상하면서 혼자 신이 나 박수를 치며 일어나서 응원까지 했어요."그러더니 박 씨 할아버지는 갑자기 목소리를 낮추더니 "마님, 이제 활 솜씨는 많이 늘었겠지요?" 하며 논개의 눈치를 살핀다.

"마님, 이 늙은이, 지금이라도 배우면 안 되겠어요? 이제야 마님의 깊은 뜻을 헤아릴 수 있을 것 같아요. 조금만 나잇살을 덜 먹었더라면 용기를 내어볼 텐데요." 하며 자신은 아무런 도움도 되지 못하는 것을 무척 유감스럽게 생각한다.

이번 2차 해전에서 이순신 장군의 쾌거를 전해 들은 마을에서는 마을 전체가 기쁨으로 술렁인다. 논개는 이 통쾌한 소식을 남편과 함께 들을 수 없다는 생각이 들자 그가 견딜 수 없이 그리워진다. 이젠 그이에게서 조금은 벗어났는가 했는데 여전히 그를 향한 그리움은 세월의 흐름에도 가실 줄을 몰랐다. 그의 따뜻한 음성, 그의 몸짓 하나에도 전율을 느끼던 낭군님을 언제까지나 그리워만 해야 할까? 그러나 3년간의 시묘살이를 마치면 영원히 그이와 함께할 수 있다는 기대감과, 조선군이 이제 왜적을 거뜬히 물리칠 수 있다는 소식에 마음을 달래본다.

한편 한양을 함락시키고 맹렬한 속도로 진격해 오던 왜군의 고니시 유키나가의 제1부대가 6월 1일(음력) 개성을 함락시키고 평양으로 돌진한다는 소식에, 평양에 피신하고 있던 선조 임금은 또다시 의주로 피신하기에 이르렀다. 선조 임금은 6월 11일 평양을 떠나면서 좌의정 윤두수, 유성룡, 김명원, 이조판서 이원익, 송언신 감사, 이윤덕 등에게 평양을 지키게 하고 훌훌히 의주로 떠났다.

선조 임금은 떠나고 남은 군사와 군민들 3~4천 명이 성을 지키고 있었다. 거기에다 6백여 명의 승려들도 합류하니 어지간히 짜임새가 된 듯했다. 또한 우리 군은 을미대 부근 숲에 옷을 걸쳐 놓아 군사가 많은 것처럼 보이도록 하고, 대동강 북쪽에서 건너다보니 과연 고니시 유키나가 부대가 6월 13일(음력) 대동강에 도달해서 진을 치느라 야단들이었다.

1차 평양성 전투였다.

왜군이 진을 치는 것을 확인한 조선군은 먼저 강 한복판까지 배를 저어가서 왜군을 향해 포를 쏘았다. 배에는 태종 때 제조된 장거리 미사일로 으뜸가는 현자총통과 세종 때 만들어진 신기전, 그리고 명사수인 군사들이 있어서 어느 정도 자신감을 가지고 있었다.

천지를 울리는 듯한 굉음으로 과거 여진족 기병들이 깜짝 놀라 모두가 뒤로 물러났다는 현자총통과, 다른 화포류에 비하면 그렇게 강하지는 않지만 한 번 쏘면 약 1백 발에 달하는 대형 화살을 동시에 발포할 수 있는 신기전으로, 조선군이 강 건너 일본군 진지에 사정없이 쏘아대자 왜군은 우왕좌왕하며 혼이 나간 듯했다. 그 꼴을 보고 신이 난 조선군은 6월 13일 일본군 진영을 기습 공격하여 수백 명을 죽이고 군마를 탈취하는 성과를 거두었다.

이에 자신감을 얻은 도원수 김명원은 이튿날 6월 14일 밤이 되자, 왜군을 전멸하기 위해 영월군수 고언백과 유경령에게 정예 병사 4백 명을 이끌고 배를 타고 건너가 적을 다시 야습하도록 하였다. 도원수의 명을 받은 조선군은 고니시 유키나가의 진영을 급습하여 어느 정도 전과를 거두었는데, 갑자기 구로다 나가마사의 왜군들에게 공격을 받기 시작했다.

그러자 조선군은 앞뒤 생각할 겨를도 없이 수심이 얕은 왕성탄을 건너왔다. 이것이 치명적인 패배의 원인이 되어, 14일 저녁 왜군은 수심이 얕은 것을 알고 왕성탄을 건너 총공격을 하기 시작했다. 갑자기 왜군들의 거센 공격을 받자 윤두수는 일단 피해야겠다는 판단하에 급히 서둘러 평양성에 있던 우리 백성들을 다른 곳으로 피란시키고, 무기는 풍월루의 연못에 빠트려 버리고는 군사들만 데리고 빠져나왔다. 그러자 6월 15일, 일본군은 아무런 저항도 없이 또다시 평양성을 접수하기에 이르렀다.

평양성마저 손쉽게 저들의 손에 넘어가자, 도요토미 히데요시는 조선 팔도가 저들의 것인 양 착각하고 있었다. 그러자 도요토미 히데요시는 성급한 판단을 하기 시작했다.

평양성을 함락한 6월부터 일본군은 도요토미 히데요시의 작전 명령에 따라 조선 전체를 경영하기 위해 각 부대를 조선 팔도에 분산 배치하였다.

앞서 1592년 5월 13일 한양성 점령 이후 도요토미 히데요시가 왜군 장수들에게 조선의 각 도를 점령케 하고 조세의 조달량을 할

당하는 지시에 따라 일본군을 조선 팔도에 각각 배치하고 각 도에 분산 배치된 부대에 조세 할당량이 정해졌다. 이는 한양성 점령 이후 일본군의 각 부대를 조선 8도로 배치하고 각 지역별 조달물량까지 정한 것은, 도요토미가 한양성 점령 이후 조선 8도가 실질적으로 점령될 것이라고 생각했다는 것으로 짐작할 수 있다.

실지로 도요토미 히데요시는 평양성까지 함락되자, 이제 조선을 자신의 손아귀에 넣은 줄 착각하고 장차 조선 백성을 다루는 방법에 대한 것까지 지시한, 정신 나간 자였다.

도요토미는 먼저 왜군의 행패를 피하기 위해 산속으로 들어간 조선 농민들을 다시금 불러들여 마음 놓고 농사를 짓게 함과 동시에 상당히 구체적인 지시를 했다.

그러나 그의 망상은 완전히 빗나갔다. 야만적인 일본인과는 달리 인의예지(仁義禮智)의 가치 덕목을 존중하는 백의민족, 충의와 애국심에 불타는 조선 민족의 긍지를 일본인들은 알 길이 없었다.

일찍이 수나라와 당나라를 물리친 을지문덕 장군과 고구려 백성들, 그리고 고려 시대 거란의 수십만 대군을 맞아 귀주에서 섬멸한 강감찬, 그 당시 세계 최강의 몽골군에게 40년 이상 저항한 고려 백성들처럼, 임진왜란 초기부터 넘어지고 쓰러져도 어린아이까지 항거하고 저항한 조선 백성들의 기개를 그들은 알 리 없었다. 비록 성은 빼앗겼지만 결코 조선 백성들은 굴하지 않았다.

선조 임금 또한 정신을 차리고 전쟁의 모든 것을 간섭하기에 이르렀다. 전쟁 초기부터 조정의 대신들과 백성에게 나라를 맡긴 채 피란만 다니던 선조 임금은, 6월 15일 평양성이 함락된 후 적극적으로 전쟁을 지휘하기 시작했고, 피란 중에도 법규와 규례를 시행하게 하였다.

첫째, 종묘사직을 보존하기 위해 국왕인 선조와 왕세자인 광해군으로 조정을 분조(임시로 둔 조정)하였다. 이는 선조와 광해군이 모두 왕권을 가지고 일본군의 침략에 대응하겠다는 의도이며, 선조 임금이 사망하는 경우 광해군이 왕권을 이어받는 다는 것이다.

둘째, 임금으로서 각종 전투에 관한 보고를 받으며, 각종 전투 결과에 대한 장계에 따라 상벌을 주는 등 전쟁을 직접 지휘하였다.

셋째, 선조 임금은 의주에서 전국 각 지역에 초유사를 파견하고, 초유사들은 전국에서 의병을 모집하고 관군과 의병 간의 역할을 조정하였으며, 대사헌 윤승훈으로 하여금 국왕의 생사와 왕명의 내용을 명확히 전달하도록 했다.

넷째, 의병 부대를 국가의 정식 군대로 인정하고, 관군과 의병 부대가 서로 화합하여 의병 부대가 관군으로부터 무기와 식량을 지원받을 수 있도록 했다.

끝으로 세자인 광해군은 평양에서 임금과 작별하고 조선 각지를 돌아다니면서 의병을 모으며 군대를 모으기 위해 갖은 노력을 다 했다.

이와 같은 조정의 대책에 따라 각 지역의 조선 백성들은 너도나도 의병에 참여하였으며, 침략당하지 않은 고을 수령을 중심으로 관군이 재편되어 대일본군 항쟁이 지속되었다. 또한 전국의 백성들이 자발적으로 유격대를 편성하여 일본군에 항전하였다. 게다가 지역의 사족(士族)은 거느리던 가족과 노비 중심으로 거병하고, 병량을 마련하기 위해 개인 재산을 아낌없이 내놓았으며 각 지역의 유랑민, 유랑 군사를 병합함으로써 대규모 군대가 만들어지게 되었다.

이로써 임진왜란은 조선 관군과 일본군의 전투로부터, 전체 조선백성과 일본군 간의 전투로 변화하는 양상을 보여 주었다.

이런 가운데 전쟁은 갈수록 치열해져 갔다.

처음 일본군이 부산 앞바다로 쳐들어왔을 때는 조선군들은 속수무책으로 당했고, 죄 없는 백성들은 소리 한 번 변변히 지르지 못하고 처참하게 목숨을 잃어갔다. 이렇듯 임진왜란 초기 부산진성, 동래성이 함락된 후, 4월 18일 밀양 전투, 4월 19일 언양 전투, 4월 20일 김해 전투, 4월 21일 경주 전투 등에서 사전에 대비가 미비했던 우리 군은 여지없이 당할 수밖에 없었다. 그러나 선견지명이 있는 백성들은 곳곳에서 다가올 일본과의 전쟁 준비를 하고 있었다.

유성룡이 조정의 반대를 무릅쓰고 이순신 장군을 전라좌수사로 천거한 것도 다가올 국면에 대비한 일이었거니와, 또한 남부 지방에서는 각 지방으로 다니며 성을 점검할 때 영천에서는 영천성을 수축(修築)하기도 했다.

나라가 어수선한 상황 속에서도 뜻있는 지방의 지식인들은 위기의식을 느끼고 함께 모여 이에 대한 의논과 대비책을 강구했다. 경주 지역에서는 뜻있는 지역 인사들이 불국사, 신령 등지에서 우국 모임을 가졌으며 이들은 전쟁이 일어나자 지역 곳곳에서 분기했다.

의병장 김응하는 임진년 2월 고향에 돌아와 전란에 대비해 외동계곡에서 창검을 만들던 이눌과 함께 학문과 왜(倭)의 침략에 관한 대책 등을 논의하는 한편, 1592년 3월 20일경부터 그들은 왜침에 대비해 각 가정에 있는 철물을 거둬들여 창검을 만들기 시작했다.

그런가 하면 4월 10일에는 이눌이 마을 사람들에게 "나라가 이처럼 어려운 때에 구차하게 살기를 바라지 말고, 여러 부형들은 앞으로 전투에 참가할 마음의 준비를 하라."며 간곡히 부탁했다. 이어 4월 18일 왜군이 침입했다는 소식을 듣자 이눌을 중심으로 김응하를 분용장으로 하여 유격장 오열 등 각각 의병군을 편대하기에 이르렀다. 이 소식에 부응하여 김득복이 여러 의병들을 대동하고 왔으며 그의 동생 득상과 산속에 숨어 있던 장정 60여 명이 이에 합세했다.

드디어 애국심으로 불타는 의병들이 활약할 때가 왔다.

경주성이 함락된 지 일주일 후인 4월 28일, 외동 계곡에서 전투가 벌어졌다. 왜병들이 계곡촌에 침입해 노략질을 한다는 소식이 의병장 김응하에게 전해지자 김응하는 그가 이끄는 59명과 김득복이 이끄는 의병 70명을 이끌고 외동 계곡으로 달려갔다. 마침 울산에서 경주로 넘어오는 30~40명의 왜군들과 외동 계곡에서 만나자 의병들은 쏜살같이 달려가 사정없이 활을 쏘았다. 그러자 왜군들은 싸울 엄두도 내지 못하고 남은 자들은 조총 등 병기를 던져버리고 도주하기에 바빴다.

개전 초기엔 조선군은 변변히 싸워보지도 못하고 패했지만 이런 전세(戰勢)의 역전을 의병군들이 해냈다. 비록 수에 밀려 송빈은 장렬하게 전사했지만 홍의 장군은 왜(倭)군들의 간담을 서늘하게 만들었다. 그리고 곳곳에 울분을 참지 못하는 조선인들은 너도나도 의병이 되어 나라에 몸 바쳤다.

외동 계곡에서 왜군들을 거뜬히 물리친 김응하의 의병군들은 임진년 6월에는 의병군의 수가 3백여 명 이상이 되었다. 동천 마을 훈장이었던 이언춘은 동네 사람들을 모아 의병을 결성하였는데, 149명 중 여성 30여 명 이상은 의병들의 음식과 군수 물자를 담당했다. 이들은 누구의 강요에 의한 것이 아니라 내 나라를 위한 불타는 마음으로 나선 백의민족들이었다.

당시 조선은 신분제가 철저했음에도 불구하고 나라가 위기에 처하자 각지각처에서 의병들이 분연히 일어나 구국 운동에 참여했으며, 그들은 신분과 나이, 성별을 초월하여 조직화되었다. 김호 등 전직 관료부터 유학자, 학식과 덕망이 있고 지역 사회에 영향력이 큰 인물들, 농민과 천민 그리고 17세의 청소년에서부터 60대, 아니 80대에 이르기까지 의병의 일원이 되었다. 또한 820명의 스님으로 이루어진 승병군을 결성하였는가 하면, 기녀 월이도 조국을 위해 기꺼이 목숨을 바쳤다는 아름다운 얘기도 전해지고 있다.

경주부 문옹 김석견 선생은 47세의 나이로 세 아들과 더불어 수백 명의 의병을 모아 경상도 각지를 전전하면서 왜군을 공격해 적장의 목을 베고 수많은 적의 군수품과 군량미를 노획하기도 했다. 대대로 내려오는 선비 집안에 부자인 문옹 선생은 겸양지덕이 몸에 밴 선비 중의 선비이다.

문옹 선생의 선비 정신은 아무나 할 수 있는 게 아니었다. 그가 의병으로 활약하여 수없는 전공의 실적을 올리자 휘하의 부하들이 조정에 보고하려 했지만 그의 만류로 단 한 건도 보고하지 못했을 뿐 아니라, 막상 진격할 때는 선두에 서서 맹활약을 했으나 돌아올 때는 후미에 서서 말(馬) 때문에 늦어졌다고 변명을 했다.

그처럼 전쟁에서 이룬 모든 공적을 옆에서 함께 싸운 의병들에게 돌리던 모습은 어느 누구도 흉내도 낼 수 없을 만큼 겸양지덕과 덕망을 고루 갖춘 고매한 인격의 소유자였다.

문옹 선생의 부인인 윤 씨 부인 역시 마찬가지였다. 문옹 선생이 처음 출전 의사를 밝힐 때 세 아들이 자발적으로 참전 의사를 밝혔으나 그 중 둘째 아들은 집에 남게 되었다. 문옹 선생이 의병을 이끌고 활약한지도 어느새 6개월이 지난 어느 날, 윤 씨 부인이 나라를 위한 충성심을 강조하자 둘째 아들도 아버지와 합류하게 되었다. 문옹 선생은 청장년 1백여 명과 세 아들을 이끌고 각지로 다니면서 적을 무찌르며 많은 성과를 올렸다.

그러다가 곽천 전투에서 왜군들과 맞서 맹렬히 싸우던 중, 왜적의 화살이 아버지에게로 향한 것을 보고 둘째 아들이 번개같이 달려가 이를 가로막다가 26세의 젊은 나이로 아버지 대신 아들이 적들의 화살에 맞아 순절하게 되었다. 아버지 문옹의 비통함은 가슴을 헤집는 것 같았으나 울음을 삼키며 먼저 간 아들을 안고 나오자 모든 의병들이 부자(父子)를 붙잡고 통곡을 했다.

이렇듯 조선은 개전 초기 왜군에게 여지없이 밀렸으나 나라를 위해 목숨을 바친 의병들로 인해 다시금 살아나기 시작했다. 의병은 거기에서 그치지 않았다. 6월에는 거창에서 김면이, 예인에서 김해가 일어나 경상우도 북부 지방을 막았다. 이러한 의병의 활동으로 왜군의 전라도 침입을 막을 수 있었다.

충청도에서는 조헌이 의병 1천7백여 명을 이끌고 신간수, 장덕개의 의병 1천6백여 명, 승려 영규가 이끄는 5백여 명과 합류해 청주를 수복했고, 금산에서는 왜군과 싸워 7백여 명이 전사했다. 이때 왜군도 많은 인명 피해를 입어 전라도 침입을 포기했다.

전라도에서는 고경명, 유팽로, 고종후 등이 담양에서 일어나 금산 전투에 참가했고, 김천일, 양산주 등은 남원에서 활약했다. 승병으로선 서산 대사, 사명 대사, 영규 스님 등이 승병을 이끌고 왜란 극복에 앞장섰다.

이러한 결사적인 의병들의 항전으로 일본군은 서해를 이용하여 군수품과 보충 병력을 한양 방면으로 수송하려던 계획을 접어야 했다. 또한 저들의 군량을 조선의 곡창 지대를 점령해서 조달하려던 당치도 않은 계획도 깨끗이 포기해야만 했다.

경상우감사 김성일이 국왕에게 올린 장계에 "김면은 원래 지병이 있어서 조용한 고향에서 병약한 몸을 요양하며 세상일에는 전연 관심이 없더니, 갑자기 왜군들이 쳐들어왔다는 소식에 그는 분연히 일어나 몸도 돌보지 않고 의병을 일으켜 왜적을 무찔렀다. 그는 만석꾼의 재산을 몽땅 털어가 남은 가족들은 문전걸식을 해야 할 정도가 되어도, 의병을 일으킨 후에는 한 번도 가족들을 만나러 가지 않고 의갑(依甲)도 한 번도 벗은 적이 없었다."라고 기록되어 있다.

남명 조식과 퇴계 이황의 문하에서 수학한 김면은 조상 대대로 내려오는 명문거족의 집안에서 태어나 고향인 고령에서 노모를 모시고 오직 학문에만 열중하던 중, 난데없이 왜군들이 쳐들어와 이 땅을 짓밟는다는 소식에 남은 가족을 생각할 겨를도 없이 재산을 몽땅 팔아 의병 봉기에 나섰다.

왜군이 부산에 상륙한 지 28일 만인 4월 말 고령에서 기병하여 5월 11일 거창에서 재지사족(在地士族)을 중심으로 조직화되기 시작했다. 학식과 덕망을 두루 겸비한 김면은 대인 관계도 원만했을 뿐만 아니라 특히 관군과 의병 간의 대립 관계를 원만하게 만들었다. 더구나 오랜 지인인 정인홍과 유성룡의 껄끄러운 관계에서도 그는 폭넓은 조정자로서 원만하게 해결하여 정부의 지원을 받아 활발하게 의병 활동을 전개해 나갔다. 김면의 의병 활동은 큰 전투 10여 차례와 그 외 30여 회에 걸쳐 결국 왜군을 막아냈다.

6월 15일, 우척현 전투는 임란 초기 왜군 제6진 고바야카와 다카카게와 김면, 정인홍이 싸운 전투이다. 고바야카와 다카카게는 정암진 전투, 웅치 전투, 이치 전투에 이어 우척현 전투는 4번째로 크게 패한 전투이다.

왜군들은 우척현에서 거창을 통과하여 전라도로 진입하려 하였다. 우척현은 비교적 험준한 고개로 경상도에서 호남 지방으로 가려면 반드시 이 고개를 통과해야 했다. 왜군들은 도요토미 히데요시가 지역을 나누어 점령하라는 지침에 따라 제 6진의 왜장은 전라도에 침입하려 웅치와 이치에서, 또 일부는 지례와 거창을 침범하려 했다. 우척현은 지례에서 거창에 들어가는 경계선이기 때문에 우척현에서 전투가 벌어졌다.

김면은 군사 2천여 명을 요소요소에 매복시키고 있다가 고개를 넘어오는 적군을 3면에서 활을 쏴 격멸시켰다. 이 전투에서 고바야카와 다카카게는 김면의 의병군에게 크게 패한다.

이에 앞서 6월 6일 무계 전투에서도 김면은 정인홍과 연합하여 손인갑을 선봉장으로, 6일 새벽 왜군이 잠자는 틈을 이용해 갑자기 들이닥치니 왜군들이 어찌할 바를 몰라 했다. 왜장 촌상경친이 몸에 화살을 10여 차례 맞고 쓰러지자 왜군은 사기가 떨어지고 말았다. 이 전투에서 의병은 쫓기는 왜군을 마치 도끼로 썩은 나무 찍듯 하였고, 덤벼드는 왜군을 칼과 창으로 베고 무참하게 찔러 죽여 버렸다. 이 전투에서 거둔 진귀한 물건들을 초유사 김성일에게 보내 행재소에 보내도록 하였다.

또한 개산포 전투는 6월 9~10일에 고령 개산포에서 왜군과 벌인 전투로서, 9일 아침 8시경 왜군의 선단이 현풍에서 낙동강 하류로 내려오자 황응남이 정병 30여 명을 데리고 가까이 다가오는 적선 안으로 화살을 퍼부어 적병 80여 명을 사살하고 적선 2척을 포획하였다. 그리고 이튿날 10일에는 적선 한 척을 포획하였는데 그 배 안에서는 궁중 보물을 비롯한 수많은 물품을 노획하여 이를 초유사 김성일에게 보냈다. 이처럼 조선군은 처음 당하던 때와는 달리 의병군이 일어나 왜적을 무찔렀다.

그 외에도 무수한 전투들이 많았다.

지례 전투는 7월 말, 8월 초에 걸쳐 김면 의병군이 임란 초기에 거창 우척현에서 장곡역까지 진격하여 왜적을 저지하고 지례를 공격하여 적을 소탕한 대첩이다. 금산, 전주로 향하던 왜군의 수천 병력이 지례에 머물면서 마치 자기네 땅인 양 지례, 무주 등지가 왜군 천지가 되어 있었다. 8월 1일 왜군이 사창, 객사, 관아 등을 점거하고 있는 것을, 김면의 지휘하에 의병군은 사창을 일시에 포위하여 나무를 쌓아 불을 질러 모두 태워 죽여 버렸다. 나머지 왜군이 금산로로 도망가는 것을 매복해 있던 우리 군이 일시에 엄습하여 소탕해 버리고 마침내 지례를 수복할 수 있었다.

그밖에 임란 초기 무혈로 빼앗은 영천성, 현풍, 창녕, 영산, 경주성 등은 왜군과 결탁해서 의병군이 기어이 수복한 예이다. 종내에 왜군들은 김면을 몹시 두려워했으며 김면과 싸우기를 꺼려했다고 한다. 이리하여 김면은 경상도 북부 지방을 제압하여 일본군의 전라도 침입을 차단하기에 이르렀다.

원래 임진왜란 초기엔 왜군의 공격 목표 대상에서 전라도는 제외되어 있었다. 왜군들은 조선의 수도 한양까지 거침없이 올라왔으나 해전에서 이순신, 육로에서 의병장 곽재우 등의 제압으로 더 이상 함부로 날뛰지 못했다. 그러자니 처음 계획에서 차질이 생기고 전쟁이 장기화되자 무엇보다 왜군들의 군사 물자의 보급이 시급했던 것이다. 처음엔 자신들이 점령한 곳에서 조달하려 했으나 그것도 뜻대로 되지 않자 전라도로 눈을 돌렸다. 더구나 그곳이 곡창지대인 것을 알고 기를 쓰고 침범하려 했다.

그러나 남해에서 이미 이순신의 활약으로 왜군 수군은 직접 공격하지 못하고 왜군 육군이 육로를 통하여 전라도로 침범해 오기 시작했다.

당시 6부대 고바야카와 다카카게는 한성에 올라와 있었다. 창원에는 별군을 지휘하고 있는 안코쿠치 에케이가 주둔하고 있었는데 그로 하여금 전라도를 침략하도록 하였다. 이에 안코쿠치 에케이는 남원을 거쳐 전주로 올라가려고 의령으로 가다가 의병장 곽재우에게 여지없이 당했고, 다시 현풍에서 거창으로 들어오다가 의병장 김면에게 타격을 입고 성주로 물러났다.

이처럼 경상도 지역으로부터 호남으로 공격해 오는 왜군들은 곽재우와 김면 등 경상우도 지역의 의병군과 관군에 의해 가는 곳마다 저지당했다.

_3_

곰티재와 배재

한성에 올라온 왜군들은 여전히 조선 땅을 휘저으며 다녔다. 왜군들은 이순신 장군, 곽재우, 김면 의병장 등에 의해 전라도 진출의 길이 막혔으나 어떻게든 전라도로 침입하려고 기를 쓰고 덤벼들었다. 그처럼 패배를 당하면서도 전라도의 미련을 버리지 못하는 왜적들의 잔인성에 논개는 치를 떨었다.

신발 끈을 단단히 동여매고 집을 나섰다. 마을을 지나 산길로 접어들어 무심코 하늘을 올려다보니 이날따라 하늘가에는 군데군데 양떼구름이 흘러 다닌다. 비는 올 것 같지 않지만 찌뿌듯한 날씨다. 연습장으로 가는 오솔길에 바람이 불어와 가녀린 풀잎들을 어루만지며 지나가는 모습을 보노라니 왠지 마음이 처연해진다. 이 땅에 전쟁은 그칠 줄 모르고 이어지고, 그이에겐 소식이 없다.

6월 중순경이 되자 한성에 죽치고 있던 고바야캬와 다카카게는 한성을 떠나 전라도로 쳐들어가기로 하고, 한편은 지례와 거창으로, 또 한편은 황간과 순양을 거쳐 전라도로 향했다. 이와 같은 왜군들의 움직임에 대비하기 위해 곽영을 금산에, 이계정은 육십령에 진을 치고 왜군들이 나타나기만 기다리고 있었다.

드디어 왜군은 지례로부터 무주로, 6월 23일 금산으로 쳐들어오자, 그곳을 지키고 있던 군수 권종은 왜적과 싸우다가 아깝게도 적의 총탄에 맞아 쓰러졌다. 금산을 지키던 곽영과 김종례 역시 왜적과 힘껏 싸웠으나 왜군들의 총탄을 이기지 못하고 고산으로 퇴각해 버리니, 또다시 금산이 적들의 소굴이 되어버렸다. 조선군이 밀려간 금산에는 고바야카와 다카카게와 안코쿠치 군대가 주둔하고 있으면서 다음 계획을 세웠다. 먼저 용담, 진안을 친 다음, 웅치를 넘어 전주로 들어가려는 계획이었다.

금산에서 전주로 넘어가려면 진안에서 전주 사이에 있는 가파른 웅치(곰티재)를 넘어야 한다. 또 다른 길은 이치를 넘어야 한다. 이때 웅치에는 김제 군수 정담과 나주 판관 이복남, 의병장 황박 등이 지키고 있었다.

드디어 7월 7일 안코쿠치가 선봉이 되어 일본군이 웅치로 진격했다.

조선군은 3선으로 나뉘어 제1 방어선은(산 아래) 의병장 황박이, 2선에는(산 중턱) 나주 판관 이복남, 3선은(산 정상) 김제 군수 정담이 지키고 있었다.

조선군을 만만하게 본 왜군은 가벼운 마음으로 웅치 고개로 진격했으나, 듣던 바와 달리 조선군의 완강함에 정신이 번쩍 났다. 그러자 왜군도 처음과는 달리 거세게 달려들었다. 황박이 군사들과 함께 웅치 입구에서 결사적으로 막았으나 결국 왜군들은 1선을 거뜬히 물리치고 산 중턱까지 올라와 이복남 군대와 싸웠다. 그곳 역시 간단히 밀어붙이고 정담이 이끄는 정상까지 올라왔으나 정담이 그냥 있지 않았다. 조헌의 복수를 하기 위해서라도 놈들을 물리쳐야 한다.

정담은 두 주먹을 불끈 쥐었다. 비록 1, 2선은 통과했다지만 결코 웅치를 넘어서 는 안 된다. 목숨을 내어 놓는 한이 있어도 웅치를 막아야 한다. 니탕개의 난을 평정하는데 공을 세운 바 있는 김제 군수 정담은, 산 중턱까지 무난히 돌파하고 백마를 타고 의기양양하게 정상으로 올라오는 적의 장수를 보기 좋게 쏘아 죽였다. 그러자 독이 오른 적은 눈에 불을 켜고 사정없이 밀어붙이며 올라왔지만, 결코 물러서지 않고 선두에서 사력을 다해 공격을 퍼붓자 적은 견디지 못하고 조금씩 밀려나기 시작했다.

전투는 양 군 모두 처절한 싸움 속에서 서로를 죽고 죽이는 결과를 낳았다. 결국 웅치 전투는 양국 간에 치열한 전쟁을 치른 셈이 되었고 양 군 모두를 지치게 만들었다. 하루 종일 불을 뿜는 듯한 싸움이 이어지더니 해가 기울자 왜군은 더 이상 공격을 하지 못하고 병력을 철수시켰다.

운이 따르지 않았던가! 적들이 조선군에 못 이겨 막 철수하려는 찰나, 조선군의 진중에서 "화살이 떨어졌으니 빨리 가져 오라"는 다급한 목소리가 들려왔다.

하필이면 철수하던 왜군들이 듣게 되자, 왜군들은 이때를 놓칠세라 사나운 기세로 재공격해 오기 시작했다. 큰 일이 아닐 수 없었다. 다 이긴 싸움이었고 마지막 남은 힘까지 소진하며 사납게 달려드는 적들을 한사코 물리쳤는데, 이럴 수가 있을까! 결국 화살이 떨어진 조선군들은 싸우다, 싸우다 하나둘 흩어지기 시작했으나, 정담은 끝까지 남아서 놈들을 하나라도 더 처치하려고 백병전을 벌였다.

정담은 적진에 들어가 닥치는 대로 왜군들을 처치했다. 밀려드는 왜군과 싸우고 또 싸워도 끝이 없었다. 결국 정담은 놈들의 칼날 아래 장렬한 최후를 맞게 되었다. 다 이긴 싸움을 그렇게 망쳐버리고 훌륭한 장군 또 한 사람을 잃게 되었다. 어떻게 하던 이 재를 지켜내야 한다고 선두에 서서 그처럼 열심히 싸우던 정담이 놈들의 칼날에 쓰러지자 조선군이 밀리게 되었다. 더 이상 저항할 힘이 없던 이복남과 황박은 하는 수 없이 퇴각을 명하고, 일본군 역시 피해가 상당하여 조선군을 뒤쫓지 못하고 전열을 수습하기에 바빴다.

다음 날 고바야카와 다카카게가 이치로 진격했다. 그때 남원을 지키고 있던 권율은 일본군이 웅치를 거쳐 전주로 진입하려 한다는 보고를 받고 정담군을 지원하기 위해 전주로 이동하던 중, 금산의 왜군이 이치 쪽으로 진출한다는 정보를 입수했다. 권율은 동복현감 황진과 함께 이치로 달려가 그곳에서 왜군을 기다리고 있었다.

권율은 무슨 일에든 철두철미했다. 그는 목책을 세우고 주위에 마름쇠까지 깔아 놓는 한편, 돌과 화살도 충분히 확보해 두었다. 그런가 하면 우리 군 기지에 오색 깃발을 세우며 연기를 피워 올려 우리 군의 병력과 움직임을 적이 알지 못하도록 연막까지 쳐올렸다. 왜군의 2만여 명에 비해 우리 군은 겨우 1천5백여 명 정도였지만 권율은 황진과 함께 이 재를 지켜내야 했다.

7월 7일, 드디어 고바야카와 군은 일부 병력은 금산에 남겨두고 주력을 진산으로 이동시켜 8일 아침 이치 고개에 와서 우리 군과 맞섰다. 비록 2만 여 명의 왜군에 비해 군사 수는 턱없이 적었지만 한마음 한뜻이 되어 내 나라 내 민족을 지켜야겠다는 의지를 어느 누군들 꺾을 자가 없었다.

선두에 선 황진은 그전에 다짐했던 바와 같이 칼을 높이 쳐들고 몰려오는 왜군을 향해 사정없이 내리쳤다. 장수가 선두에 서서 비호같이 칼을 휘두르니 사기가 오른 조선 병사들은 여기저기서 함성을 지르며 왜군들에게 사정없이 달려들었다. 그리고 곳곳에서 난데없이 복병이 뛰어나와 왜군을 무찌르니, 아무리 수가 많고 강하다 해도 목숨 걸고 싸우는 우리 군을 호락호락 넘볼 수 없었다. 황진이 앞장서서 군사들을 독려하며 적진 속으로 뛰어 들어가 빛나는 검을 휘두를 때마다 왜군의 목이 땅에 뒹굴었다. 황진과 우리 군이 조금도 머뭇거림 없이 달려드니 왜군은 감히 쳐들어오지 못하고 주춤주춤하고 있었다.

그러던 중 잠깐 방심하는 사이 갑자기 총소리와 함께 황진이 휘청거렸다. 또 한 번 총소리가 울리자 황진이 몸도 잘 가누지 못한 상태에서도 적을 향해 이글거리는 분노의 눈빛은 적들을 한꺼번에 집어삼킬 것만 같았다. 세 번째의 총소리에 황진은 더 이상 견뎌내지 못하고 그 자리에 쓰러졌다.

적진에서 수많은 왜적을 무찌르던 장수가 쓰러지자 조선군이 순간 주춤하는 사이 왜군들이 집중 사격을 했다. 그러나 권율이 그 꼴을 보고 가만히 있을 턱이 없었다. 적의 부대가 몰려오자 권율은 칼을 꼬나들고 적을 향해 돌진했다. 닥치는 대로 적을 쓰러트리자 왜군도 당해내지 못했다. 그칠 줄 모르는 우리 군의 맹렬한 공격에 도저히 견디지 못했던지 고바야카와는 공격을 중지하고 후퇴하기에 이르렀다.

2만 명 대 1천5백 명, 이는 수적으로 어림도 없었지만 그를 따르는 병사와 의병군들의 결사 항전에 얻은 결과였다. 그렇게 해서 이치를 거뜬히 지킬 수 있었다.

한편 웅치를 넘어 온 안코쿠치 에케이는 전주성으로 진격해 들어갔다. 그때 전라감사 이광은 일본군이 쳐들어온다는 소식에 지레 겁을 먹고 도망치려던 중이었는데, 마침 전주성에 있던 이정란이 전주 백성들을 모아 놓고 궐기 대회를 하고 있었다. 많은 백성들이 이에 호응하여 함성을 지르며 결사 항전을 다짐하는 것을 보니, 도망치려던 이광은 자신이 너무나 부끄러웠다. 그는 그 자리에서 나라 위해 몸 바칠 것을 각오하고 그들에게 합류했다.

이제 전주성 백성들은 함께 모여 낮에는 온갖 깃발을 세워놓고 밤에는 봉화를 올려 이곳 군사가 많다는 것을 보여주기 위해 갖은 수단을 다 썼다. 웅치를 넘어온 안코쿠치 에케이는 햇살이 따가운 낮에는 조선군 기지에서 온갖 깃발이 바람에 기세 좋게 펄럭이는 것만 보아도 기가 꺾여 버렸다.

더구나 조선군은 아이 어른 할 것 없이 조국을 위해서라면 물불을 가리지 않고 덤벼들 것을 상상하니, 또다시 피비린내 나는 싸움을 할 용기가 나지 않았다. 안코쿠치는 전주성까지 왔으나 싸워보기도 전에 결국 금산으로 후퇴해 버렸다. 아마 웅치와 이치에서의 피비린내 나는 치열한 전투를 치렀기 때문에 또다시 전주성을 공격할 여력이 남아 있지 않았을 것이다.

안코쿠치가 병사들을 이끌고 다시 웅치로 넘어올 때까지도 웅치의 긴 고갯길은 조선군의 시체로 덮여 있었다. 가슴이 서늘해졌다. 안코쿠치는 전쟁이 가져다준 참상에 한동안 서글픔을 금치 못하더니, 이윽고 씁쓸한 표정으로 조선군의 시체를 모아 큰 무덤을 만들어주고, '조조선국충담의담(弔朝鮮國忠肝義膽, 조선의 충신 의사들의 영혼을 조상하노라)'이라는 비석을 세워주었다.

비록 적일지라도 조선 백성들의 조국애에 감탄하여 이런 글을 남겼듯이, 오늘의 조선이 있기까지에는 옛 선열들의 고결한 피와 땀의 대가인 것이다.

이번 웅치, 이치의 전투는 전라도 방어에 결정적인 역할을 했다. 그 당시 왜군 입장에서는 전라도 점령이 무엇보다 절실했지만, 이처럼 적의 공격을 막아내는데 성공함으로써 전라도 곡창 지대를 왜(倭)들의 손아귀로부터 지켜낼 수 있었다.

일본군은 전라도 진격에 실패하게 되면서 도요토미 히데요시의 전략에 큰 차질을 가져오게 되었다. 만약 웅치, 이치, 전주성을 초기와 같이 거침없이 밀고 들어왔다면 전라도 전역이 놈들의 손아귀에 넘어가게 되었을 것이고 나아가서 해안까지 그들의 소굴이 되었을 것이 아닌가. 생각만 해도 끔찍한 일이었다.

이후 권율, 이순신 장군은 웅치와 이치는 임진왜란의 여러 전투 중에서 가장 중요한 전투였으며, 특히 이치는 왜군과 싸워 육전에서 최초로 얻은 승리로서 조선군들의 사기가 충천하는 계기가 되었다고 했다. 또한 이순신 장군이 사헌부 지평 한덕승에게 쓴 편지에 "호남은 국가의 보장이니 만약 호남이 없으면 곧 국가도 없다." 라는 말을 남겼다.

이렇게 호남의 역할이 가능하였던 것은 호남이 지켜졌기 때문이었고, 호남이 지켜질 수 있었던 것은 웅치와 이치 전투에 승리한 까닭이며 나아가서 관군과 의병군들이 목숨 바쳐 싸운 공로였다.

_ 4 _

한산도 대첩

전쟁의 소용돌이 속에서도 세월은 쉼 없이 낮과 밤은 흘러갔다. 논개 또한 장수의 작은 마을에서 나날을 보내고 있었다. 전쟁은 그칠 줄 모르고 점점 깊어만 가고 있다. 이제 논개도 일어설 때가 되었는가 하며 활을 쥔 손에 힘을 주었다.

이어 전라도로 가는 길목인 웅치와 이치에서 왜군들을 섬멸했다는 소식에 뛸 듯이 기뻐했다. 연이어 오랫동안 소식이 없던 그이에게서도 전갈이 왔다. 고향에 계신 두 분 형님들과 상의한 끝에 위기에 처해 있는 나라를 언제까지나 관망만 할 수 없다는 결론을 내린 후 기회를 봐서 곧 내려오겠다는 소식이었다. 그처럼 그리워하던 님을 이제 머잖아 만날 수 있다는 생각에 요즘은 구름 위를 걷는 듯했다.

그저께 박 씨 할아버지가 허겁지겁 달려와 숨을 고르지 못하며 소식을 전해 주었다.

"마님, 마님, 이번 웅치와 이치 전투에서 놈들을 깡그리 쳐부쉈다고 합디다. 지금 마을에는 잔치 기분에 들떠 있습니다. 두 사람만 모여도 그 얘기를 하며 만세를 부르며 야단들입니다. 이번 웅치, 이치 전투가 큰 역할을 했답니다."

할아버지의 말을 듣고 한시름 놓긴 했지만, 과연 이웃 나라에 함부로 쳐들어온 왜군들이 언제 이 땅에서 물러갈지는 아무도 모르는 일이다. 이날도 논개는 남장에, 활을 어깨에 메고 자신만의 공간인 연습장에 갔다가 돌아오는 길이다. 요즘 서도식은 전연 나타나지 않는다. 아마 바쁜가 보다. 언젠가는 말을 타다 잘못해서 허리를 삐끗했지만 젊어서 금방 괜찮아졌다고 하더니 이번에도 혹 어디 다치지는 않았는지 궁금했지만 어쩔 도리가 없었다. 어느 누구 못지않게 민족애가 투철한 그는 아마 지금쯤 조국을 위해 총칼을 겨누고 있을지도 모른다.

그와 연락이 끊긴지도 오래되었다. 그는 논개가 여인의 몸으로 전쟁터에 나가는 것을 찬성하지 않았다. 수차 그에게 의병군으로 함께 가자는 뜻을 비쳤지만 일부러 못 들은 척했다. 아마 그는 논개에게 알리지 않고 전쟁터를 찾아 갔는지도 모른다.

논개는 넘어야 할 산이 또 있었다. 무엇보다 그이가 허락해 주어야 지금까지 연마한 솜씨로 적을 향해 속 시원히 활시위를 당길 수 있을 텐데. 어느새 논개는 마을 앞까지 왔다. 한 발자국 앞에서 활짝 핀 무궁화가 논개에게 어떠한 고난도 함께 이겨 나가자는 듯이 해맑은 미소로 반겨준다.

이순신 장군의 한산도 대첩이다.

웅치와 이치에서 패한 왜군들은 또다시 전라도를 침범할 작전을 짜기에 이르렀다. 임진왜란 초기에는 왜군이 승승장구하다가, 이순신의 옥포 해전 등에서 잇따른 패전 소식에 당황한 도요토미는, 6월 23일자 명령을 통해 용인 전투에서 승리한 원래 수군 부대인 와키자카 야스하루를 다시 해안으로 급파하고, 오다 노부나가 시절부터 수군의 최고 권위자인 구키요시다카와 그 외 가토 요시아키 등을 소집하여 이순신이 이끄는 조선 수군을 돌파할 임무를 와카자카에게 맡겼다. 그리하여 웅천 방면에 있던 와카자카 야스하루가 73척을 이끌고, 그 뒤로 구키요시다카가 42척을 이끌고 따랐다.

왜군의 이러한 사실을 탐색한 조선 수군은 7월 6일, 전라우수사 이억기와 더불어 경상우수사 원균의 함대 등 총 55척이 노량에서 합세했다. 이튿날 7월 7일, 저녁 무렵에 왜선 70여 척이 견내량에 머무르고 있다는 첩보를 받고, 7월 8일 조선 수군은 한산도 근처에서 이를 확인했다.

왜군은 대선 36척, 중선 24척, 소선 13척 등의 함대가 내양(內洋)에 벌여 진을 치고 있는데, 아무리 보아도 그곳은 지형이 좁아서 배가 마음대로 활동하기가 어려울 것 같았다. 도저히 그곳에선 전투가 어렵다고 생각하여 조선 수군은 진격하는 척하며 전진했다가 때론 후퇴하기도 하여 왜군을 넓은 한산 앞바다로 끌어내는 데 성공했다. 이에 조선군이 넓은 한산도 앞바다에서 죽 펼쳐서 학익진(鶴翼陣)을 친 후, 그 넓은 바다가 떠나갈 듯 함성을 지르고 북을 치며 오색찬란한 기(旗)를 휘두르며 일시에 나란히 진격했다. 그리고 각종 총통을 발사해 순식간에 적선 3척을 쳐부수니 왜적들이 조선 수군의 기세에 눌려 싸울 엄두도 못 내고 후퇴하기에 급급했다. 군사들이 사기가 올랐을 때 더 맹렬한 공격으로 적선 63척을 불살라 버리는 전과를 올리자 여러 장수와 군졸들이 환호성을 지르며 기뻐 날뛰었다. 이날 70여 척의 왜군 함선이 전부 침몰하거나 불타버렸다.

그 중 와키자카를 비롯해 살아남은 자 4백여 명은 당시 무인도였던 한산도에 쫓겨 들어가 먹을 것이 없어 13일간 미역과 조개 등을 먹으면서 연명하다 간신히 목숨만 부지해서 뗏목을 엮어 가까스로 탈출했다. 이 해전의 결과 해상으로 파죽지세로 북상하는 육군 보급을 충당한다는 일본군의 기본 전략이 완전히 뒤틀어지고, 해상을 장악할 의욕을 완전히 상실해 버린다.

이처럼 이순신 장군의 한산도 대첩과 웅치, 이치 전투로 인해 왜군은 전라도 진군에 실패하게 되고, 왜군의 수륙병진(水陸竝進) 작전에 차질이 생기게 된다. 또한 이 두 사건은 임진왜란 전투 상황이 바뀌게 되는 계기가 되었다. 이에 고니시 유키나가가 이끄는 평안도 방면의 일본 육군은 남하할 수밖에 없었고, 이로 인해 조선 조정은 무사할 수 있었다. 또한 해전에서 승리를 하는 동안 조선 육군도 재정비가 되어 반격의 실마리가 마련되었다.

외국의 역사가 할버트는 "이 해전은 조선의 살라미스 해전(기원전 480년 9월, 살라미스에서 그리스와 페르시아 간에 벌어진 해전으로 그리스는 수적 열세에도 페르시아 해군을 격파, 아테네 역사의 중요한 전환점이 됨)이라 할 수 있다. 이 해전이야말로 도요토미의 조선 침략에 사형 선고를 내린 것이다."라고 했다.

이처럼 한산도 대첩은 남해안 일대의 제해권을 확보함으로써 이미 상륙한 왜군에게도 위협을 주어, 그때까지 매우 불리했던 임진왜란의 전세를 유리하게 전환할 수 있었다.

더구나 이순신 장군과 전투를 치르고 난 일본 수군 와카자키 야스하루는 "나는 두려움에 떨려 음식을 몇날 며칠을 먹을 수 없었으며, 앞으로의 전쟁에 임해야 하는 장수로서 나의 임무를 다할 수 있을는지 의문이다."라고까지 했다. 또한 와카자기 야스하루의 후손들은 아직도 이순신의 탄생일마다 존경의 표시로 우리나라를 방문한다고 한다. 일본 해군의 영웅인 도고 헤이하치로는 "나를 넬슨에 비하는 것은 가하나 이순신에게 비하는 것은 감당할 수 없는 일이다."라고 했다.

그 외에도 영국의 해전사 전문가인 G.A. 빌라드, 미국의 토마스

브레네, 명나라 장수 진린 등은 이순신 장군을 극찬했다. 중국의 장웨이 학자는 중국 최고의 명문대학인 북경대 강의에서 거북선을 설명한 후 이순신 장군을 찬양했다. 또한 아직도 전 세계 해군 사관학교에서는 이순신 장군의 전법을 가르친다고 한다.

그처럼 세계인들이 흠모하는 이순신 장군이 조선인이라는 것은 후손들이 길이 감사해야할 일이 아닐 수 없다.

일본군은 웅치와 이치 전투를 통해 전라도 함락이 막히자 무엇보다 왜군의 군량 문제가 해결되지 못했다. 조선군은 적은 병력으로 잇따라 전투를 치르다 보니 이치 전투를 치른 권율 장군의 병력은 2천이 겨우 넘었고 웅치의 경우는 그보다 더 적었다. 이렇게 불리한 상황에서 또다시 전투를 벌이게 되었다.

고경명은 59세에 동래 부사를 마지막으로 고향에 내려와 고령을 위해 할 일이 무엇일까 고민하던 중 임진왜란이 일어났다. "내 인생에 화룡점정(畵龍點睛)할 때다." 하며 나라를 위해 기꺼이 목숨을 버리기로 결심한 그는 문학의 대가들과 모여서 시를 지으며 정세 변화를 토론했다. 그는 60세의 나이로 전라도 광주에서 의병을 일으켜 한성을 향하여 북상하면서 병력을 모아 전주에 이르렀을 때에는 7천여 명의 의병을 거느릴 수 있었다.

그는 한성을 향하여 북상하던 중 왜군이 전라도로 침입해 들어올 것이라는 소식을 듣자, 처음 계획을 바꾸어 왜군을 물리친 후

북상하기로 했다. 이때 왜군을 막기 위해 진산에 진을 치고 있던 전라도 방어사 곽영의 병력과 조헌의 병력까지 합류해서 왜군이 진을 치고 있는 금산을 치기로 합의를 보았다.

고경명은 시와 그림에도 능한 선비였다. 그가 전주에서 군사 훈련을 시키면서(6월 24일) 말 위에서 각 도의 수령과 민중들에게 격문을 보낸 '마상격문(馬上檄文)'은 최치원의 '황소격문'과 제갈량의 출사표와 더불어 3대 격문으로 평가받을 만큼 훌륭했다. 고경명의 폐부를 찌를 듯한 절절함이 담긴 호소에 호응한 의병들은 담양을 지나 금산으로 향했다. 금산으로 향한 고경명의 의병은 곽영의 관군과 함께 진산을 거쳐 7월 9일 금산에 도착하여 금산성을 포위한 상태에서 전투가 벌어졌다.

그 당시 금산성에는 고바야카와 다카카게가 지휘하는 왜군이 7월 8일 전주로 진출하려다 이치 전투에서 권율 장군에게 크게 패하고 본거지인 금산으로 철수하여 1만5천여 명의 병력이 성을 점령하고 있었다. 그러나 왜군은 전날 이치 전투에서 대패했기 때문에 병력 손실이 많아 적극적인 대항을 하지 못했다.

조선 병사들이 금산성을 포위한 채 왜군을 향해 사정없이 화살을 날리자 왜군들은 마지못해 대항했다. 우리 군은 신이 나서 쉴 틈 없이 공격했고, 왜군은 꼼짝도 하지 못했다. 첫 전투에서 고경명 장군이 승리한 셈이다. 그러자 곽영은 저녁이 되어 고경명에게 수가 적은 우리 군사로서 굳이 금산을 칠 필요가 없지 않느냐고 했다. 이미 이치 전투로 인해 왜군들은 전주 진출은 포기한 상태인데, 굳이 적은 군사로써 왜군을 공격하지 않아도 저들은 곧 물러날 것이니 이대로 철군하자고 권유했으나 고경명은 이를 허락하지 않았다.

이튿날 아침, 고경명은 곽영의 권유를 듣지 않고 놈들을 깡그리 쳐부수기 위해 의병의 주력이 금산성 서문을 공격하도록 지시했다. 그때 고바야카와는 100년 전쟁의 달인답게 곽영의 관군이 부실하다는 것을 얼른 알아차리고 병사들을 이끌고 곽영의 군대가 있는 쪽으로 달려가 필사적으로 싸우자, 곽영의 군대는 얼마 못 가 악착같이 덤벼드는 왜군의 공격에 무너지기 시작했고, 곽영마저 후퇴해 버렸다.

관군이 무너졌다는 사실을 안 의병군도 술렁이기 시작하자, 그 틈을 타 왜군은 결사적으로 공격을 해왔다. 수많은 왜군들의 공격에 끝내 의병 진영도 힘을 잃기 시작했고, 하나둘 흩어지기 시작했다. 상황을 판단한 휘하 막료들이 고경명을 탈출시키려 했으나 고경명은 눈 하나 깜짝하지 않고 총알이 날아드는 적진 속에서 사력을 다해 싸웠다. 그는 적들의 화살이 빗발치듯 날아드는 싸움터에서도 몸을 사리기는커녕 금산성을 돌려받아야 한다는 생각뿐이었다. 적들의 총칼이 무섭지 않았다.

유팽로 역시 의병군들과 함께 후퇴하던 중 고경명이 아직 왜군들과 싸우고 있다는 말을 듣고 발길을 돌려 다시 돌아오자, 고경명은 "나는 이곳을 떠날 수 없으니 그대는 먼저 이곳을 벗어나는 것이 좋겠소."라며 유팽로에게 진중을 떠날 것을 극구 권했으나, 유팽로 역시 후퇴할 뜻을 버리고 함께 목숨 걸고 싸울 것을 다짐하며 고경명을 호위해 적들과 싸웠다. 그러나 현실은 현실이었다. 아무리 목숨 걸고 싸운다 해도 물밀듯이 밀려오는 적들을 당해낼 재간이 없었다. 그러나 고경명은 조금도 두려워하지 않고 연로한 몸으로 사력을 다해 싸우다가 유팽로, 안영 등과 더불어 기어이 금산 땅에 하나뿐인 목숨을 바쳤다.

고경명의 차남인 인후 역시 선두에 서서 용감히 싸우다가 의병군이 무너지자 남은 부하들을 수습하여 끝까지 싸웠으나, 헤아릴 수 없이 많은 적들을 상대하기엔 너무나 버거워 기어이 놈들의 칼날 아래 목숨을 잃고 말았다.

고경명의 큰 아들 종후는 남은 의병들을 수습하여 안전지대로 후퇴하였다가 아버지와 동생의 비보를 듣고 허겁지겁 현장으로 달려가 시신 속에서 아버지와 동생을 찾으니, 아버지는 목이 잘린 채였고 동생은 목에 칼이 꽂혀 있었다. 순식간에 사랑하는 부모 형제가 그처럼 처참한 지경에 이른 것을 보니 눈물도 나오지 않았다. 한동안 넋을 잃은 채 멍하니 서 있다가 그대로 주저앉아 목놓아 울었다.

놈들에게 어떻게든지 이 아픔을 돌려주리라 다짐하고 쏟아지는 눈물을 가눌 길 없어 진으로 돌아오니, 모든 군사들이 시신을 붙들고 통곡을 했다.

병사들이 울분을 참지 못하고 고종후와 함께 남은 병력을 추슬러서 다시 금산성으로 쳐들어갔을 때는, 이미 적들은 후퇴한 다음이었다. 고경명의 큰아들 고종후는 내 부모 형제의 원수를 갚기 위해서라도 남은 병력을 이끌고 전국을 누비며 싸웠다.

왜군들은 6월 15일 평양성 함락 이후 날개를 단 듯했지만 실상은 평양성 이북으로 더 이상 북상하지 못했다.

고니시 유키나가의 제1군은 평양성에서 나고야성의 예비 부대가 남해와 서해를 통해 평양에 도착하고, 조선 전역에 파견된 일본군 각 부대가 담당 지역에서 징발한 군대와 병량이 모아지기를 기다리고 있었다. 또한 조선군과 의병들의 끊임없는 항전으로 고니시 유키나가의 부대만으로는 더 이상 진격할 저력이 남아있지 않았을 뿐 아니라, 고니시가 평안도 지역을 점령하기 위해 소규모 부대를 평양에 보냈을 때, 평안도에 있는 조선 관군과 의병에게 역습을 당해 살아 돌아온 자가 별로 없었다.

더구나 평안도에서는 조선 관군과 의병의 활동이 활발했다. 평안도에는 여러 의병들이 있었고, 휴정이 묘향산에서 승병을 일으켜 평양성 수복을 도모하고 있었다.

이 무렵부터 이미 일본군은 병참 보급에 문제가 생기기 시작했다. 이순신을 위시한 조선 수군이 일본의 뱃길을 막아 남해와 서해를 이용한 병력과 무기, 식량을 차단하였고 육로를 통한 보급로도 원활하지 못했다. 또한 임진왜란 초기부터 조직된 경상도 조선군과 의병이 부산에서 한양을 잇는 보급로를 차단하기 시작했다. 이리하여 평양성에 주둔해 있는 일본군은 바다와 육로가 막히게 되자 군량이 떨어져 굶주림을 당하게 되고, 탄약이 떨어지는 일들이 발생했다.

한편, 조선은 명의 원병 문제를 두고 조정 대신들의 의견이 엇갈리면서 대체로 부정적이었다. 한양에서 파천을 결정하면서 명의 지원 문제가 잠깐 거론되었지만 어디까지나 조선의 문제는 조선 자체에서 해결하기로 의견을 모았다. 그 후 상주, 충주에서 신립 장군이 무참히 무너지고, 선조 임금이 또다시 평양으로 파천을 결정할 때 명의 원병 문제를 다시 거론했다.

이에 이항복이 명군의 지원을 건의하자 윤두수는 우리 군이 임진강을 지키고 있으니 속히 하삼도(충청도, 전라도, 경상도)와 북도(황해도, 평안도, 함경도)에 연락하여 병력을 모집하면 될 것이니 그로서 해결하자고 했다. 만약 명군이 조선 땅을 밟는다 해도 오히려 지금보다 더 난처한 일이 유발될 수도 있을지 모르니 그 문제는 좀 더 신중을 기해서 고려해 보자고 했다. 그러나 이항복이 재차 원병을 요청하는 쪽으로 힘을 실었지만, 잘못하다간 오히려 명군에게 필요 이상으로 괴롭힘을 당할지도 모른다며 그것으로 일단락 지었다.

그러나 임진강 방어선마저 무너지자 의주에 피난해 있던 선조 임금은 5월 말경, 결국 명나라에 사신을 파견해 원군을 요청하기에 이르렀다. 이에 명나라 황제는 당시 중국에서 이름난 장수였던 조승훈을 우군 부총병으로 임명하고 3천 명의 군사를 주어 조선의 명나라 1차 원군으로 파견하게 되었다. 조승훈의 3천 명의 명군은 1592년 7월 초순, 압록강을 건너 조선의 도원수, 김명원 휘하의 3천 명의 군사와 합류해 평양 북방 순안군에 집결하였다.

당시 평양성에는 고니시의 군대와 구로다 나가마사의 군대 1천1백 명이 있었는데, 도중에 병량 문제로 구로다 나가마사의 병력은 황해도로 옮겨갔다. 이를 본 척후장 순안 군수 황원이 적의 주력이 빠져나가는 것으로 잘못 보고한 탓에, 7월 17일(양력 8.24) 아침 조명 연합군은 평양성으로 진격했다. 그때 마침 평양성의 문은 열려 있고 적들도 보이지 않자, 명군의 선봉장 서유는 병력을 모두 평양성으로 진격시켰다.

그러나 처음부터 왜들의 꿰임에 빠져들었다. 이미 왜군은 길 양편에 매복해서 조선군이 오기만 기다렸다가 조총 사격으로 명의 선봉장 서유와 부장 천총, 장국총 등을 사살시켰다. 그러자 조선군과 명군은 그 상황에서 우왕좌왕하다가 크게 패했다. 결국 조승훈은 부상을 입고 남은 병력을 이끌고 7월 18일 요동으로 돌아가고 말았다.

이것이 평양성 2차 전투이며, 조명 연합군의 최초의 전투이자 최초의 패배로 끝나버렸다. 2차 전투에서 조명 연합군이 패배하자, 중화군의 임중량, 윤봉, 그리고 차은진과 차은로 등이 의병을 이끌고 일본군들과 싸웠으나 고니시는 의병군을 선제공격하여 의병군들이 대부분 전사했다.

그러나 조선 조정에서는 평양성을 포기하지 않았다. 2차 전투 때 일본군 병력이 약화되었을 것이라 판단한 조정에서는 일본군보다 더 많은 2만여 명의 병력을 모아 평양성을 수복하기로 결정했다.

3차 평양성 전투가 시작되었다.

이에 조방장 김응서, 별장 박명현 등이 용강 등 바닷가 여러 고을에서 군사 1만여 명을 모았고, 별장 김억추는 수군을 거느리고 대동강 입구를 점거하는 등 평안도를 위주로 조선 각지에서 군사들이 몰려들었다. 평양성 탈환을 두 번이나 실패한 조선에서는 각처에서 의병군이 일어남과 동시에 방위를 철저히 했다. 순변사 이일이 5천 명의 병력으로 동쪽에서, 조방장 김응서가 1만 명의 군사로 서쪽에서, 순찰사 이원익이 5천 명의 군사로 북쪽에서 공격하기로 했다.

조선군이 평양성 보통문 밖에 이르자 일본군 50여 명이 공격을 해왔다. 이에 조선군도 결사적으로 대항하여 왜군 20여 명을 사살했다. 그러자 조선군은 사기가 충천하여 성문을 향해 돌진해갔다.

이때 성 안에 잠적해 있던 왜군 수천 명이 갑자기 나타나 맹공격을 가하자 각처에서 모여든 의병군은 훈련 한 번 제대로 받아보지 못한 터라 우왕좌왕하다가 군사들은 흩어져 버렸다. 그나마 남은 병력은 재빨리 후퇴했기 때문에 조금이라도 사상자를 줄일 수 있었다. 이렇게 3차도 어이없이 끝나버렸다.

하지만 고니시 유키나가는 평양성에 주둔해 있으면서 계속 승리했지만, 8월 초 한양성에서 개최된 일본군 주요 지휘관 회의에 참석한 이후로 그는 임진왜란 이전 도요토미 히데요시가 계획한 조선 침략이, 생각대로 그리 쉽게 성공하지 못할 것이라는 것을 예측하기 시작했다. 이에 따라 고니시 유키나가는 발 빠르게 명나라에서 파견한 심유경과 회담을 시도한다.

한편 임진강 방어선마저 무너지자 의주에 피란해 있던 선조 임금은 1592년 6월, 명나라에 지원군을 요청하자, 명나라에서는 7월에 원군 파병을 결정하고 군대가 준비될 때까지 먼저 심유경을 파견하여 일본과 협상을 하게 한다. 1592년 8월 17일에 조선에 들어온 심유경은 9월 1일 강북산에서 고니시 유키나가와 강화 회담을 갖는다. 정작 조선은 뒤로하고 양국 간에 50일 간의 휴전 협정이 체결되었다.

명나라 측에서는 군대 파병을 준비할 수 있는 시간을 할애할 수 있고, 일본은 지속적인 전투로 인한 병사의 휴식과 후방 보급을 위한 시간이 필요했던 것이다.

조선 조정에서 반대하자 심유경이 명나라에서 70만 대군을 파병할 준비를 하고 있다는 거짓 보고를 함으로써 간신히 조선에 동의를 구한 상태였다.

그 당시 왜군의 상황을 고니시 유키나가의 부하 요시노 진고자에몬의 비망록에 의하면, 심유경과 고니시 유키나가 간의 50일 간의 휴전이 합의된 이후, 일본군은 심한 궁핍을 겪었다고 한다.

"여러 다이묘들은 평생 겪어온 적이 없는 굶주림 때문에 마르고 지치고 얼굴빛은 검어졌고, 술을 못 마시니 마음 달랠 길도 없었다."라는 기록이 일본 측의 문헌에 남아있다.

그 사이 명나라에서는 10월 16일에 이여송을 파병하기로 결정하였다가, 다시 11월 26일에 심유경과 고니시 간에 재차 회담을 갖고 기간을 연장하기로 했다. 그러다가 이 회담 다음 달인 12월 25일에 이여송이 압록강을 건넜다.

_ 5 _

골입아군(鶻入鴉郡)

솔숲이 우거진 사이로 오후의 햇살 한 가닥이 빼꼼히 모습을 드러낸다. 오늘도 서도식은 나오지 않을까? 오랫동안 모습을 나타내지 않는 걸 보니 아마 그도 지금쯤 의병의 일원이 되어 어딘가에서 적을 향해 활시위를 당기고 있을지도 모른다. 시작이 반이라던가, 처음엔 조금은 망설여졌으나 활을 잡은 지 일 년여가 지난 지금은 얼마나 다행이냐는 생각이 든다.

"마님은 난생처음 활을 잡아 보는데도 자세도 곧고 몸놀림이 무척 날렵한 것을 보니 금방 배우실 것 같아요."라며 논개에게 힘을 실어 주던 그였다. 서도식의 말과 같이 논개도 이젠 조금은 활솜씨가 익숙해졌을까? 과연 총칼이 날아오는 전쟁디에서 적군을 마주보며 활시위를 당길 수 있을까? 그러나 내 나라 내 민족을 위해서라면 총칼인들 두려우랴. 논개 역시 오래전부터 의병에 뜻이 있었지만, 그이의 허락을 받는 게 도리라 생각하고 지금까지 미적대고 있었다.

이날은 마지막 연습이었다. 항상 느끼는 일이지만 화살이 공기를 가르며 날아갈 때 그 특유의 기묘한 음률은 언제 들어도 아름다웠다. 그 아름다운 음률을 타고 날아가는 화살 저 끝에는 적의 생명이 달려있다는 것이 실로 아이러니하다고 생각해 본다.

지금 세상 밖에는 피아간에 생명을 노리며 총칼을 겨누고 있지만, 자연은 이처럼 한가하고 평화롭기만 하다. 초가을의 싱그러운 바람은 폐부 깊숙이 들어와 잡다한 잡념을 씻어 주는 듯하다. 논개는 "전시만 아니라면," 하고 또 한 번 중얼거려 본다.

세상의 이치도 깨닫기 전에 여리고 작은 아이의 가슴 깊숙이 자리 잡았던 그분을 천신만고 끝에 지아비로 모셨건만 채 1년도 채우지 못하고 헤어져야만 했다. 이제 3년간의 시묘살이를 앞당겨 며칠 후면 꿈에도 그리던 그이가 돌아온다. 머지않아 있을 님과의 만남을 떠올리자 삼라만상이 환희로 술렁인다. 길가에 뒹구는 작은 돌멩이 하나에도, 바람에 살랑이는 나뭇잎 하나도 정겨움으로 다가온다.

최경회 현감은 한성에서 사도시정의 임무를 마치고 담양부사로 재직 중 선조 23년(1590년 12월)에 모친상을 당해 관직에서 물러나 고향인 화순으로 내려가 시묘살이를 하던 중 임진왜란을 맞았다.

'어머님, 그처럼 황윤길과 김성일의 의견이 분분하더니 기어이 일본군들이 부산진성을, 동래성을, 내 나라의 훌륭한 장군들을 앗아갔다는 비보를 어머님 앞에서 들어야만 하는군요.'

마음 둘 곳 없어 어머님의 무덤을 베개 삼아 하늘을 우러러 본다. 벌떡 일어나 낫을 들고 들풀을 베어버린다. 자신이 처한 상황이 이날따라 안타깝다. 유교의 덕목인 충효(忠孝)를 목숨처럼 여기는 그는 위기에 처해 있는 나라를 위해 당장 달려가고 싶으나 모친 상중에 있는 몸이라 마음만 달려가고 있었다.

최경회가 시묘살이를 한 지도 일 년하고 2년이 가까워 오는 동안 항상 가신 분만 생각하며 쓸쓸히 지내야 하며, 잠자리도 비가 오나 눈이 오나 움막집에서 거처해야 했으며, 음식 또한 고기를 먹어서도 안 되고 항상 거친 음식만 먹어야 했다. 최경회는 원래 부모로부터 건장한 체격을 물려받았지만 나이에는 장사가 없었다. 삭신이 쑤시고 전신에 맥이 빠지고 몸을 추스를 수가 없다. 어머님을 생각하고 현 시국을 바라보며 간신히 몸을 일으켰다. 이 무슨 호강에 뻗친 생각이란 말이냐. 지금 밖에서는 생사를 넘나드는 전쟁을 치르고 있는데, 오히려 자신만 안이한 생활에 젖어 있는 것 같아 송구스럽다.

일본군은 원래 계획대로 고니시의 1번대는 부산, 동래, 대구, 선산, 상주, 문경새재를 넘어 충주, 여주를 거쳐 한성에 입성했고, 가토의 2번대는 한성의 동쪽인 부산, 동래, 언양, 경주, 충주 등으로 들어갔으며, 구로다의 3번대는 다대포, 김해 등 서쪽으로 들어가고, 나머지 4번대에서 9번대까지 속속 들어와서 조선 각지에 진을 치고 있었다.

이렇듯 전란의 비보를 어머님의 묘 앞에서 들을 때마다 죄 없는 들풀만 베던 중, 드디어 호남에서 고경명이 아들 종후, 인후와 함께 의병을 일으켰다는 소식이었다.

젊은 시절, 기대승의 문하에서 함께 수학한 고경명은 시문에도 능통했으며 기골이 장대하고 덕망이 높고 사려가 깊은 사람이었다. 1591년에 동래 부사로 재직 중 세자 책봉 문제로 직을 내려놓고 고향에 내려와 있다가, 1592년 임진왜란이 일어나자 김천일, 박광과 함께 의병을 일으켜 담양에서 6천여 명의 의병 부대를 편성했다.

최경회는 반가운 나머지 당장 내려가 맏형인 최경운과 둘째 형인 경진과 함께 고향인 화순읍 삼천리 고사정(高士亭)에 의병청을 설치하고 나라의 위급함을 구구절절이 호소하자, 각 고을에서 당장 의병 300여 명이 의병청으로 달려왔다. 최경회는 눈물을 글썽이며 무조건 달려온 그들에게 감사해 하며, 조카인 홍재에게 의병을 인솔하여 고경명 의병장이 이끄는 의병들과 합류하게 했다.

지금 곳곳에서는 하나뿐인 목숨도 내어 던지고 60의 나이도 불문하고 수많은 백성들이 의병의 일원으로서 내 나라 내 민족을 지키기 위해 벌떼처럼 일어나고 있다. 송빈이 제일 먼저든 곽재우가 먼저든 그런 건 상관없었다. 선비가, 천민이 내 나라를 위해 일어난다는 건 아직도 조선이 살아있다는 증거다. 지금은 조선이 불리한 상황에 놓여 있다지만 머잖아 우리 민족들이 너도나도 일어나 저 악랄한 왜군들을 모조리 쓸어낼 것이 분명하다.

그들의 헛헛한 뒤통수를 뒤로하고 떠나간 지도 보름이 가까워 온다.

'홍재가 의병군을 인솔하여 고경명 의병장에게 잘 도착했는지? 그들과 함께 싸우는지? 그리고 금산 전투는?'

요즘 들어 눈도 개운하지 않은 것 같다. 저쪽 산기슭에 분명 무슨 물체가 어른거리는 것 같은데 도무지 분간할 수 없다. 늙음의 탓일까? 최경회는 씁쓸한 기분으로 산기슭을 주시하고 있는데 그들이 좀 더 가까이 오자 자세히 보니, 뜻밖에도 고경명 의병장에게 보냈던 조카 홍재였다. 그 뒤로 누군가 허겁지겁 따라오고 있었다. 이유 불문하고 이 전시에 다시 만날 수 있다는 것이 반가웠다.

"숙부님!"

"홍재야!"

그들은 서로 어깨를 어긋맞게 잡으며 끌어안고 한동안 말이 없었다.

"그래, 홍재야 어떻게 되었느냐? 고경명 의병장은 잘 계시고? 그리고 금산 전투는?"

홍재는 말을 잃은 채 고개만 숙이고 있다. 순간 불길한 기운이 여막 주위를 안개처럼 뿌옇게 둘러싼다. 뒤를 이어 백발이 성성한 문홍헌이 나타났다.

"아니, 경암께서 예까지 어인 일이십니까?"

능주의 문홍헌은 팔십 고령으로 의병 3백여 명을 이끌고 고경명 의병장에 합세해서 금산 전투에 함께했던 사람이다.

"그러잖아도 고경명 의병장의 소식이 무척이나 궁금하던 차였는데, 반갑습니다. 그런데 어떻게 되었습니까?"

최경회는 숨 돌릴 틈도 주지 않고 고경명의 안부를 묻는다. 7월의 쨍하던 햇살이 순간 구름 사이로 모습을 감추는가 하더니 기어이 고개를 일그러뜨리며 흐느끼고 있었다.

"고경명 장군은 그의 아들과 함께 그만……."

"예? 고경명이……."

최경회는 말을 잊지 못한다. 전시에는 어느 누구도 생사를 장담할 수 없다지만 고경명이 순절했다는 말에 현기증으로 정신이 아뜩해졌다.

"어떻게……."

그들은 한동안 말을 잊지 못했다.

고경명 장군은 6천여 명의 의병을 이끌고 북상하여 6월 1일에는 전주, 여산, 27일에는 은진에 이르렀다. 그곳에서 왜적이 호남을 침범할 계획이라는 정보를 입수하자 계획을 바꾸어 곽영의 관군과 합세해서 금산을 칠 계획을 세웠다.

"그때 고경명 장군이 이 늙은이를 부르더니 전쟁을 하려면 우선 군사들의 배를 채워야 하지 않겠느냐며 내게 우선 양식부터 구해 올 수 있으면 좋겠다고 하기에, 금산을 떠나 동분서주하며 양식을 구하러 다니다가 화순 동복에 이르렀을 때, 그곳에서 고경명 장군의 순절 소식을 들었지. 한동안 기절했다가 일어났다네. 그러자 의병들은 뿔뿔이 흩어져 버렸다네. 고경명 장군의 원수를 갚기 위해서라도 이 늙은이가 흩어진 의병군들을 다시 모아야겠다고 결심했어."

문익점의 후손인 문홍열은 그 후 다시 의병을 일으킬 것을 결심하고 집안일은 아우에게 맡기고, 모친 상중인 최경회에게 찾아와 의병장이 되어 줄 것을 간곡히 부탁했다. 문익점 역시 어머니의 시묘살이를 하던 중 왜구들이 해안 근처의 여러 마을로 약탈하며 돌아다녔다. 그들이 나타나자 조선인들이 모두 도망을 치는데 유독 문익점만은 그의 어머니 묘 앞에서 곡을 하고 있는 것을 본 왜구들이 감동하여 나무 하나를 벤 후, 그 나무에 '효자를 범하지 말라'라고 썼다. 왜구들은 그렇게 맹세한 후, 무리를 이끌고 가버리고 다시는 오지 않았다고 한다.

목화씨로 유명한 문익점은 공민왕 때 벼슬길에 올랐다. 3년 후 문익점은 서장관으로 원나라에 갔을 때 간신배의 모략으로 유배를 가게 되었는데, 유배지에서 3년 만에 풀려나와 고려로 돌아올 때 목화씨를 우리나라에 가져온 것으로도 유명하다.

이처럼 일본인들은 동방예의지국인 조선을 흠모하면서도 악랄한 짓은 함부로 하는 자들이었다. 중국의 공자도 자기의 평생소원이 뗏목이라도 타고 조선에 가서 예의를 배우는 것이라고 했다.

김충선 역시 조선의 모든 문물에 감동하여 일본인으로서 조선에 귀화한 좋은 사례가 있지 않은가. 김충선(사야가)은 본래 일본인으로서 어릴 때부터 조선의 문물과 인륜 중시 사상을 흠모하였다. 그는 가토 가요마사 휘하의 좌선봉으로 조선에 출병한 일본 병사였다. 그런데 그는 부산에 도착하자마자 조선 침략의 부당함을 지적하면서 부하 3천 명을 이끌고 평소 예의지국으로 흠모하던 조선에 귀화하였다.

사야가는 조선 백성들에게 "내 일찍이 조선이 예의의 나라라는 것을 듣고 오랫동안 조선의 문물을 사모하면서 한 번 와서 보기가 소원이었고, 이 나라의 교화에 젖고 싶은 한결같은 나의 사모와 동경의 정은 잠시도 떠나 본 적이 없었다."라고 했으며, 성해응의 글에서는 "조선에 들어온 후로는 의복 문물이 중국과 같음을 보고 강개하며 사모하여 병사들에게 살인과 노략을 하지 못하게 하고 스스로 모하당이란 호를 삼아 마침내 우리에게 항복했다."라는 기록이 있다.

그는 조선에 귀화한 이듬해 훈련청을 설치하여 조총, 화약 등을 만들었으며, 일본인으로서 조선을 위해 많은 공을 세웠다. 그처럼 일본인 개개인은 조선을 흠모하며 동경하지만, 집단화된 일본인들은 칼을 함부로 휘두르는 포악한 자들이었다.

문홍헌은 이어 금산 전투에 관해 얘기하기 시작했다.

고경명이 곽영의 만류에도 굳이 금산에서 전투를 한 데에는 필시 이유가 있었다. 금산성을 점령한 왜군 제 7부대는 7월부터 곡창지대인 전라도를 포기하지 않고 전라도 진격을 계속 시도하고 있었다.

한편 고바야카와 다카카게가 지휘하는 왜군은 전주로 진출하려다 이치에서 권율 장군에게 크게 패하고 본거지인 금산으로 철수하여 1만5천여 명의 병력이 금산성에 쫓겨 와 있었다.

고경명은 왜군이 웅치와 이치에서 크게 패하여 성 안으로 허겁지겁 쫓겨 들어온 이때야 말로 금산성을 탈환할 기회라 여긴 듯했다. 금산성을 되찾아야 호남을 노리는 왜군을 막을 수 있지 않겠느냐는 것이었다. 이에 고경명 장군은 이치와 웅치에서 패배하여 미처 정신도 차리지 못하는 왜군을 사정없이 공격했다. 아직 정비도 갖추지 못한 상태에서 공격을 하니 조선군에게 적극적인 대항을 하지 못하고, 성루에서 조총을 쏘며 간신히 조선군의 접근만 막는 상태였다.

처음엔 고경명이 승리했다. 이때라 생각한 조선군은 비격진천뢰를 쏘아 창고와 막사를 불사르면서 또다시 전투가 시작되었다. 며칠간 싸우는 동안 피차 피해가 컸다. 그러나 곽영의 반대에도 불구하고 고경명은 기어이 왜군을 상대했다. 그러던 찰나 관군이 실하지 못함을 알아채고 왜군은 적극적으로 달려들었다. 결국 관군은 겁을 내고 도망하기에 바빴다. 그러자니 의병군마저 사기가 떨어지고, 고경명은 물밀 듯 밀려오는 왜적에 끝까지 대항하다가 아들 인후와 유팽로, 안영 등이 순절했다.

문홍헌의 긴 얘기를 가슴을 쓸어내리며 듣고 있던 최경회는 평소 그의 충의와 곧은 성격을 잘 아는지라 정녕 고경명만이 할 수 있는 일이라 찬탄하며, 최경회는 벌떡 일어났다.

문홍헌이 다시 한 번 최경회에게 간청한다.

"삼계(三溪), 이제 공이 일어서 주어야만 하겠네, 호남의 의병을 다시 일으킬 사람은 아무리 생각해 봐도 삼계뿐일세. 나는 이미 집안일은 아우에게 맡기고 이 늙은 목숨 나라에 바치기로 맹세하고 공을 찾아왔네. 공이 나서 준다면 이 한 목숨 끊어지는 날까지 공을 도와 나라를 일으키고 싶네. 부디 이 늙은이의 간청을 져버리지 말아 주게나."

팔십 고령의 피맺힌 절규 앞에서 어느 누가 거절할 수 있을까!

"예, 잘 알겠습니다. 저 비록 무능하지만 위기에 직면해 있는 조국을 지킬 수만 있다면 제 한 목숨 무엇을 두려워하겠습니까."

마침내 최경회는 분연히 일어섰다.

최경회는 비분을 금치 못하고 다시 의병청에 나가 현재의 국난을 호소하자, 당장 5백여 명의 피 끓는 의병들이 모여들어 나라를 위해 분투할 것을 다짐하며 최경회 장군을 의병장으로 추대했다. 최경회 장군은 7월 24일 부대 편성을 하여 각각 직책을 맡겼다. 그리고 부대기는 골(鶻)자로 표시하였다. 골(鶻)이란 골입아군(鶻入

鶻群)이라는 글귀에서 따온 글자로, 송골매가 갈까마귀 무리 속으로 들어가면 갈까마귀 떼가 흩어져 버린다는 뜻이다. 즉 아주 용맹한 자가 약한 무리들의 한 떼를 쳐 흩어버린다는 비유이다.

원래 최경회 의병장은 의병군을 인솔하여 곧바로 경기도 방면으로 가려 했는데, 마침 금산 무주의 왜적이 전주와 남원 등지를 침략한다는 정보를 입수하고, 기수를 돌려 장수로 향했다.

마침 장수군 계내면에 월강평(月岡坪)이란 넓은 평야가 있었다. 이제 의병군들이 월강평에 주둔하면 논개는 그들의 뒷바라지를 해야 한다. 논개는 이날 달리며 활을 쏴보기도 하고, 소나무가 촘촘히 서 있는 사이를 뚫고 표적물을 맞추어 보기도 하며 지금까지 연마한 자신의 실력을 가늠해 보았으나 아직도 뭔가 부족하다는 생각을 떨칠 수 없었다. 이제 그가 5백여 명의 의병들을 모아 월강평에 오면 큰 솥도 걸어야 하고 반찬도 준비해야 한다.

장수는 오래 전에 최경회가 장수현감으로 있을 때, 그의 훌륭한 인품과 덕행으로 선덕비까지 세운 곳이라 장수 사람들은 크게 환영하였다. 더구나 그는 이곳 지형에도 익숙하여 의병군의 주둔지로는 매우 적합한 곳이어서 장수에 주둔하여 전라도 방어에 나서기로 했다.

논개는 선견지명이 있었던지 박 씨 할아버지가 소일 삼아 곡식과 채소를 가꾸어 보라고 조금 떼어 주신 논밭에 나가 열심히 일한 결과, 2년 여간 곡식도 제법 갈무리해 두었고 채소도 말릴 건 말려

두었다. 그것들을 이렇게 요긴하게 쓰일 줄이야 논개도 미처 몰랐다. 논개는 새벽부터 일어나서 마을 아낙네들과 의병들의 식사 준비를 하느라 정신이 없었다. 이웃 고을의 주민들도 십시일반으로 양식과 채소를 모아왔다. 박 씨 할아버지와 애순이는 쉴 틈이 없었다. 애순은 무엇이 그리 신이 나는지 심부름을 하느라 종종걸음으로 돌아다녔다. 이제 애순이도 제법 제 몫을 했다.

저 멀리 산등성이 사이로 붉은 아침 햇살이 드넓은 월강평야에 내려앉을 즈음, 드디어 그들 일행이 골(鶻)자를 크게 쓴 기를 앞세우고 의기양양하게 월강평야로 들어오고 있었다. 평소 워낙 침착한 논개였지만, 그날은 뭘 어떻게 해야 할지 몰랐다. 밥을 퍼 나르랴, 김이 물씬물씬 나는 닭개장을 퍼 나르랴 정신이 없었다. 꿈에도 그리던 지아비를 보는 것도 잠깐 잊은 채 그들에게 성심성의를 다했다.

의병들은 매우 만족한 듯이 점심 식사를 하고 든든한 배를 쓸어내리며 이야기에 꽃을 피웠다. 언제부터인가 저 멀리서 최경회 의병장은 희색이 만연한 얼굴로 논개의 일거수일투족을 주시하고 있었다. 논개의 몸놀림이 저렇듯 민첩한 줄은 그제야 알았다는 듯이. 한편 논개에게 한없이 미안했다. 한창 꽃다운 나이에 늘그막에 들어선 자신에게 와서 부부의 정을 느끼기도 전에 헤어졌다가 2년이란 세월이 흐른 후 이제야 만나게 되다니, 당장 달려가서 재회의 정을 나누고 싶지만 자식도 부모도 버리고 나라를 위해 달려온 의병들이 있지 않은가.

여섯 살 꼬마 아이가 동헌 뜰에서 자신을 쳐다보던 초롱초롱하던 눈빛, 우여곡절 끝에 함께 연을 맺은 논개. 이제는 자신이 지켜주마고 다짐했지만 뜻밖의 모친의 시묘살이로 인해 수많은 시간을 홀로 지내게 했던 자신이 미안할 따름이다. 이제 다시 만났으니 절대 헤어지지 말자고 약속할 형편도 못 된다. 곧 의병들을 이끌고 전쟁터로 나가야 한다. 그래, 사사로운 감정에 붙들려서는 안 된다.

논개는 이웃 마을 아낙들과 함께 그 많은 병사들을 배불리 먹게 하고 가까스로 한숨 돌리게 됐다. 그때 설거지를 하다 말고 애순이 종종 걸음으로 달려왔다.

"마님, 마님, 한꺼번에 들이닥친 병사들 때문에 이제야 생각나는데, 현감 어르신은 어디 계세요. 만났어요?"

"아니, 이제 뵈러 가야지."

그러자 저쪽에서 최경회 장군이 환하게 웃으며 이쪽으로 걸어오고 있었다. 순간, 그들의 눈이 마주치자 감전이나 된 듯 그 자리에 붙박이듯 서버렸다. 얼마나 그리운 얼굴이었던가! 얼마나 애틋한 사랑이었던가! 얼마나 많은 얘기들을 채곡채곡 접어두었던가! 험산준령을 넘어 천신만고 끝에 맺어진 사랑이었는데 그것도 잠시뿐 또 다시 헤어져야만 했던 그들의 기구한 운명.

그를 만나면 숱한 얘기들을 재잘거려야겠다고 생각했건만 막상 그를 만나자 아무 말도 나오지 않았다. 그렇게 하여 꿈에도 그리던 님을 다시 만났지만, 전시 중이라 논개와 다정하게 얘기할 시간도 없었다. 그러나 이젠 어떠한 경우에라도 결코 헤어져서는 안 된다고 마음속으로 다짐했다. 그의 그림자만 보고 있어도 논개는 행복했다.

이제 월강평에 주둔한 최경회 의병장은 장수, 무주, 진안, 남원 등지에 격문을 보내고 장정을 모아 이들을 훈련시키는데 전심전력을 다했다. 최경회 의병장은 조금도 쉴 틈이 없었다. 조선 팔도에 깔려있는 왜적들은 언제 어디서든 수시로 출몰했다. 그는 인근에 출몰하는 왜적을 소탕하는가 하면, 정병 수백 명을 인솔해서 전주와 남원으로 침입하려는 적을 격퇴시키기도 했다.

논개는 마을 아낙네들과 함께 의병군들의 식사와 빨래와 허드렛일을 하기에 여념이 없었다. 아직 그에게 자신의 의사를 밝힐 시간도 없었다. 마을 아낙들과 하루 종일 의병군들의 뒤치다꺼리를 하다 보면 하루가 언제 지나가는지도 몰랐다.

그러던 어느 날, 오랫동안 소식이 없던 서도식이 월강평 훈련장에 모습을 드러냈다. 예상했던 대로 그는 평양성 전투가 두 차례나 패전한 후에 도저히 기회만 보고 있을 수 없어서 경상도의 권응수 의병장이 있는 영천성 전투 때 의병으로 들어가 지금까지 그곳에서 활약했다고 한다.

권응수는 무과에 합격한 무장으로 경상좌수영의 군관으로 있던 사람이었다. 당시 영천성은 왜군 보급품의 중간 기착지(寄着地)였다. 권응수가 이끄는 의병은 영천성을 공격해 이틀간 치열한 싸움 끝에 영천성을 탈환하고, 왜군 5백여 명을 죽였다. 논개는 바쁜 틈에도 그의 얘기를 듣기 위해 귀를 기울였다.

"마님, 최경회 의병장이 오셨다면서요? 저도 계속 권응수 의병 부대에 따라다니려고 했는데 최경회 의병장이 장수로 오셨다는 소식에 이리로 달려왔어요."

"예, 군사들을 훈련시키느라 저와 얘기도 마음 놓고 못해 보았어요."

"그렇겠지요, 전시라서. 전시가 아니면 얼마나 좋겠어요."

그러다가 그의 얼굴에 언뜻 어두운 그림자가 스치는 듯하더니 곧 권응수 의병장의 용맹스러움에 대해 들려주었다.

영천성은 왜란 직전에 긴급히 쌓은 성으로 남쪽의 암벽을 최대한 이용하여 절벽 밑으로 남천(南川)이 흐르고, 북쪽에는 마현산, 그리고 동쪽과 서쪽은 골짜기로 둘러싸여 있는 곳이다. 그러한 영천성 역시 왜군 5번대 후쿠시마 마사노리의 병력 1천여 명이 차지하고 있는 상태였다. 이처럼 조선의 성이란 성은 죄다 왜군들이 들끓었다.

7월 24일, 영천성을 빼앗기 위해 권응수의 창의정용군(倡義精勇軍)은 영천성 남쪽의 추평에 진을 치고 권응수는 마현산 기슭 성 주변에 마른 풀과 나뭇잎 더미를 준비해 놓고, 밤이 되자 남천 숲

주변에 복병 4백여 명을 배치해 두었다가 다음 날 25일 새벽 물을 길러 성을 나온 일본군을 습격했다.

때맞춰 날이 새기 바쁘게 경주에서 권사악이 의병 수백 명을 이끌고 지원을 오자, 마침내 조선군이 먼저 활로 공격을 하며 왜군들과 성 안팎에서 사격전을 벌였다.

"그때 난생 처음 의병군들과 함께 성 안에 있는 왜군들을 향해 활을 쏘았어요. 연습할 때는 수도 없이 활시위를 당겨 보았지만, 막상 적들을 향해 활을 쏘니 적중률이 떨어지는 것 같았어요. 그러나 처음이라 그렇지만 며칠을 두고 생사를 판가름하는 전쟁터에서 싸우자니 항상 긴장감이 돌더군요."

그는 의병군에 갈 때도 논개에겐 말 한마디 없이 가더니, 지금도 논개가 전쟁터에 나갈까 은근히 걱정하는 눈치였다.

26일에는 권응수의 동생이 결사대 5백 명을 조직하여 성 밑에 접근하자 일본군은 성을 나와 선제공격을 했다. 한동안 양 군의 불붙는 사격전이 벌어졌다. 왜군들도 악착같이 달려들었지만 목숨을 건 의병군을 당해낼 재간이 없었다. 서도식 역시 처음과는 달리 적을 향해 사정없이 활시위를 당겼다.

"막상 적들을 향해 활을 당기자 참았던 울분이 한꺼번에 터져 나오더군요. 삼국 시대부터 이웃 나라에 노략질을 일삼던 왜들, 그것도 모자라 이유도 없이 함부로 쳐들어온 왜군들이 얼마나 많은 훌륭한 인재들과 장군들의 목숨을 앗아 갔는가 생각하니 할 수만 있다면 전멸을 시키고 싶었어요."

서도식은 얘기를 하면서도 흥분을 가라앉히지 못하는 듯했다. 결국 왜군은 30여 구의 시체를 버려두고 성 안으로 들어가 버렸다.

이튿날 27일 아침에도 아침부터 공격이 시작되었다. 벌써 며칠을 두고 전투가 계속되었다. 권응수는 마현산 기슭에 미리 준비해 두었던 산처럼 쌓아놓은 나뭇더미에 불을 지르자, 때마침 강풍을 타고 연기와 불똥과 재들이 성 안으로 날아 들어가니 적군들은 눈을 뜰 수가 없었다.

불길은 쏜살같이 성 안으로 번져 들어가 창고와 건물에 불이 붙고 이어 화약고에 불길이 닿자 삽시간에 화약고가 폭발하여 성 안에 있던 일본군의 시체가 연이어 떨어져 내렸다. 그 중 살아남은 자들이 서북문으로 빠져나오자 대기하고 있던 의병군들에게 모조리 사살되었다. 구사일생으로 살아남은 자들은 남문을 빠져나와 남천강을 헤엄쳐 겨우 달아났다.

전투가 끝나고 이튿날 아침이 되자 왜군들이 달아난 성 안에서 버리고 간 군마 2백 여 필과 조총, 창검 등 무기류 900여 점을 노획하였으며, 더 반가운 것은 조선인 남녀 1,090명을 구출해 낼 수 있었다. 그리고 적의 사상자 수는 확인할 수 없었고, 우리 군은 전사 83명, 부상 238명이었다.

서도식은 영천성에서 의병군의 일원이 되어 적들을 통쾌하게 물리칠 수 있었다는 얘기를 신나게 들려주었다. 서도식의 얘기가 끝나자 저 멀리서 최경회 장군이 군사들을 모아놓고 훈련을 시키는 모습이 보였다.

서도식은 훈련이 끝날 때까지 기다렸다가 최경회 의병장에게 수인사를 한 후 장군의 휘하에 있게 해줄 것을 요청했다. 최경회 의병장은 젊고 준수한 청년이 의병으로 들어오게 된 것을 진심으로 고마워하며 조국을 위해 함께 분투할 것을 다짐했다.

최경회 장군은 몸이 무척 수척해 있는데도 의병군들을 훈련시킬 때의 그 늠름한 모습은 젊은이 못지않았다. 그렇게 서도식은 최경회 의병군들과 함께 월광평에 주둔해 있는 동안 전주와 남원으로 침입하려는 적을 격퇴시키느라 조금도 쉴 틈이 없었다.

논개는 오늘이나 내일이나 자신의 뜻을 최경회 장군에게 말하고 싶었지만, 선뜻 그 말을 꺼낼 수가 없었다. 십중팔구는 펄쩍 뛸 것이 불을 보듯 훤했기 때문이다.

그러던 중 전라감사로 새로 부임한 권율 장군에게서 기별이 왔다. 왜군들이 또다시 무주, 무풍 방면으로 진격하여 전라도로 진출하려는 기미가 보이니 왜군들을 방비하라는 것이었다.

최경회는 당장 훈련 중인 의병들을 정돈하여 월강평을 떠나야 했다. 아직 큰 전투는 없었으나 주위에 남아있는 적들을 퇴치시키랴, 의병들을 훈련시키랴, 논개와 쌓아 놓았던 정담도 못다 나눈 상태였다.

논개는 또다시 최경회와 기약 없는 이별을 할 수 없었다. 더구나 전시 중이라 죽어도 같이 죽고 살아도 같이 살아야 한다는 생각이 전신을 엄습했다. 그렇게 단단히 마음을 굳히고 나니 무서운 게 없었다. 우선 논개는 최경회에게 자신도 따라 나선다고 했다. 그곳에 가도 의병들의 뒷바라지를 해줄 사람이 있어야 한다며 간청했다. 처음엔 그것마저 완강하게 반대하더니 논개의 굳은 마음을 읽은 그는 차마 논개를 두고 떠날 수 없어서 동행하기로 했다.

최경회 장군이 훈련 중인 의병들을 정돈하여 무주로 떠나는 날, 행렬들 틈에 끼인 논개를 발견하고 서도식은 깜짝 놀랐다. 지금부터 살벌한 전투가 벌어질 텐데 최경회 의병장은 어찌해서 허락했단 말인가. 오히려 자신이 따지고 싶었지만 그럴 수도 없었다. 벙어리 냉가슴 앓듯 서도식은 행군하는 내내 혼자서 마음을 끓였다.

드디어 그들은 무주 남쪽에 있는 적상산성에 짐을 풀고 진을 쳤다. 그때서야 서도식은 논개에게 사연을 듣고 우선 안심이 되었지만, 끝내 논개는 활을 들고 나설 것이 틀림없다. 그처럼 갈고 닦은 실력을 그냥 썩히지는 않을 것임은 분명했다. 논개는 항상 남장을 하고 있었다. 이곳에 와서도 고운 얼굴에 남장을 하고 의병군들의 뒷바라지를 하고 있는 모습은 영락없이 잘 생긴 미소년이었다.

진중(陣中)의 밤은 소리 없이 흘러가고 있었다. 사방은 고요한데 어디선가 가냘픈 풀벌레 소리에 마음이 숙연해진다. 이날따라 풀벌레 소리에 아련한 그리움이 밀려온다. 내일부터라도 적군과 한판 승부를 겨루어야 할 텐데 논개는 최경회 장군의 건강이 내심 걱정되었다.

고경명이, 조헌이 하나뿐인 생명을 아낌없이 바친 금산성 전투.

조헌은 나라를 위한 충성심에서 평생을 직언으로 일관했으나, 임금이 듣지 않자 관직을 버리고 유학에 몰입했다. 더구나 왜군의 침략을 예견하고 수없이 상소를 올렸으나 받아들여지지 않았다. 광화문 앞에서 도끼를 들고 올린 지부상소(持斧上疏)를 보더라도 선비의 곧고 강직함이 드러난다. 그는 절의와 도학을 겸비한 학자로서 평생을 강의(强毅)와 직언(直言)으로 일관했다.

조헌은 보은에서 의병을 일으켜 8월 1일 승병장 영규와 함께 청주성을 수복한 뒤, 이어 왜적이 충청도와 전라도를 빼앗으려 한다는 소식에 금산으로 향했다. 원래 조헌은 8월 27일 권율 장군과 금산에서 합세하기로 약속했지만, 권율의 군사가 도착하기도 전인 8월 18일, 7백 명의 의병들과 영규의 6백 명의 승군을 합친 1천3백 명의 병력은 고바야카와 타카가게 부대가 지키는 금산성을 향해 돌격했다. 1천3백 대 1만, 수적으로 가당치도 않은 싸움이었다. 권율과 영규가 그처럼 말려도 그대로 진격했다.

1만 명의 적군들은 사납게 달려들었다. 조헌의 군사들도 그에 질세라 비록 적은 숫자일망정 목숨을 건 처절한 싸움이었다. 결국 화살이 떨어져 왜군들의 특기인 백병전이 벌어진 가운데서도 조선의 의병군은 누구 하나 그 자리를 피하는 자 없이 피투성이가 되도록 싸웠다.

조헌의 아들 완기는 이름난 효자였다. 아버지가 할머니를 모시고 집에 남아 있으라고 해도 전쟁통에 누가 아버지를 돌봐드리겠느냐며 기어이 따라 나섰다. 그리고 총칼이 난무하는 전쟁터에서도 아버지 곁을 떠나지 않고 시중들며 싸움에 임해서도 결코 물러서지 않았다. 칼날이 번뜩이고 창검이 쇳소리를 내며 부딪치는 대혼란 속에서, 완기는 아버지를 지키기 위해 조선군의 대장인 양 색다른 차림으로 선두에 나서 싸우니 왜군들이 그냥 둘 리 없었다. 그의 나이 겨우 22살이었다. 이처럼 아버지를 위해 또 한 젊은이가 목숨을 내놓았다. 그러나 결국 조헌도, 승군 영규도, 의병군 전원이 나라를 위해 목숨을 바친 처절한 싸움이었다.

왜군이 비록 승리를 했다지만 그들이 입은 타격도 만만치 않았다. 전투가 끝난 뒤 성 밖에서 전사자를 성 안으로 옮기는 데만 꼬박 3일이 걸렸다고 한다. 이렇게 1, 2차 전투에서 고경명이, 조헌이, 그들의 아들들과 함께 대쪽 같은 성품으로 한 점 부끄럼 없이 조국을 위해 목숨을 바쳤다.

고경명과 조헌이 목숨 바쳐 사수하려던 금산성, 이 밤은 그들의 숨결인 양 사방에 안개가 자욱했다. 보름이 며칠 전에 지났으니 달빛이 환하게 비추겠지만 짙은 안개로 인해 주위를 식별할 수 없었다. 최경회는 안개 자욱한 금산성을 바라보며 다시 한 번 다짐한다. 사랑하는 동지들을 위해서라도 이 밤, 금산성을 사수해야 한다. 순간, 최경회는 이 밤의 안개가 적들을 유인하는데 적격이라는 생각이 번개처럼 스쳐갔다.

두 번이나 실패한 금산성, 막상 전투에 나선 병사들의 얼굴에는 이날의 안개처럼 어두움이 드리워져 있다. 최경회는 전투에 나선 병사들을 격려하며 숫자에 불안해하지 말고 최선을 다해 싸우는 자가 승리의 쾌거를 거둘 것이라며 병사들의 사기를 북돋우어 주었다.

이어 안개 자욱한 어둠을 헤치며 말을 타고 비호같이 달리는 기병대가 있었다. 그들은 이제 막 싣고 온 볏단을 금산성 주위 곳곳에 세워 두었다. 이윽고 서릿발 같은 불호령이 산천을 뒤흔들었다.

"북과 꽹과리를 울려라!"

추상같은 최경회의 호령 소리에 1천6백 명의 군사들이 일제히 함성을 지르고 북과 꽹과리를 울리며 마치 대군이 진격하는 척하자, 적은 정신을 차리지 못한 채 무조건 성 밖을 향해 조총과 화살을 쏘아댔다. 뒤늦게 왜군의 척후병이 망루에 올라 사방을 살펴보았으나, 눈앞에 펼쳐진 것이라곤 앞뒤도 분간할 수 없는 희뿌연 안개뿐이었다.

북과 꽹과리와 함성 소리가 천지를 뒤흔들 때마다 적들은 혼이 나간 듯했다. 금방이라도 저들의 목줄을 옭아매는 듯한 공포감에 싸울 의욕마저 상실해 버린 듯했다. 적들은 무조건 조총을 쏘아댔다. 그러다 왜군의 총소리가 뜸해지면 다시 북과 꽹과리를 쳤다. 그러기를 새벽까지 하자 적은 지칠 대로 지치고 탄환과 화살이 떨어졌는지 조용해졌다.

드디어 여명이 밝아오고 안개도 차츰 걷힐 즈음, 바로 이때다 하며 최경회 의병장의 추상같은 명령이 떨어졌다.

"적진으로 공격하라!"

"와와!"

함성을 지르며 터진 봇물처럼 한꺼번에 적진으로 밀어 닥치자 적들은 당황해서 어찌할 바를 모르고 쩔쩔매기만 했다. 그때 어디선가 "하나도 남김없이 쳐라." 하는 추상(秋霜)같은 호령이 또 한 번 들려왔다. 의병들은 기세등등하여 닥치는 대로 적을 무찔렀다. 적은 조선군의 화살을 맞고 추풍낙엽처럼 떨어졌다. 그나마 간신히 목숨을 부지한 적들은 성 앞까지 즐비하게 늘어선 시체를 치우기도 전에 달아나기 바빴다.

며칠이 지나자 도둑처럼 남의 성을 차지하고 있던 왜들은 이번 전투에 혼이 나간 듯, 밤의 어둠을 이용하여 씨도 없이 사라져 버렸다. 그리하여 금산성에 언제까지나 죽치고 앉아 있던 왜군들을 말끔히 쫓아낼 수 있었다.

"야, 조선군 만세! 조선군 만세! 최경회 의병장 만세!"

그 후 왜들은 '골(鶻)'자가 쓰인 우리 기만 보아도 사시나무 떨듯 하면서 달아나 버렸다.

여기저기서 천지를 울리는 듯한 조선군 만세 소리가 초조하게 기다리고 있는 논개에게 들려왔다. 그러잖아도 전쟁터에서 총소리가 쉼 없이 들려오자 논개는 당장 활을 들고 전쟁터에 나가서 죽든 살든 싸우고 싶었지만, 아직 최경회 장군에게 말도 꺼내지 못한 상태에서 이러지도 저러지도 못하고 있었다. 의병들은 왜군들이라곤 하나 남김없이 물러간 피비린내 나는 전쟁터에서 모두들 서로 얼싸안고 승리의 기쁨을 나누느라 정신이 없었다.

논개는 승리하고 돌아오는 의병군들을 맞이하기 위해 정성껏 음식을 장만했다. 저 멀리서 서도식이 말 위에 골(鶻)자의 기를 펄럭이며 개선장군이 되어 달려오고 있었다. 그 뒤를 따라 의병군들이 만면에 웃음을 가득 담고 열을 지어 오고 있었다.

"우리 장군님 전술이 비상하시잖아. 그러지 않았으면 놈들이 또 어떻게 나왔을지 몰랐겠지. 적들은 밤새도록 우리가 갖다 놓은 집단에 총을 쏘았잖아. 조총을 엉뚱한 곳에 다 허비하도록 만들었지."

군사들은 계속 싱글벙글이다. 어느새 최경회 장군은 멀리서 논개를 보자'아, 삶의 기쁨이란 바로 이런 것이구나' 생각하며 희열에 들떠있었다. 의병군들은 다시 한 번 최경회 장군을 치하하며 모두들 얼싸안고 기쁨의 눈물을 흘렸다. 그러나 전시 중이라 긴장감을 풀지 못했다. 한판 승리의 축제를 하고 난 뒤 최경회 장군은 다시 군사를 점검하고 재출정의 준비를 서둘렀다.

하늘은 높고 청명했다. 가을이 무르익은 대지에는 선선한 바람에 실려 가을 특유의 향이 실려 온다. 소문은 소문을 몰아 각지각처에서 최경회 장군의 용맹을 듣고 그의 휘하로 몰려들었다. 목숨도 불사하고 저 악랄한 왜군들에게서 나라를 지키기 위해 모여드는 그들이 한없이 자랑스럽고 뿌듯했다. 이들의 충의에 감복한 최경회는 한 번 더 다짐한다.

철 늦은 소쩍새의 울음소리가 간간이 들려오는 밤이다. 내일을 위해 군사들은 잠에 취해있다. 논개는 바로 이때라고 생각했다. 그간 최경회에게 신임을 받은 서도식과 함께 그를 설득하면 쉽지 않을까 했지만 서도식 역시 논개의 뜻을 선뜻 찬성하지 않는다.

그 밤, 논개는 최경회 장군 앞에 무릎을 꿇고 단정히 앉았다. 여느 때와 다르게 뭔가 비장한 각오를 한 것 같은 부인을 보고 최경회는 적이 놀랐다. 드디어 오랫동안 기회만 엿보던 논개는 조심스럽게 말을 꺼냈다. 그간 활 쏘는 법을 연마한 것과 조국을 향한 불타는 마음을 솔직히 털어 놓았다. 최경회 장군은 의외의 제안에 놀랐다.

긴 침묵이 흐른 후에 그가 단호히 뱉은 말은 "안 돼."였다. 쉽지 않으리란 예상은 했지만, 너무나 준엄한 그 한 마디에 논개는 더 이상 말을 꺼내지 못하고 멍하니 앉아 있었다. 그러나 논개도 지지 않았다. 내친 김에 다시 한 번 허락해 주십사 간청했다. 여전히 묵묵부답이었다. 논개는 괜히 그의 심기만 불편하게 하지 않았나 하는 생각에 마음이 편치 않았지만 어떻게든 확답을 받고 싶었다.

최경회 장군은 고뇌에 찬 얼굴로 한동안 먼 산만 응시하고 있더니, 이윽고 천근같은 입을 열었다.

"자네 고집을 꺾을 수 있나. 나도 대략 짐작은 하고 있었지만 자네 뜻이 정 그렇다면 그렇게 하라."는 명이 떨어졌다. 그러나 절대 선두에 서서는 안 되고, 감정에 못 이겨 경한 행동도 삼가며, 생사를 판가름하는 곳이니 민첩하게 행동해야 한다고 거듭거듭 당부했다. 논개는 사랑하는 이의 옆에서 함께 나라를 위해 싸울 수 있다는 것이 벌써부터 흥분되기까지 했다.

'어머니, 어머니는 제게 모쪼록 제가 태어난 고장을 빛낼 수 있기를 바란다고 입버릇처럼 말씀하셨잖아요. 어머니의 바람과 같이 서툰 솜씨지만 저 악랄한 왜군들의 손에 우리 백성들이 숱한 고초를 당하는 것을 보고만 있을 수 없어서 저도 활을 들고 나가려 해요. 어머니, 우리 조선군들을 응원해 주세요.'

논개는 가슴이 뛰었다. 이후의 전쟁터를 생각하니 과연 어느 만큼의 효율을 올릴 수 있을지, 아니면 괜히 최경회 장군의 심기만 불편하게 하는 건 아닐지 한편 걱정도 되었다.

서도식도 처음엔 아연(啞然)해 했지만 나라를 위한 불타는 마음을 잠재울 수는 없을 것이라 생각하고 담담하게 받아들이는 것 같았다. 그러자니 의병군으로서 또 한 사람이 늘어난 셈이다. 서도식은 벌써부터 걱정이 태산 같았다. 논개의 실력을 어느 정도 인정은 한다지만, 연약한 여인의 몸으로 과연 전쟁터에 나가 싸울 수 있을지 의문이었다. 아니, 무법천지인 전쟁터에서 자칫 잘못하다간…….

그러다 혼자 씁쓸한 미소를 흘릴 뿐이었다. 물론 '최경회 장군이 허락하실 때는 그만의 믿음이 있어서이겠지' 하며 최경회 장군을 믿기로 했다.

서도식은 최경회 장군에게 찬사를 보내지 않을 수 없었다. 최경회 의병장은 군사를 이동시킬 때 지리적 상황을 이용하여, 때로는 장사진(長蛇陣)으로, 때로는 어관진(魚貫陳)으로, 그리고 조운학익진(鳥雲鶴翼陳) 등을 그때그때 상황에 따라 펼쳤으며, 능률적인 진법과 기습 작전 및 매복 작전 등을 골고루 활용하여 왜군에게 큰 타격을 주었다. 논개 역시 그가 문(文) 외에 무(武)에도 그처럼 능하다는 것을 새삼 깨달았다.

금산성을 도로 찾은 의병군은 기세가 등등했다. 최경회는 금산에서 패배하고 밤도둑 마냥 도망친 왜군들이 무주로 향했다는 소식에 의병군들을 이끌고 거창과 무주 사이의 고개인 우지치로 행군하고 있었다. 논개도 의병군의 일원이 되었음은 말할 것도 없었다. 모두들 남장을 한 논개가 활을 들고 나서는 모습이 조금은 생소한 듯 바라보며, 조금은 걱정을 하는 눈치였다.

논개가 의병들 틈에 끼어 첫 전투를 나선 8월 20일(음력)은 완연한 가을 날씨였다. 구름 한 점 없는 하늘에는 햇살이 싸하게 내리쬐고 향긋한 꽃 내음은 거리를 메웠다. 이맘때쯤이면 장수에는 무궁화가 환하게 피어 우릴 응원해줄 텐데 조금은 아쉬웠다. 그러자 마침 그들이 행군하는 길 옆 초가 담벼락에 몇 송이의 무궁화가 환하게 웃으며 논개에게 힘찬 응원을 보내 주었다.

도보로 진군하는 보병들은 뒤를 따르고, 날쌘 기마병들은 금산성을 말끔히 비우고 달아나는 적을 따라잡기 위해 부리나케 추격했다. 서도식이 선두에서 수년간 길들여온 애마를 채찍질하며 비호(飛虎)처럼 달리고 그 뒤로 몇 명의 기마병들이 따랐다. 그러나 적은 이미 따라 잡을 수 없는 거리인 우지치를 넘어서고 있었다. 어림짐작으로 따져 보아도 거리상으로 불가능할 것 같아 모두들 추격을 멈추게 한 후 최경회는 작전을 다시 세웠다.

적들이 무주에서 다시 경상도로 퇴각한다면 틀림없이 이 우지치 고개를 넘어가야 하기 때문에 여기서 기다렸다가 적을 쳐야 한다. 이 고개는 길이 험하고 폭이 좁기 때문에 적은 반드시 장사진을 이루어 행군할 것으로 예상하고 양측 산기슭에 매복하게 하였다.

논개도 의병군들과 함께 재빠르게 산기슭을 타고 가서 적당한 곳에 잠복하였다. 그 뒤를 서도식이 그림자처럼 따라다녔다. 혹이나 논개가 눈치 챌까 적당한 위치에 잠복하고 있었다. 논개는 난생처음이라 가슴은 뛰었지만 산기슭을 타는 것도 자신에게는 숙달된 일이었기에 그렇게 힘든 일은 아니었다.

의병들은 각자 제 위치에서 숨을 죽이고 왜적이 나타나기를 초조하게 기다리고 있는데, 과연 적은 예상대로 대부대가 개미떼처럼 열을 지어 좁은 고갯길로 접어들고 있었다. 그때 산정(山頂)에서 온 신경을 곤두세우고 적의 진입 상황을 살피고 있던 최경회 장군의 신호가 떨어지기 무섭게 산기슭에 숨어 있던 복병은 일제히 일어나 화살을 사정없이 쏘아대고 바위를 굴러 내렸다. 그러자 적은 갑자기 당한 일이라 어쩔 줄 몰라 하면서도 열심히 대응했다.

어디서 용기가 났는지 논개는 앞으로 달려 나가 적군을 향해 활시위를 당기자, 논개의 활에 맞은 적은 그 자리에 쓰러졌다. 난생처음 자신이 쏜 화살에 한 생명이 쓰러지자, 순간 논개는 아찔한 현기증이 일었으나 한사코 마음을 곧추세우고 적들을 향해 쉼 없이 활시위를 당겼다. 논개는 지금까지 갈고 닦은 실력으로 적을 향해 무수히 활을 당겼다. 적군 역시 쉼 없이 아군을 향해 활을 날렸다.

논개는 오직 적을 무찔러야 한다는 생각밖에 없었다. 순간'피융' 하는 공명음과 함께 논개 머리 위로 가까스로 피해 가는 화살이 있었다. 논개는 가슴을 쓸어내리며 또다시 활시위를 당기려는 순간, 논개를 지체 없이 끌어당기는 손길이 있었다. 깜짝 놀라 돌아보니 서도식이었다.

"최경회 의병장과의 약속은 어떻게 되었어요?" 하는 날카로운 음성이 총알이 날아오는 위급한 상황 속에서도 또렷이 들려왔다. 논개는 그제야 정신을 차리고 한 발 물러났다. 그로부터 서도식은 그녀 곁을 떠나지 않았다. 논개는 한 발 물러나서도 정신없이 적을 향해 화살을 쏘았다.

갑자기 산기슭에서 뛰어나온 의병들의 화살에 기습을 당한 왜군들은 정신을 잃고 어찌할 바를 모르고 우왕좌왕하다가 화살 한 번 제대로 쏴보지 못하고 후퇴를 하려 했다. 이때 의병군들은 함성을 지르며 적의 전후에서 퇴로를 막고 육박전을 벌였다. 의기에 찬 의병들은 닥치는 대로 치고 받으며 왜군들을 무수히 쓰러트렸다. 의병군들의 기세에 눌린 왜군들은 변변한 싸움조차 하지 못하고 고갯길에는 시체만 쌓여 갔다.

아비규환의 틈바구니 속에서 고갯길의 중간쯤에는 10여 기의 호위를 받으며 퇴로를 뚫으려고 갖은 노력을 다하고 있는 왜장이 보였다. 그러나 우리 의병군들은 작은 틈새도 주지 않고 철저히 방어해 가며 진격해 들어가자, 왜장은 우왕좌왕했다.

이때 높은 산 위에서 전투를 지휘하고 있던 최경회 장군은 당장 활을 빼들고 활시위를 당겼다. 순식간에 화살은 공기를 가르며 빠른 속도로 날아가 정확하게 2백 보 밖의 적장의 목에 꽂혔다. 왜장은 그 자리에서 곤두박질치듯 땅에 떨어졌다. "와!와!" 하는 의병군들의 함성이 메아리가 되어 온 산천을 울렸다. 갑자기 왜장을 잃은 왜군들은 혼비백산하여 달아나기에 바빴고 적의 시체는 고갯길을 메웠다.

이렇듯 최경회 의병장의 능수능란한 처세술로 적을 거뜬히 물리치고 무주 전투를 승리로 이끌 수 있었다. 논개는 의병군들의 틈에 끼어 하늘을 나는 것 같은 기쁨을 맛보았다. 논개는 활을 잘 배웠다고 생각했다. 이처럼 사랑하는 이와 함께 적을 물리칠 수 있다는 것이 얼마나 다행한 일인가.

아직도 생생하게 남아있는 고갯길에서의 전투. 난생 처음 적을 향해 활을 쏘던 그 떨림. 자신도 적을 향해 활시위를 당길 수 있었다는 게 꿈만 같았다. 논개는 의병군들로 휩싸여 있는 최경회 의병장에게 살며시 다가가 속삭였다.

"이번 전투에도 장군님의 기치가 대단하셨습니다."

그러자 최경회 장군은 만면에 웃음을 가득 담고 자신을 지긋이 바라보는 그를 보니, 수천수만 마디의 미사여구를 늘어놓는 것보다 더 논개를 들뜨게 했다. 비록 총알이 날아드는 전쟁터에서도 그들은 행복했다.

최경회 장군은 활쏘기에도 매우 능했다. 《선조실록》 8권, 선조 7년(1574년 5월 2일) 왕의 앞에서 활쏘기 시합을 했던 내용에 보면, "활쏘기 시합에서 최경회가 25분으로 장원을 했다"라는 기록이 있다. 또한 병인년(1590년) 용루에서 임금이 활 쏘는 시험을 보였는데, 잘 쏘아 다시 벼슬의 품계를 올려 주었다는 기사 등으로 미루어 볼 때, 활쏘기에도 능했다는 것을 알 수 있다.

왜군 장수의 목을 베고 큰 칼과 그림통 하나를 노획했는데 칼은 자루가 길고 칼날은 등쪽으로 휘어진 언월도(偃月刀)로써 칼날에 '성도작(盛道作) 모루미치 작(作)'이라며 칼을 제조했던 이의 이름이 새겨져 있었다. 이 칼은 일본의 국보급 문화재라고 했다. 또한 그림통에는 고려 공민왕이 그린 〈청산백운도(靑山百雲圖)〉가 들어 있었다. 최경회는 일본군 장수에게서 빼앗은 〈청산백운도〉와 언월도를 깊숙이 간직했다. 그리고 앞서간 그리운 동지들을 향해 머리 숙여 묵념했다.

'고경명 장군, 그리고 조헌 장군, 앞서 가신 당신들의 그 숭고한 정신이 바탕이 되어 오늘 이렇게 당신들의 한을 풀 수 있게 되었다오. 빛나는 님들의 우국충정, 만인들 가슴에 아로새겨졌어요. 비록 함께 술잔을 나누지는 못한다 해도 그곳에서나마 마음껏 기뻐해 줘요.'

어느새 최경회 장군의 눈시울이 축축이 젖어 오고 있었다.

금산과 무주에서 전공을 세운 뒤 전라우의병 최경회 장군 부대의 명성이 높아져 갔다. 최경회가 이끄는 병사들은 서로 몸을 아끼지 않고 한마음 한뜻이 되어 민첩하게 행동하며, 더구나 평생을 문신(文臣)으로 살아온 최 의병장이었지만 그의 전술은 어느 누구도 따를 자가 없다는 것이었다.

_ 6 _

10월 전쟁

나고야성에 앉아서 전황을 샅샅이 보고 받는 도요토미 히데요시는 짱구 머리를 연신 갸웃거리며 수수께끼 같은 현실을 납득해 보고자 안간힘을 쓰고 있다. 대마도주에게 먹을 것 입을 것 갖다 주고 삶의 터전을 마련해 주는 조선을 대마도의 속국쯤으로 여긴 도요토미였다. 더구나 1591년 임진왜란 직전에 그 피비린내 나는 정여립 사건을 낱낱이 보고 받은 도요토미는 조선이란 나라는 동족끼리 죽고 죽이는 일을 함부로 행하는 나라라고 생각했다. 조정에서는 하루도 빤할 날 없이 당파 싸움에 혈안이 되어 있고, 더구나 군사들의 군기는 물론 무기도 갖추어지지 않은 형편없는 나라로 생각하고 조선쯤이야 하루아침에 굴복시키리라 생각했다.

전쟁 초기에는 부산, 동래를 거쳐 한성까지 20일 만에 식은 죽먹기보다 더 간단하게 해치우고 조선 각도를 자신들의 안방인 양 버티고 앉아 있다지만, 어찌된 일인지 전쟁이 길어지고 조선 백성들이 각지각처에서 나라를 사랑하는 무리들, 즉 일본에서는 듣도 보도 못한 의병군이란 병사들이 들고 일어나 왜군들을 꼼짝 못하게 발목을 잡고 있다는 것이 도무지 이해가 가지 않았다.

백성들은 도탄에 빠지고, 임금이고 나라고 아무런 관심도 없는 백성들이라 생각했다. 그런데 이게 뭐란 말인가, 아직도 곡창지대인 전라도를 접수하지 못했다니. 수로는 이순신이 막고 육로는 의병들이 막는다니.

도요토미가 보낸 정탐꾼은 조선의 이모저모를 탐색했지만, 단 하나 백성들의 마음속은 결코 읽을 수 없었다.

일본은 대장이 항복하면 부하들은 아무런 저항 없이 또 다른 대장을 따르면 그만이었다. 그러나 조선은 충신이니 뭐니 하며 나라를 위해 하나뿐인 목숨을 던지고, 아버지를 위해, 아들을 위해 기꺼이 목숨을 바치며, 백성들도 나라를 위해 목숨을 바쳤다. 조선을 두고 충의의 나라라느니, 삼강오륜이라느니, 군자의 나라라느니 하던 중국인들의 말이 헛된 말이 아니었단 말인가.

이번 전투도 그랬다. 금산성은 호남으로 가는 요충지라더니 그곳에서도 결국 쫓겨났을 뿐 아니라 일본군들의 병사도 얼마나 많이 죽었는가. 도요토미는 점점 회의에 빠져들기 시작했다. 또한 왜군들도 전쟁이 길어질수록 지쳐가기 시작했다.

금산과 무주에서 크게 이긴 전라우의병 최경회 장군은 전라좌의병 임계영 장군과 남원에서 만나기로 하고 또다시 군사들을 이끌고 전진해야만 했다.

9월 22일 새벽, 옷깃에 스며드는 한기를 느끼며 논개는 또다시 장수, 무주에서 주둔지를 남원으로 옮기려는 의병들과 함께 장비를 정리하고 있었다. 어느새 풀잎에는 서리가 새하얗게 내려앉아 있었다. 그러고 보면 이 땅에 왜들이 쳐들어온 지도 벌써 몇 번의 계절이 바뀌는 세월을 흘려보냈다. 이제 조선군도 이만큼 전쟁을 치르다 보니 요령도 생기고 전쟁에도 조금은 익숙해졌다.

남장을 한 논개는 언제 보아도 어느 대갓집의 귀한 미소년이었다. 그러나 곱고 귀하게 생긴 미소년과는 달리 무주 대첩 때 어느 의병 못지않은 민첩함과 활 솜씨를 보여 모든 의병군들이 놀랐다. 논개는 최경회 장군과 서도식이 염려하는 것과는 달리 살벌한 전쟁터에서도 의병군으로서의 한 몫을 당당히 해낸 셈이다.

최경회가 이끄는 의병군들에 의해 금산, 무주에서 보기 좋게 패한 왜군은 전라도를 더 이상 탐내지 못하고 경상도로 물러났기 때문에 최경회 장군은 무주에서 남원 쪽으로 옮겨야만 했다.

최경회 장군이 무주에서 대승을 하고 다시 의병군들을 이끌고 남원에 진을 치고 있을 때, 영남 의병장 김면과 김성일이 최경회 장군에게 원군을 요청해 왔다. 이에 최경회 장군은 장수들을 모아 의견을 타진하기에 이르렀다.

"금산성에서 쫓겨 간 왜적들이 성주와 개령을 지나 거창까지 침입해서 머잖아 진주성을 넘보려 한다오. 마침 김면과 김성일에게서 원군 요청이 왔는데 여러분들의 의견을 묻고 싶소."

"그러면 호남 의병군들이 호남을 버리고 영남으로 가서 싸워야 한다는 겁니까?"

그곳에 모인 장군들은 의외라는 듯이 말했다.

"진주성은 전라도 지역으로 가는 요충지입니다. 영남을 잃으면 전라도 역시 잃을 것인데, 우리가 가서 도와야 하지 않겠소?"

순간 무거운 침묵이 흘렀다. 그곳에 모인 장수들은 호남 지방을 버리고 영남으로 가는 것을 반대하고 나섰다. 이에 최경회 장군은 "호남도 우리 땅이요, 영남도 우리 땅인데 의(義)로써 일어난 사람들이 어찌 영호남을 가리겠는가, 만약 영남을 지키지 못한다면 호남도 지키지 못하지 않겠소? 영남도 호남도 모두가 우리 땅일진대 영호남을 구분한다면 어떻게 되겠소?"

전에 없이 최경회 의병장의 목소리가 날카로웠다. 한동안 영남과 호남을 두고 잠시 의견이 엇갈렸다. 그러자 처음부터 조용히 듣고 있던 팔십 고령 문홍헌이 조심스럽게 나섰다.

"다른 장수들의 의견도 일리가 있지만, 장군님의 뜻은 항상 우리보다 높은 곳에 계시니까 최 장군님의 뜻을 따르는 것이 어떻겠습니까? 늙어서 사리 분별이 흐리지만 내 생각에도 영남이 무너지는 것이 곧 호남이 무너지는 것과 같지 않을까 싶습니다."

문홍헌에 이어 최경회 장군이 다시 그곳에 모인 장수들을 둘러보며 간곡히 설득하자, 처음엔 그렇게 완강하게 반대하던 장수들이 그제야 간신히 결의를 보게 되었다. 그리하여 최경회 장군은 그들을 인솔하여 운봉, 함양, 거창 등을 거쳐 진주성으로 향했다.

한편 일본군에게 진주성은 경상우도의 중심부로 인식되어 있었다. 조선은 진주성을 중심으로 한 경상우도의 조선군과 의병의 활동이 경상우도뿐만 아니라 점차 경상좌도로 확대되어 부산성과 한양성으로 이어지는 일본군의 보급로를 위협하고 있었다. 당시 일본군은 부산에서 양산, 밀양, 언양, 김해, 문경, 성주, 상주 등 경상좌도를 점령하고 있었다. 경상우도는 왜군은 얼씬도 하지 못했다. 일본군은 낙동강 서쪽의 경상우도 진출을 수차 시도했으나 뜻대로 되지 않았으며, 부산에서 진해와 창원, 고성 등으로 점령지를 넓혀 가다가 그마저 유숭인과 김시민을 비롯한 조선 관군으로 인해 뜻을 이루지 못했다.

왜군은 임진왜란 초 김산, 지례, 거창, 합천, 의령, 현풍 등을 잠시나마 점령하였으나, 조선 관군 및 의병과의 전투에서 패함으로써 이들 지역을 내주었을 뿐 아니라, 여차하면 왜군들이 차지하고 있는 경상좌도에서도 쫓겨가야할 실정이었다.

또한 낙동강 수로를 통한 보급로가 조선 의병에게 번번이 점령당함으로써 부산에서 대구로 이어지는 보급로가 차단되기에 이르렀기 때문에, 왜군들은 경상우도의 중심부인 진주성에 주둔하고 있는 조선 관군의 주력을 제거함으로써 경상도 전체를 점령함과 동시에 일본군 보급로의 안전을 확보하려 했던 것이다. 왜군들은 진주성만 함락하면 나머지 소소한 군대는 스스로 흩어질 것으로 생각하고, 이번 진주성 전투에 대병력을 투입하여 함락시키자는 것으로 결론을 내렸다. 그리하여 이번 진주성 전투를 위해 왜군은 대규모 병력을 동원했다.

일본 사료에 의하면 왜군들의 편의에 의해 일본군 수가 2만 명이라고 하지만 사실상 3만 명 정도 되었다.

당시 진주목사는 김시민이었으며, 성내의 병력은 진주성 주둔군 3천7백 명과 이광악 곤양군수의 1백 명으로 수성군을 편성했다. 그 외에도 3천 명 이상의 경상우도 및 전라도, 충청도 의병이 진주성을 돕기 위해 진주성 주변으로 출동했지만, 김시민은 조선군의 수적인 열세로 인해 왜군과의 정면 대결을 피하고 적의 병력을 분산해서 대적하기 위해 성 밖에 대치하게 했다.

김시민은 진주성 전투에 앞서 고성, 창원, 거창 등지에 출격하여 큰 성과를 거두었다. 더구나 고성, 진해 지역의 왜적들을 몰아내는데 총력을 기울이자 적은 이를 감당하지 못하고 부산 방면으로 퇴각했다. 그러나 왜적들은 다른 곳에 비해 고성 근처에는 1천여 명이나 있었다. 김시민은 1592년 5월부터 언젠가는 일본군이 진주성을 공격할 것으로 미리 짐작하고 진주성에서 일본군을 맞아 싸울 준비를 철저히 했다.

원래 둘레가 1만여 척가량 되는 진주성을 지키기 위해서는 1만여 명의 병력이 필요하지만, 현재 성 안의 군사 3천8백여 명과 진주성에 들어온 남녀노소를 동원하여 왜군의 공격에 대비했다. 진주성은 무척 견고하게 되어 있으며, 남쪽은 남강이 직면해 있어 아예 적군이 공격할 수 없게 되어 있고, 서쪽은 깎아지른 절벽인 관계로 이곳 역시 적군이 함부로 공략할 수 없다. 북쪽은 인공 해자(垓字)로 성을 둘러싸 있다는 지리적 이점을 가지고 있으며, 이것은 임진왜란이 일어나기 1년 전부터 김수의 지휘로 확장했다.

김시민 목사는 진주성 전투를 준비하면서 군량을 모으는 등 무기도 마련했다. 그는 병기 제작과 함께 수성군에게 맹훈련을 실시했다. 그는 대형 화포인 현자총통 170여 대와 시한폭탄인 비격진천뢰를 준비하고 염초 510근을 만들어 놓는 등, 질려포, 대기전, 화철, 능철, 궁노, 대궁 등을 마련해 놓았다. 또한 화약을 다발로 묶어 풀숲에 넣어 두고, 성 위에는 대포와 대석을 나누어 설치하게 하였으며, 여차하면 끓는 물을 적들의 면상에 부으려고 가마솥에 물도 끓일 준비도 해 놓았다.

그리고 진주성을 지키기 위해 각각 자리를 배치했다. 진주목사 김시민은 중위장으로서 이광악과 협력하여 군사를 지휘하고, 진주판관 성수경은 동문을, 전만호, 최득량은 수성 대장으로서 이눌과 함께 적의 공세가 짐작되는 구 북문을, 율포권관 이찬종은 남문을 각각 방어하기로 했다. 또한 성 밖의 의병 지원병들도 협공과 교란 작전으로 성 안과 밖의 호응 작전을 꾀하기로 했다.

이들 의병의 활동은 북면에는 곽재우가 보낸 심대승, 서북면에는 최경회, 김준민, 임계영, 서면에는 정기룡, 조경형, 남강으로는 하경해, 그리고 남면에는 정유경, 이달, 최강, 조응도 부대가 각각 할당되었다. 이러한 전략은 왜군의 주위에서 왜군의 전력을 분산시키기 위해 상호 협동 작전을 펼치려는 것이었다.

이즈음 왜군들은 무척 불리한 상황에 놓여 있었다. 진해에 있던 적장 다하라(平小太)가 조선군에 사로잡혔는가 하면 진주, 지례, 성주까지 물러난 상태여서 극도로 불안했다. 그런가 하면 제9군 대장 히데쓰구마저 수토병으로 거제도에서 죽어 버리고 경상도 담당 모리까지 몸져누운 상태였으니 왜군들로서는 최악의 상황이었다. 그토록 불리한 상황에서도 김해성에 주둔하고 있던 왜장 가토, 나가오까, 하세까와, 키무라 등은, 진주목사 김시민이 사천, 고성, 창원 등지에서 맹활약한 것을 알고 어쨌든 진주성을 쳐야 한다고 결론을 내렸다.

이에 왜군들은 가토 1천 명, 나카오까 3천5백 명, 하세까와 5천 명 등, 3만여 명이 진주성으로 향했다. 10월 2일, 창원성 전투에 이어 함안성을 점령한 왜군 3만 명은 드디어 진주의 소촌역에 주둔하였다.

9월 24일, 경상우병사 유숭인은 창원 병영에 있다가 이 소식을 듣고 군사 2천여 명을 거느리고 곧 출동령을 내렸다. 갑자기 북소리가 온 사방에 울려 퍼지고 징소리에 섞여 나팔 소리와 호각 소리가 천지를 뒤흔들 듯하자, 여기저기서 모인 군사들은 칼과 창, 곤봉과 철퇴 그리고 궁시 등 급한 김에 손에 잡히는 대로 들고 나왔다.

이때 유숭인이 성 안으로 들어가 함께 방어할 것을 원했으나, 김시민은 상급자인 유숭인이 합세할 경우 지휘 체계에 알력이 생길까 우려하여 성 밖에서 지켜달라고 한 것보다, 수적으로 우위였던 왜군에 대응하기 위해서는 분산 전략이 더 유효할 것이라 여겼기 때문일 것이다. 때마침 사천현감 정득렬과 주대청 등이 4백여 명의 군사를 거느리고 지원하러 왔으므로 함께 진주성 남쪽에 진을 치고 있었다.

그러나 어느새 왜적들이 남쪽에 진을 치고 있는 우리 군사들을 발견하고 겹겹으로 포위하여 왔다. 밖에서 진을 치고 있던 우리 군사는 모두 결사 항전으로 큰 접전을 벌이지 않을 수 없었다. 이처럼 적들은 성 외곽에 있는 지원군들을 먼저 공격해 왔다.

권관 주대첩은 말을 타고 적진을 돌아다니면서 활을 사정없이 쏘아 대니 주대첩의 화살에 맞은 왜군들은 하나같이 쓰러졌다. 백마 장군 정득열은 키가 8척이나 넘는 장신으로 고성, 진해 등 진주성 근방에 백마를 타고 돌아다니며 적을 무찔렀는데, 적이 그를 보기만 해도 싸우기도 전에 도망치기에 바빴다. 그처럼 그는 위풍당당한 장군이었다. 이날도 그는 말을 몰고 적진으로 뛰어들어 적을 사정없이 무찌르는 가운데 화살이 바닥나자, 철추를 손에 쥐고 닥치는 대로 적을 죽였다. 그러나 적은 겹겹이 쌓인 가운데 수도 없이 몰려들었다. 치고, 치고 또 쳐도 적을 감당할 길이 없었다. 결국 사방에서 쏘아 대는 놈들의 화살에 견디지 못하고 쓰러졌다. 유숭인도 주대청도 조국을 위해 목숨을 아끼지 않고 앞장서서 닥치는 대로 적들을 처치했으나 수에 밀려 진주성 앞에서 장렬히 전사했다.

유숭인, 정득렬 등을 물리친 왜군들은 10월 4일, 군사를 이끌고 이제 진주성을 포위하기 시작했다. 그러나 성 밖의 의병 부대들 때문에 섣불리 공격하지는 못했다.

10월 5일에는 실제적인 전투는 없었지만 심리 작전을 펴느라 기마병 1천여 명이 진주성 동쪽 마현 북봉에 나타나 두루 살핀 후 오후 4시 경에 물러났다.

이에 김시민은 결코 대응하지 말고 화살 하나라도 아끼도록 하고 성 안에서 잘 보이는 곳에 기를 꽂고 장막을 설치하며, 남녀노소 무론하고 남장을 하게 해서 성 안의 군세가 왕성하게 보이도록 했다. 또한 왜군이 진주성 동쪽 십 리 안팎 임연대 부근에 주둔하고 있다는 것을 척후병의 보고로 확인한 상태였다. 이에 수성군은 왜군의 동정을 살펴 가면서 만반의 준비를 하고 있었다.

한편 산음의 살천창에 주둔하고 있던 최경회와 임계영 의병군 2천 명이 진주성으로 달려오고 있었다. 최경회 장군은 처음 기병할 때는 8백 명 정도였으나 고득래를 부장으로 삼으면서 6~7백 명이 더 늘었다. 진주성에 올 때는 1천여 명만 데리고 오고 나머지는 그곳에 남게 했다.

"자네, 꿈과 현실을 구분해야 되네, 이건 꿈도 환상도 아닌 내 앞에 닥친 현실이라네. 자네는 아직 젊디젊은 꽃다운 나이야."

"예, 무슨 말씀이신지요?"

"자네의 고귀한 뜻을 높이 사서 지금까지 전쟁터에 함께 나갔지만 내가 간장이 녹아나는 듯했지. 다행히 가는 곳마다 승리했지만. 이번 진주성 전투는 대접전이 벌어질 조짐이야, 왜군들도 눈에 불을 켜고 달려들 거고."

"이미 저는 장군님과 생사를 같이 하기로 애초에 다짐했습니다."

늦은 밤, 막사를 나와 쏟아질 듯한 별빛 아래서 최경회는 논개에게 진중하게 말했지만 논개는 한사코 진주성 전투에도 함께 참전하기로 했다.

전투는 10월 6일, 이른 아침이 되자 왜군의 본격적인 공격이 시작되었다. 왜군은 3개 부대로 나뉘어 산과 들을 뒤덮으며 진주성을 공격해 왔다. 1부대 1천여 명은 순천 풍산 위에 진을 치고, 진주성 동문 밖 선학재에서 진주성을 굽어보고 조총을 발사하였다. 다른 1부대는 순천 풍산을 넘어 봉명루까지 열을 지어 있었고, 다른 1부대는 봉명루의 적과 합류했다. 기타 조공 부대는 각 산에 배치해서 주공을 도왔다. 적은 물샐틈없이 성을 빼곡히 둘러싸 있었다.

왜직은 산꼭대기에도 뒤덮였으며 진주성의 남강변과 해자가 있는 곳을 제외한 동쪽과 서쪽을 완전히 포위해서 공격해 왔다. 왜적들의 형색은 상상 이상으로 형형색색의 색깔이었다. 금부채를 장대 위에 꽂아 들고 흔드는 자가 있는가 하면 산발한 가면을 쓴 자 등 정말 꼴불견으로 아군을 위협해 왔다. 적들은 왜장의 신호에 따라 조총수 1천여 명이 성 안을 향하여 일제히 총을 발사하니 그 총성이 뇌성벽력이 치는 소리와도 같았다. 거기에다 3만여 명의 적이 일시에 소리를 지르니 온 산천이 떠나가는 듯했다.

그러나 성 밖에서 왜군들이 그렇게 난리를 쳐도 성 안에서는 김시민의 지시에 따라 결코 적들에게 동요되지 않고 침착하게 행동하였다. 그러다 적들이 제풀에 지칠 때, 조선군은 북을 치며 함성을 지르면서 즉시 대응하여 왜적을 격퇴할 수 있었다.

왜적들은 성 밖 민가에 가서 문짝과 판자 등을 뜯어 와서 판자 뒤에 엎드려 성 안을 향해 일제히 총을 발사하니 뇌성이 진동하고 우박이 날리는 것 같았다. 낮 동안 왜적들은 민가에 가서 분탕질을 하는가 하면, 또 군수 물자를 운반하는데 그 물량도 엄청났다.

이윽고 해가 지고 어둠이 몰려오자 왜적들은 서로 호응하여 호각을 불며 일제히 함성을 지르는 등 야단들이었다. 적은 밤에도 진주성을 향해 계속 화살과 총을 쏘아 댔다. 이에 김시민은 성 안을 순회하면서 성 안의 모든 이들에게 동요함 없이 조용히 있을 것을 부탁하며, 적탄이 빗발처럼 몰아쳐도 의연한 자세로 휘하 장병들을 격려하며 용기를 북돋우어 주었다. 그리고 그는 군사들에게 눈물로 호소했다.

"온 나라가 적에게 짓밟혀 남아 있는 곳이 오직 진주성뿐이다. 이 한 성만이 나라의 명맥을 이어가고 있는 것이다. 만약에 이 진주성마저 무너지게 되면 나라의 체면이 말이 아니다. 또한 이 성이 패한다면 성 안의 수천 생명이 모두 적의 칼과 창의 밥이 되지 않겠는가. 휘하의 장졸(將卒)들이여! 힘을 다하여 분전하여 죽어 후세에 이름을 남기는 길을 택할지어다!"

김시민의 눈물어린 호소가 끝나기가 무섭게 성 안에서는 갑자기 "만세!, 만세!" 하는 환호 소리가 기를 쓰고 총과 화살을 쏘아 대는 왜군의 귀에까지 들렸는가 보다. 이렇듯 김시민의 진심 어린 호소가 군사들의 마음을 움직여 군사들은 어떠한 난관에 봉착하더라도 기필코 진주성을 지켜 내야 한다고 굳게 다짐했다.

싸움은 밤새도록 그칠 줄 몰랐다. 또한 무기가 부족하다는 김시민의 말을 듣고, 그 삼엄한 왜적의 경계를 뚫고 김성일의 군사가 장전(長箭) 1백여 부를 가지고 진주성 아래까지 오는데 성공했다. 그러자 성 안의 군사들은 한층 더 활기를 띄게 되고 사기가 충천하였다. 때를 같이 하여 북과 남에서 동시에 원군이 나타났다. 이날 밤 곽재우가 심대승에게 군사 2백 명을 보내 진주성 배후에 있는 비봉산에 올라와서 각자 횃불을 다섯 개씩 들고 저마다 호각을 불고 함성을 지르니 온 산천이 쩌렁쩌렁했다.

"홍의 장군의 연락이 왔다. 명의 남병(중국 남방 지역의 정예군)이 이제 대군으로 구원하러 온단다."

전쟁 초기에는 관군과 의병군들 간에 융합이 잘되지 못한 면도 있었으나, 얼마 지나지 않아 관군과 의병들 간에 시시각각 정보를 주고받으며 성 안과 성 밖의 호응이 일치했다. 그러자 성 안에서도 호각을 불며 같이 호응하자 왜적은 진짜 명의 대군이 온 줄 알고 혼비백산했다.

남쪽에서도 최강과 이달이 휘하 병사들을 이끌고 망진산을 점령했다. 이달은 망진산 아래 두골평에 진을 치고 왜적의 측면을 공격하여 많은 적을 죽였다.

그렇게 그 밤을 지내고 7일이 되었다. 이날도 적들은 기다렸다는 듯이 하루 종일 사격을 가하며 성 안을 공격해 왔다. 그런가 하면 진주성 주변 십 리 밖에 있는 민가들을 모두 불태워 잿더미로 만들어 버렸다. 또한 성 밖에 있는 집을 뜯어 화살 공격에 대한 방패를 만들고 대나무로 사다리를 만드는 등 숱한 수작을 부렸다.

해가 지고 어둠이 몰려왔다. 대기 중에는 서늘한 바람이 솔향기를 싣고 성 안으로 밀려왔다. 가슴 가득 심호흡을 하기도 전에 성 안에서도 그냥 있을 수 없었다. 성 밖에서는 난리굿을 한다 해도 성 안에는 아무 요동도 없다는 듯이 악공들이 성 문루에 올라가서 피리와 악기를 들고 와서 신나게 불며 웃고 떠들었다. 적들도 이에 대응하듯이 어불성설(語不成說)의 말을 되뇌며 성 밖을 돌아다녔다. 또한 이날 밤, 왜적들은 미리 준비해 놓았던 대나무로 사다리와 산대를 만들어서 성 안으로 넘어갈 수 있도록 해 놓았다.

8일 아침이 되어서야 성 안에서 이를 본 군사들은 무척 당황하였다. 왜군은 수천 개의 대나무 사다리로 성벽을 기어올랐다. 그리고 3층 높이의 산대에 바퀴를 달아 밀고 들어오면서 조총과 화살을 성 안으로 퍼부으며 맹렬한 공격을 해오기 시작했다. 이에 김시민은 허둥대지 않고 침착하게 현자총통을 발사하였다.

태종 때 만들어진 현자총통은 왜적의 것보다 길고 화력도 좋으며 거리도 2천보까지 가는 총이다. 또한 한 번에 1백 개까지 장전을 할 수 있는 장점이 있다. 성 안에서 3번이나 적진을 관통시킨 무서운 총탄을 날려 보내자, 산대를 밀고 성을 넘으려던 적군들은 일시에 어디로 도망갔는지 모르게 뿔뿔이 흩어져 버렸다. 그리고 솔가지를 산더미같이 꺾어 놓은 건 필시 인공으로 만든 해자를 메우기 위한 것이라는 생각에, 종이에 싼 화약을 나무 다발 사이에 넣고 불을 붙여서 솔가지 더미에 던지자 불은 순식간에 그 많던 솔가지를 하나도 남김없이 태워 버렸다. 그 광경을 보고 있던 적들은 탄식을 하며 "과연 목사로구나!" 하는 탄식 소리가 바람을 가르며 성 안으로 흘러 들어왔다.

적들은 물을 메우려던 일에 실패하자 이번에는 대발을 가지고 와서 성을 넘으려 했다. 이때 성 안에서 성 위에 미리 설치해 두었던 비격진천뢰와 질려포 등의 화포를 발사하여 당장 대발과 대사다리를 날려 버렸다. 또한 성에서는 큰 솥에 물을 펄펄 끓여서 기어

올라오는 적들에게 끓는 물을 사정없이 붓는가 하면, 큰 돌을 위에서 굴려 적들을 떨어뜨리기도 했다.

선조 24년에 화포장 이장손이 발명한 무기인 비격진천뢰의 위력은 대단했다. 성 밖에는 우리 군의 비격진천뢰와 질려포로 인해 쓰러진 적의 시체가 성 밖을 메웠다. 그렇게 성 밖과 성 안에서는 생사를 판가름하는 전투가 이어졌다. 김시민은 성을 돌아다니며 수성군을 격려했다.

"나는 충의를 맹세하고 진주성을 지켜서 국가 중흥의 근본으로 삼을 것이다. 우리 모두 힘을 합해 죽음을 각오하고 싸운다면 틀림없이 승리의 깃발은 우리의 것"이라며 전의를 불태웠다.

그럭저럭 새벽 2시 경이 되니 고성의 조응도와 진주 복병장 정유경이 군사 5백여 명을 이끌고 와서 각각 십자 횃불을 켜고 남강 건너편의 진현 위에서 호각을 부니, 성 안에서는 원병이 온 것을 알고 큰 종을 울리고 호각으로써 호응하자 왜적은 크게 놀라 어쩔 줄 몰라 했다. 수성군을 돕는 원군이 남과 북에서 계속 나타나자 성 안의 군사들은 사기가 올라 서로 앞다투어 활을 쏘았고, 적군은 초조해지기 시작했다.

적은 3만 명이란 병사를 동원해서 당장 진주성을 칠 것으로 생각했지만, 며칠이 지나도 아무런 성과가 없자 전법을 달리했다.

이튿날인 10월 9일 아침에는 2천여 명의 왜적이 조선의 원군을 차단하고자 2대로 나뉘어 갔는데, 그 중 일대는 김준민이 5백여 명의 군사와 함께 진주로 내려오는 도중 단계현에서 전투가 벌어졌다. 이에 5백여 명의 의병이 달려들어 격투를 벌이는 중 의승장 신열이 도착해서 함께 어울려 공격하니 그때서야 적이 병기와 깃발을 다 버리고 달아나느라 정신이 없었다. 이때 적의 수급을 80명이나 베었다.

한편 진주에서 두 패로 나뉘어진 왜군의 또 한 부대는 살천 방면으로 진격해서 살천에 머물고 있던 최경회 의병군들과 접전을 벌이게 되었다. 때아니게 살천에서 불꽃 튀는 전투가 벌어졌다. 양측에서 화살이 빗발처럼 날아가고 조총 소리가 천지를 뒤흔들었다.

서도식은 적군이 개미떼처럼 몰려오는 적진 속에서 말을 타고 이리저리 휘저으며 다가오는 적들을 활과 창으로 사정없이 베자 조금 두려워하던 의병들도 사기가 올랐다. 죽기 아니면 살기였다. 내 나라 내 민족을 위해서는 죽음도 두렵지 않은 의병군들이었다.

논개 또한 의병군들 틈에 끼어 적을 향해 분주히 활시위를 당겼다. 그러나 쏘아도, 쏘아도 적군은 사정없이 밀어닥쳤다. 논개의 머리 위로 화살이 날아오는가 하면, 화살이 옆구리로 스쳐 가는 아슬아슬한 순간을 수차례나 겪어야만 했다.

우리 군이 불리한 상황이라는 걸 당장 알 수 있었다. 그러나 논개는 도망가지 않고 의병군의 한 사람으로서 총알이 날아오는 적진 속에서 몸을 사리지 않고 싸웠다.

한동안 적들의 화살을 이리저리 피해 가며 싸우다 보니 논개는 자신도 모르게 자꾸만 한쪽으로 밀려난다는 느낌이 들었다. 그제야 돌아보니 자신은 피 흘리며 맹렬히 싸우는 적진에서 한참 밀려나 있다는 것을 알 수 있었다. 아니 어쩌면 적을 감당하지 못해 쫓기는 가운데 한쪽으로 밀려나왔는지 몰랐다. 논개는 눈 돌릴 사이도 없는 화급한 상황이었지만 어쩐지 자신과 맞붙어 싸우는 적군이 조금은 의아하다는 생각이 들었다.

적들은 의병군들의 화살을 교묘하게 피해 다니며 유독 논개 가까이로 다가오고 있었다. 순간, 잘못하다가는 적들의 손에 붙잡히지 않을까 하는 의심마저 들었다.

서도식은 처음부터 끈질기게 몰려오는 적군을 대항하느라 정신이 없었다. 의병군들 역시 자신의 주위에서 열심히 싸우고 있지만 수적 열세로 우리 군이 밀리고 있었다.

불꽃 튀는 적진 속에서 최경회 장군은 연로한 몸임에도 불구하고 재빠르게 돌아다니며 지휘하랴, 왜적과 대항하랴, 혼신의 힘을 다하고 있었다. 그러나 아무리 눈을 휘저어 보아도 논개는 보이지 않았다. 가슴이 서늘해진 서도식은 한 발 물러 나와 적군과 대항하며 논개를 찾아다녔다. 더구나 우리 군이 쫓기는 판국에 잘못하면 큰일이다. 양편의 군사들이 피를 흘리며 이리저리 쓰러져 있는 곳을 쏜살같이 훑어보아도 논개는 보이지 않았다.

한참 후에야 치열한 격전장을 비껴 난 저쪽 편에서 화살을 당기고 있는 논개를 발견하자 안도의 한숨을 쉬었다. 언뜻 보아도 우리 군은 많지 않은 가운데 적들은 논개를 둘러싸고 있는 것 같았다. 논개는 위급한 상황에 처하자 죽든지 아니면 생포될지도 모른다는 생각이 번개처럼 스치고 지나갔다. 마음속으로 어머니를 생각했다.

'어머니, 어머니의 딸, 나라를 위해 죽을 수도 있습니다.'

최경회 장군의 모습도, 어머니의 얼굴도 번갈아 나타났다가 사라지는 순간, 구원의 손길이 있었다. 서도식은 쏜살같이 말을 달려 논개를 밀쳐 내고 적들을 대적하면서 화살을 퍼부었다.

때를 같이 하여 저 멀리서 뽀얀 먼지를 흩날리며 황급히 달려오는 군사들이 있었다. 김준민은 단계현에서 놈들을 말끔히 쫓아내고, 멀리 단성 읍내를 보니 연기와 불길이 치솟으며 총소리가 천지를 뒤흔드는 것을 보고 틀림없이 전라 의병들이라 생각하고 군사들을 거느리고 단숨에 달려왔다. 우리 군이 무척 불리한 상황에 놓여 있을 때, 때마침 김준민 군사와 합세하여 적들을 물리치고 일부는 읍내에 내려가서 분탕질을 하고 있는 적들을 당장 쫓아 버렸다.

최경회 의병군들은 처음엔 적에 밀려 무척 위급한 상황이었으나 뒤이어 지원군으로 온 강희보, 강희열 형제와 곤양을 지키던 정기룡, 진해현감 조경형과 합세하여 이들 왜적들을 하나도 남김없이 격퇴시킬 수 있었다. 최경회는 가까스로 수습이 되고 나서야 논개를 보자 환하게 웃어 주었다. 원군을 차단하기는커녕 단계와 살천 방면에서 혼이 난 왜적들은 그들의 주력 부대가 있는 진주로 돌아가고 말았다.

이날 최경회 의병들은 살천창에서 한판 승부를 겨루고 숨 돌릴 사이도 없이 진주성으로 달려오니 글자 그대로 난장판이었다. 성 안을 침입하기 위해 높은 성벽에 사다리를 기대어 놓고 기어오르는 왜군들이 있는가 하면, 견고한 성을 무너트리려고 작당을 하고 기어드는 왜군들에게 성 안 군사들이 돌을 던지며, 심지어는 성벽을 기어오르는 왜군들의 얼굴에 펄펄 끓는 물을 부으니 그대로 땅에 떨어지는 왜군들, 돌에 맞아 곤두박질치는 왜군들, 차마 인간으로서는 눈뜨고 볼 수 없는 상황이 전개되었다.

전라 의병들은 이때다 하고 성 밖에서 우글거리는 왜군들을 향해 공격을 하기 시작했다. "성벽에 기어오르는 저 잔악한 왜군들을 남김없이 쳐라." 하는 명령과 함께 의병들은 함성을 외치며 화살을 빗발치듯 쏘아 댔다. 여전히 젊고 혈기 왕성한 서도식도 말을 타고 이리저리 돌아다니며 왜적을 향해 거침없이 활을 쏘았다.

성 밖에 진을 치고 있던 왜적들이 갑자기 뒤에서 의병군들의 공격을 받자 우왕좌왕했다. 한동안 적들과 의병군 간에 불꽃 튀는 접전이 벌어졌다.

논개 또한 조금 전의 일은 언제 그랬냐는 듯이 의병군들 틈에 끼어 지치지도 않고 활을 난사했다. 논개는 처음 적을 향해 화살을 날릴 때의 두려움은 애시당초 사라지고 성 벽에 새까맣게 붙어 있는 적군을 보자 자신도 모르게 앞장서서 공격을 쉬지 않았다. 그러나 아무리 남장을 하고 의병들 틈에 끼어 활시위를 당긴다 해도, 조금만 눈여겨보아도 어딘지 모르게 가냘픈 몸매에 새하얀 얼굴은 숨길 수 없었다.

한동안 이리 뛰고 저리 뛰며 적들을 처치하느라 아무것도 생각나는 게 없었던 서도식은 늦게야 아차 싶은 생각에 주위를 살펴보니 논개가 멀지 않은 곳에서 적들과 싸우고 있었다. 순간 번개처럼 스치는 이상한 예감에 서도식은 당장 달려가서 논개를 밀쳐 내고 적들을 상대했다. 논개는 아슬아슬한 순간을 몇 번이나 넘겼지만 이러다 죽을 수도 있다는 생각을 항상 염두에 두고 있으니 죽음이란 게 그렇게 두렵지는 않았다. 서도식에게 밀려나서도 그녀는 쉬지 않고 적군을 향해 활을 당겼다.

서도식은 왜군들과 격투를 벌이면서도 뭔가 이상하다는 느낌을 받았다. 한동안 왜군들과 불꽃 튀는 접전을 벌이면서 적군을 헤치는 데만 온 신경을 곤두세웠지만, 어쩐지 왜군들은 비단 논개에게만 집중하고 있다는 느낌을 지울 수 없었다.

전투 경험이 그리 많지 않은 서도식이지만 전번 역시 의아하다는 생각을 했는데 이번에도 그때와 비슷하다는 생각이 들었다. 조금만 늦었더라도 논개가 위험에 빠질 수도 있었다는 생삭에 아찔해졌다.

여전히 성 안을 향해 총을 발사하며 사다리로 기어오르는 왜군들을 막느라 성 안에서는 끓는 물과 돌을 던지는가 하면 총과 화살이 끊이지 않았다. 최경회 장군이 서도식과 조금 떨어진 곳에서 의병들에 휩싸여 용감무쌍하게 싸우는 모습은 정말 젊은이 못지않은 패기가 흘러넘쳤다. 이렇듯 우리 군사들은 목숨을 걸고 성 안을 헐려는 왜군들을 뒤에서 추격하자, 왜군의 사기도 점점 떨어지고 있었다.

결국 담을 넘어 오려는 왜군들과 북문을 뚫고 들어오려는 왜군들을 이광악과 여러 장수들이 화살을 쏘고, 끓는 물과 돌을 던지며 진천뢰를 던지기도 하여 기어 올라오다가 죽은 시체가 수도 없이 많았다. 그중에 비단옷을 입은 왜장이 쌍견마를 타고 군사를 지휘하여 돌진해 오자 이광악이 당장 활시위를 당겨 왜장의 가슴에 적중시켰다. 그러자 허울 좋은 쌍견마 위에서 떨어지는 왜장의 모습은 정말 가관이었다. 적들은 갑자기 왜장을 잃자 부하들이 몰려와서 시체를 끌어안고 통곡을 하며 메고 가니 성 안에 있던 우리 군사들의 사기가 한층 더 치솟았다.

저녁이 되자 진주에서 왜군에게 납치되었다가 구사일생으로 적진을 빠져나온 한 아이의 말에 의하면, 왜군들이 이튿날 새벽에 총공격을 한다는 것이었다. 정보를 입수한 김시민은 그에 대한 대비책을 철저히 해 두고 기다리고 있었다.

그렇게 또 피비린내 나는 하루가 지나가고 이튿날 10일 새벽이 다가왔다. 전날까지도 왜적은 기를 쓰고 담을 오르려고 발악을 하더니, 이날은 새벽부터 여기저기 모닥불을 밝혀 놓고 때아니게 군막을 철거하고 장비를 수레에 잔뜩 실으며 퇴각하려는 움직임을 보였다. 전날 왜군들이 너무 많은 손실을 입어 후퇴할 조짐인가 하고 있는데, 그게 다시 진주성을 공격할 음모였는가 보다.

새벽 2시경이 되었다. 왜군은 또다시 두 패로 나뉘어 만여 명의 한 부대는 동문 쪽 성벽으로, 그 뒤를 이어 기병 1천여 명이 돌진해 들어오고 또 한 부대는 북문으로 진격해 왔다. 전날과 같이 왜(倭)들은 긴 사다리를 이용하여 성벽에 기어올랐고 기병들은 성을 향해 총을 난사했다. 여전히 성 밖의 곽재우 의병들과 최경회 의병들, 그 외 후원군들이 왜군을 향해 공격을 가했다.

뺏고 빼앗기는 전투 속에서 성 안의 김시민은 동문 북격대에서, 판관 성수경은 가장 격전장인 동문 옹성장에서 각각 군대를 지휘하며, 성 밖의 곽재우, 최경회 등 후원군들을 힘입어 왜군의 끈질긴 전투를 사력을 다해 막아내고 있었다. 새삼 김시민의 주도면밀한 전략에 모두들 감탄해 마지않았다. 성 안에서와 성 밖에서 손발이 척척 맞아 적들을 꼼짝 못하게 했다.

궁사수들도 힘을 다하여 대궁을 쏘면서 결사적인 항전을 벌였다. 또한 비격진천뢰와 질려포를 발사하는 등 뜨거운 쇠를 아래로 던지고 불붙은 짚단을 던지며 끓는 물을 내려 부었다. 이에 왜적들은 돌에 맞아 머리가 깨어지는가 하면 뜨거운 물에 얼굴이 데이고, 더구나 비격진천뢰의 폭발로 추풍낙엽처럼 떨어지는 광경은 차마 눈뜨고 볼 수 없을 정도로 처참했다. 그러나 적들은 물러설 기미가 보이지 않았다. 오히려 더 맹렬했다. 동문에서 죽기를 각오하고 숱한 노력으로 왜군을 물리치고 있을 때, 또 다른 1만여 명은 야음을 틈타 구 북문까지 돌격해 왔다.

적들은 3만 명이란 대군대를 끌고 와서 조선군에게 숨 돌릴 틈도 주지 않는다. 이번에는 단단히 각오했는지 긴 사다리와 방패를 메고 와서 갈까마귀 때처럼 담벼락에 붙어 서서 성벽을 넘으려 하자, 엄청난 왜군들의 숫자에 놀란 의병군들이 뿔뿔이 흩어지는 것을 전 만호 최덕량과 군관 이눌, 윤사복 등이 죽음을 무릅쓰고 개미떼처럼 밀려오는 적들을 필사적으로 막아내고 있었다. 말 그대로 피를 말리는 격전이었다.

이를 본 병사들이 달아나다가 다시 모여들어 동문 옹성과 마찬가지로 모든 병사들이 죽기를 각오하고 결사적으로 왜적의 조총을 막아내고 있었다. 성 안에서는 노약자나 부녀자들까지 합세해서 기와와 돌멩이를 던지고 짚단에 불을 붙여 던지며, 성 안에 깔려 있던 돌멩이와 짚이 바닥이 날 때까지 적을 향해 던지고 또 던졌다.

그렇듯 왜군들은 기를 쓰고 성 안을 침범하려 했지만 성 안 모든 군사들이 적들을 물리치는데 혼신의 힘을 기울였다. 종내에는 동녘이 훤하게 밝아 오기 시작하자 그처럼 악착같이 달려들던 왜군의 공세가 차츰 누그러들기 시작했다.

잠시 잠잠해진 틈을 타 김시민 목사가 성 안을 순회하던 중, 운사납게도 하필이면 부상당한 왜군 한 명이 숨어 있다가 쏜 총탄을 왼쪽 이마에 맞고 쓰러지는 뜻 아닌 일이 벌어졌다. 깜짝 놀란 장수들이 김시민을 일으킬 사이도 없이 놈들이 또다시 벌떼처럼 달려들었다. 김시민은 병사들에게 맡기고 당장 곤양군수 이광악이 김시민을 대신하여 군대를 지휘했다.

이광악이 곤양 병사 백여 명을 제일선에 세우자 병사들은 적을 향해 일시에 대궁을 쏘며 돌진했다. 그렇게 서로가 기를 쓰며 죽고 죽이는 끔찍한 전투가 이어지더니, 해 뜰 무렵이 되자 갑자기 검은 구름이 하늘을 뒤덮으며 뒤이어 천둥 번개가 금방이라도 세상을 뒤엎을 것처럼 무시무시한 섬광을 발하며 내려치기 시작했다. 그 자체부터가 인간의 혼을 다 빼앗아 가는 듯했다.

갑자기 세상은 흑암 속에 갇혀 버렸다. 세상은 온통 먹구름에 가려 천지를 분간할 수 없을 정도로 캄캄한데, 적과 수성군은 보이지 않고 서로의 인마 소리, 호각 소리, 총소리만 뒤죽박죽이 되어 우레 소리에 섞여 들려왔다.

생지옥인들 이처럼 처참할까! 인간 세상에서 이렇듯 아비규환의 전쟁을 겪어야만 하다니, 참혹한 현실 앞에 망연자실할 뿐이었다.

여전히 우레 소리와 인간들의 아귀다툼이 이어지는 가운데, 이외에도 성 밖 왜군의 진영에서 천막을 태우는 불길이 치솟더니 그렇게 끈질기게 공격하던 사기는 어디로 가 버리고, 왜군은 장비를 챙겨서 일제히 퇴각하기 시작했다. 3만 대 3천8백 명의 5일간의 치열한 전투가 막을 내리자 놈들은 줄행랑을 치기에 바빴다.

어느 누가 조선군을 지리멸렬하다 했던가. 우리 군은 용감했다. 어느 나라 군사보다도.

성 안 군사들은 김시민 목사가 쓰러진 데다 하루 종일 적군과 싸우느라 심신이 기진맥진해 있는 터여서 더 이상 왜군을 추격하지 못하고, 일부 병력만이 소촌역까지 진격하여 왜적 30여 명의 머리를 베고 왔다. 3만 대 3천8백의 싸움에서 거둔 승리. 그것은 한 성을 지키기 위해 혼신의 힘을 다해 목숨과 맞바꾸는 치열한 전투 끝에 얻은 성공이었다.

자신의 모든 걸 바쳐 온 김시민 장군은 전쟁을 승리로 이끈 뒤에 그 기쁨도 채 누리지 못하고 10여 일이 지난 10월 18일 39세의 일기로 조용히 눈을 감았다. 진주 시민들과 모든 군사들은 심장을 도려내는 듯한 아픔으로 세상에 다시없는 또 한 장군을 보내 드려야만 했다.

진주성 대첩이 승리로 끝나자 경상감사 김성일이 달려와서 모든 장군과 병사들에게 격려하고, 더욱이 김시민 장군의 죽음을 자신의 일처럼 가슴 아파했다. 특히 최경회 장군의 전공을 치하하고 즉시 선조에게 최경회의 공을 장계하였다.

이번 진주성 전투는 가장 값진 승리였다. 10월 전투에서 진주성을 무너뜨리면 왜군은 호남으로 가는 길이 열리는 셈이었다. 왜군은 한성과 평양까지 진출했으나 해전에서 이순신의 수군에 의해 서해로의 진출이 어렵게 되자, 김해와 창원을 거점으로 육로를 통한 전라도 진출을 하려했다. 하지만 곽재우, 정인홍, 김면 등의 의병 부대와 관군으로 인해 저지당했다. 왜군은 이도 저도 안 되자 다시 육로로 서진하여 해안 거점과 전라도의 진입로를 확보하려는 속셈이었다.

일찍이 이순신 장군은 약무호남(若無湖南) 시무국가(是無國家)라 했다.

"호남이 없으면 나라도 없다."

이처럼 진주성 전투는 조선을 위기일발에서 구한 전투였으며 만약 이번 전투에 패배했다면 육로와 해로에서 길이 막혀 버린 일본군에게 또다시 물꼬를 틔워 주는 결과를 가져왔을 것이다.

진주성 전투가 승리로 끝나자 모처럼 영호남의 관계는 훈훈해졌으나, 풍전등화에 놓여 있던 영남 지역의 백성들에게 버팀목이 되어 줄 전라도 의병들이 철수한다는 소문에 영남의 백성들은 또 한 번 술렁이기 시작했다.

산속에 숨어 있던 백성들이 내려오며 모처럼 안정을 되찾으려는 찰나 영남 지역을 책임져 줄 전라도 의병들이 근왕병으로 차출되어 간다는 소문이 돌았다. 이에 영남 백성들이 근왕을 반대하고 나서니 조정에서도 경상도의 방비가 더 위급하다는 점을 감안하여 그 제안은 취소하기에 이르렀다.

진주 대첩은 도요토미 히데요시의 조선 점령을 무력화시킨 전환점이 된 역사적 사건이 되었다. 전쟁터에서 평생을 살아온 훈련된 3만 명이란 대부대를 조선군 3천8백 명이 무찌를 수 있었던 것은 순전히 김시민의 완벽한 전투 준비와 탁월한 전술, 그리고 진주 관군과 의병들, 또한 성 안과 성 밖의 호응이 잘되어 얻은 승리였다.

이번 진주성 대첩은 적에겐 씻을 수 없는 치명적인 수치로 받아들여졌다.

그 당시 확실한 기록은 없지만 추측컨대 일본의 사망자 수가 장관이 3백 명, 병사가 1만 명이 넘는 엄청난 패전이었다. 이로써 일본군은 낙동강 서쪽의 경상우도와 전라도로 진출하지 못했다. 또한 부산에서 대구, 한양으로 이어지는 보급로가 차단되기에 이르렀다. 조선군이 목숨 걸고 항전한 결과 조선의 보급 창고이자 최대의 곡식 창고인 전라도를 보존할 수 있게 되었다. 이때부터 도요토미 히데요시는 진주성에 대한 분노를 날이 갈수록 키워 갔다.

3만 대 3천8백의 싸움은 현실적으로는 무모한 짓이라 할 수 있을 것이다. 더구나 평생을 전쟁터에서 단련한 사무라이들이 5일 동안의 치열한 전투에서 우리 군의 결사적인 항전으로 왜군 병력의 3분의 1 이상을 잃었다. 그 결과 도요토미 히데요시가 조선 팔도를 점령하겠다는 뜻은 완전히 빗나가고, 이어 나고야성에 주둔해 있던 12만 명의 예비 병력이 수로를 통해 평양성 이북에 상륙했지만 조선 관군과 의병군, 그리고 진주 대첩으로 인해 진출이 막혀 북상에 실패했다. 그러므로 일본군 예비 병력은 오도 가도 못하고 경상도 지역에 머무를 수밖에 없었다.

진주 대첩으로 인해 막대한 병력 손실을 입어 사기가 꺾였지만 왜군들은 여전히 조선 땅을 짓밟으려 눈에 불을 켜고 달려들었다. 이즈음 이치 전투에서 승리한 권율은 선거이, 소모사 변일중, 조방장 조경, 의병장 임희진, 승병장 처영과 1만여 명을 이끌고 근왕을 위해 한양으로 가려다가 한양이 가까운 수원의 독성산성에서 왜군들을 지키기로 했다.

당시 한양에는 일본군 총사령관이자 제8진 우키다 히데이에가 이끄는 6만 명의 왜군들이 주둔하고 있었는데, 권율이 독성산성에 있으면 왜군들의 보급 등 연락망에 방해가 될 것 같다는 판단 하에, 우키다 히데이에는 군사 2만 명을 차출해 독성산성을 공격하기로 했다. 이리하여 한 해를 마무리 짓던 1592년 12월 11일(음력), 경기도 수원의 독성산성에서 권율의 관군과 왜군 사이에 전투가 벌어졌다.

독성산성이 공격을 받자 권율의 군은 기습 공격과 매복 작전으로 왜군의 작전을 방해했고, 왜군은 적극적인 공격은 하지 못하고 대신 성 안으로 들어가는 물줄기를 막아 성을 고립시키려 했다. 그러자 권율은 밤에 제방을 막고 있는 왜군을 기습 공격하여 급수원을 다시 확보한 한편, 물이 풍족하다는 것을 보이기 위해 왜군이 보는 앞에서 쌀로 말을 씻기자 왜군들은 쌀을 물로 착각하여 아직도 물이 풍부하다고 오인하기까지 했다. 그리고 전라도 도사 최철견이 의병을 이끌고 권율을 지원하러 오는 등 증원군이 잇따라 산성으로 몰려드는 것을 본 왜군은, 조선 백성들의 조국애에 탄복한 나머지 전의를 상실하고 싱겁게 한성으로 철수해 버렸다.

이로써 한성 이남의 경기 지역에서는 왜군들이 기를 펴지 못했고, 각지각처에서 의병이 일어났으며 동시에 명의 원군이 오는 가운데 1593년 새해가 밝아 오고 있었다.

_7_

기어이 평양성을 되돌려 받다

임진년 해가 저물 즈음 독성산성의 전투 후에 계사년(癸巳年)의 해가 밝아 오기 무섭게 또다시 조명 연합군과 일본군 간에 4차 평양성 전투가 시작되었다. 평양성 전투는 앞서 1, 2, 3차까지 전투를 벌였으나 평양성을 돌려받지 못하고 지금까지 이어 오다가 해가 바뀐 1593년 1월 6일, 또다시 4차 전투를 벌였다.

2차 전투 때 조승훈의 1차 원병군이 패전하고 요동으로 철수한 이래, 명의 내부 사정으로 즉시 재출병을 하지 못하고 있다가 한 해가 저물어 갈 무렵 드디어 2차 원병군이 오게 되었다.

명의 조정에서는 경략 송응창과 제독 이여송을 총사령관으로 하고, 중협대장 이여백, 좌협대장 양원, 우협대장 장세작, 선봉장 사대수 등이 이끄는 4만 3천 명의 군사를 주어 2차 원병으로 보냈다.

1592년 12월 13일(음력), 명나라의 첫 선봉 부대가 압록강을 건너고 그 이튿날인 14일에는 부총병 오유충이 병력 1천5백 명을 이끌고 강을 건넜다. 12월 25일에는 이여송의 주력 부대가 압록강을 건너 선조 임금이 있던 의주 용만관으로 진출하였다.

조선에서는 도원수 김명원과 우측 방어사 김응서, 좌측 방어사 정희현, 황해도 방어사 이시언, 황조 판관 정화 등 총 8천 명의 군사와 서산 대사와 사명 대사도 승병 2천2백 명을 이끌고 참전했다.

드디어 1593년 1월 6일, 명의 총대장 이여송이 평양성을 공격하기 위해 평양성 근교까지 오자 조선군 도원수 김명원은 김응서, 정희현으로 하여금 8천 명의 군사를 이끌고 평양성 공격에 참전케 하였고, 팔도십육종도총섭(八道十六宗都總攝) 서산 대사 휴정의 7백 명을 비롯한 총 2천2백 명의 의승군도 함께 참가했다.

한편 고니시 유키나가는 명군 대병력이 평양성을 공격한다는 소식을 듣자 1만 8천 명의 병력을 이끌고 황해도 봉산에 주둔 중인 오토모 요시무네에게 병력 증원을 요청하였으나, 오토모는 이를 거절하고 한성 방면으로 철수해 버려 일본군의 사기가 크게 저하되었다. 당시 왜군은 조선 관군과 의병들로 하여금 식량을 보급 받지 못했을 뿐만 아니라 장기간의 전투로 인해 피로와 추위에 지쳐 있었다. 그러자 왜군들 간에 평양성에서 철수하자는 주장도 있었으나, 고니시 유키나가는 한사코 평양성을 지켜야 한다고 고집했다.

계사년(癸巳年) 1월 6일, 4차 평양성 전투가 벌어졌다. 조명 연합군이 평양성을 포위하자 1만 명의 일본군은 성문과 성벽 요충지에 배치되고 성 위에도 빈틈없이 늘어서 있었다. 적들은 성 안에서 북을 치고 징을 두들기며 야단들이었다. 또한 평양성 북쪽 모란봉엔 마츠우라 시게노부가 지휘하는 2천 명의 조총 부대를 배치시켜 놓고, 청백색 깃발을 세우고 거마목을 설치해 놓았으며 성 안의 왜군과 합세해 북을 치고 함성을 지르고 있었다.

이에 조명 연합군은 평양성 서쪽 외성에서 공격을 시작하여 모란봉, 칠성문, 보통문을 공격하고, 이일과 김응서는 함구문을 공격하기로 했다.

명나라 부총병 오유충과 조선의 승병 부대가 처음으로 공격을 시작해 거짓으로 패한 척 후퇴하자, 기세를 올리며 추격해 오는 일본군을 명군이 일제히 돌아서서 포위하여 맹렬한 기세로 쳐들어가니 왜군은 꼼짝도 못했다. 그러나 조선군 8천 명이 남쪽 함구문에서 일본군의 매복에 걸려 상당한 손실을 입었다. 이튿날도 전투는 계속되었다.

1월 7일 새벽, 왜군 3천 명이 명나라의 양호, 이여백, 정세작 등의 진지에 기습 공격하였으나 명군이 힘껏 싸워 이를 물리칠 수 있었고, 조명 연합군은 본진을 보통문 앞에 전진 배치하고 정희현과 김응서의 기병대가 일본군을 유인했으나 이번에는 속지 않았다. 이에 조명 연합군은 이틀 동안 전투를 하며 일본군을 나름대로 관찰하다가, 1월 8일에는 아침부터 성 주변 요소요소에 진지를 구축하고 각종 화포를 성문 부근에 배열시켜 놓았다.

대장군포, 위원포, 자모포, 연주포 등 명군의 대포가 일제히 성벽과 성문에 집중 사격을 하고, 명군의 조승훈과 조선의 이일, 김응서의 8천의 군사는 외성 서남쪽 함구문을 맡았으며, 명군의 정세작은 칠성문으로, 보통문은 양호, 그리고 모란봉은 명군 오유충과 사명 대사의 승병 2천2백 명이 공격했다.

이여송은 왜군과 전투를 하는 가운데 휘하 군사들에게 누구든지 먼저 성에 오르는 자에게 은 50냥을 주겠다고 하자, 남방 장수 낙상지가 부리나케 먼저 성벽을 오르고 뒤따라 그의 군사들이 올라가자 전투는 한결 더 치열하게 벌어졌다. 이에 일본군은 더 이상 지탱하지 못하고 내성으로 물러났다.

평양성을 빼앗느냐 빼앗기느냐의 치열한 전투가 벌어졌다. 유격대장 오유충은 적이 쏜 탄환이 가슴에 박히면서도 큰 소리로 병사들을 독려하며 전투를 하였고, 말을 타고 전투를 지휘하던 이여송 또한 타고 있던 말이 총탄을 맞아 쓰러지자 다른 말로 갈아타고 군사들을 지휘해서 사기가 크게 올랐다.

이처럼 조명 연합군이 결사적으로 왜군들을 물리쳐서 드디어 외성과 읍성을 점령하고 중성으로 쳐들어가 일본군을 만수대와 을밀대 쪽으로 밀어 넣었다. 그러자 일본군은 급한 김에 풍월정 아래에 굴을 파고 그 속에 숨어 최후의 발악을 했다. 고니시 유키나가는 연광정 토굴에 숨어 있었다.

며칠간의 격렬한 전투로 인해 양측에서 사상자가 늘어나자 이여송은 군사를 물리고 나서 고니시에게 협의안을 제안했다. 이여송이 "우리 병력으로 너희들을 모조리 없애 버릴 수 있으나 사람의 목숨을 차마 그렇게 할 수 없어서 너희들의 살길을 열어 주려 하니, 이쯤에서 물러나는 게 좋을 것 같다."라는 편지를 써서 고니시에게 전달하니, 고니시는 "물러갈 터이니 퇴로를 차단하지 않겠다."는 약속을 해달라고 했다. 협의안이 받아들여지자 고니시 유키나가의 1번대가 1월 9일 새벽에 퇴각했다.

하지만 황해도 방어사 이시언은 퇴각하는 일본군을 공격하여 60여 명을 참살했고, 황주판관 장엽은 90여 명의 수급을 베었다. 이로써 고니시군에게 점령당했던 평양성은 7개월 만인 1593년 1월 9일에 조명 연합군이 기어이 탈환했다.

이 전투에서 조명 연합군은 일본군 1,285명을 참획하였고, 포로는 2명, 불타 죽은 자는 수백 명에 달했다. 동시에 조선인 포로 1,285명을 구출하고, 말 2,985필과 군량미 3천 석을 노획했다. 조명 연합군 측도 천여 명의 전사자가 발생했다. 이렇게 한 성을 탈환하기 위해 수많은 군사들이 희생되어야만 했다.

처음엔 왜군에게 당하기만 하던 조선 군사들도 7개월이 지나자 전쟁에 요령이 생겼고 이제 우리 군이 승기를 잡기 시작했다. 이리하여 네 차례의 길고 긴 싸움 끝에 평양성은 완전히 탈환할 수 있었으며 이것을 계기로 왜군들은 속속 후퇴하는 양상을 보여주었다.

평양성에서 언제까지나 죽치고 있던 고니시 유키나가의 1번대는 평양성 패전 후, 1월 9일 새벽 평양성을 빠져나와 12일 황주까지 후퇴하여 구로다 나가마사의 2번대와 합류하여 14일 개성에서 파주를 거쳐 1월 17일 한양성으로 급속도로 후퇴했다.

이때 황해도 봉산에 있던 오오토모 요시무네는 이미 한양성으로 후퇴한 뒤였다. 또한 강원도에 주둔하고 있던 모리 요시나리의 4번대도 때를 같이하여 한양성으로 철수했다.

한양성으로 퇴각할 당시, 고니시 유키나가의 1번대는 전체 병력 1만 8천7백 명 중에서 65%인 12,074명이 사망 또는 실종되었고, 황해도를 점령하고 있던 구로다 나가마사의 3번대는 전체 병력 1만 1천 명 중에서 5,918명이 사망 또는 실종되는 결과를 낳았다.

함경도를 점령하고 있던 가토 가요마사는 왜군을 보내 길주성에 포위되어 있는 왜군의 후퇴를 도와주었다. 그 결과 조선군의 공격으로 상당한 피해를 보면서 남쪽으로 후퇴하기에 이르렀다. 또한 함흥 북부에 주둔하고 있던 가토 가요마사의 부대는 2월 말 한양성으로 후퇴했다.

대세는 이미 평양성 탈환 이전부터 우리 편이 되어 주었고 전국에서 의병이 일어나 왜군의 침입을 막을 수 있었다.

이처럼 조선 전 지역에 분산 배치되어 있던 일본군이 한양성과 부산성을 중심으로 쫓겨 가기에 바빴다. 이것은 왜군 대병력이 주둔하고 있던 한양성과 부산성 외의 지역은 조선군의 활약으로 왜군들이 발을 붙이지 못한 까닭이다. 이와 같이 임진왜란 초기, 조선 전 지역을 차지하고 있던 왜(倭)들이 다른 지역에는 감히 발을 붙이지 못하고 한양성과 부산성으로 쫓겨서 자기들끼리 복작거리고 있었다.

_ 8 _

향수

“그 아이는 제가 손녀로 거두렵니다.”

천지간에 의지할 곳 없는 애순을 끝까지 돌보지 못한 것이 내내 마음에 걸렸다. 아직도 어린 애순을 보면 자신을 보는 듯한 애처로움에 웬만하면 데리고 오려 했지만, 어린 아이를 전쟁터엔 도저히 데려올 순 없었다.

“마님, 전쟁터라도 좋고, 지옥이라도 좋아요. 마님과 함께라면 애순은 어디든 따라갈 거예요.”

그처럼 자신에게 매달려 떨어지지 않는 애순을 매정하게 박 씨 할아버지께 떼어놓고 올 때 논개 역시 마음이 아팠다. 다행히도 할아버지는 애순을 선뜻 받아들였다.

오랜만에 논개는 막사에서 나와 안음의 들녘에 서서 저 멀리 장수가 있는 곳을 바라보며 박 씨 할아버지와 애순을 그려본다.

안음현은 본래 신라의 마리현이었다. 1415년(태종 15년)에 안음현으로 고쳤다. 조선 시대 안음현은 소백산맥의 덕유산에서 남쪽으로 뻗은 여러 갈래의 산줄기에 둘러싸인 산간 부지에 자리 잡고 있었다. 당시 안음의 북쪽으로는 무주와 연결되고 남쪽으로는 함양에 이르며, 동쪽으로는 거창과 합천, 서쪽은 전라북도 장수와 연결된다. 그리고 삼국 시대에는 신라의 국경 지대로 많은 산성이 있던 곳이었다.

논개는 허허벌판에 서서 장수가 있는 서편 하늘을 바라보며 이 날따라 애수에 젖어 든다. 과연 인간이란 무엇이며, 삶이란 무엇일까? 매서운 바람이 휘날리는 허허벌판에 서서 거창하게 읊조려 본다. 만약 그가 없었다면 삶이 얼마나 허허로웠을까!

"자네 여기서 뭘 하는가?"

깜짝 놀라 돌아보니 최경회 장군이 언제 왔는지 논개 뒤에 서 있었다. 순간 논개의 눈이 반짝였다. 평생을 흠모해도 모자랄 낭군을 옆에서 바라볼 수 있다는 것만 해도 반가웠다. 금산 전투에 이어 많은 전투를 치르느라 함께 바라볼 겨를도 없었다. 아니, 이 살벌한 전쟁터에서도 한 공간에서 숨을 쉬고 있다는 것만 해도 고마울 따름이었다.

"장군님, 저는 정말 당신이 자랑스럽습니다. 가는 곳마다 승리를 거두었으니까요."

"이 모든 게 자네 덕분이지. 자네가 옆에서 그처럼 응원해 주는

데 승리해야지."

오랜만에, 정말 오랜만에 연인들은 사랑을 속삭였다.

최경회 의병장은 진주성 싸움에서 승리를 거둔 후 단성, 안음에 머물면서 주위에 남아 민간인을 괴롭히는 적을 소탕하던 중, 경상도 의병장 김면에게서 성주성을 치자는 전갈이 왔다.

성주는 지리적으로 현풍, 개령, 고령, 합천, 대구로 이어지는 육로가 성주를 통과해야 하기 때문에 임진왜란 초기(4월 22일) 왜군의 침입을 받은 이후로 왜군들이 끊임없이 오르내렸고 왜군이 완전히 철수할 때까지 적들의 침략을 받았다.

후에 명군이 가장 많이 머문 곳이며, 유정은 팔거영에 주둔하고 있었다.

구로다(흑전장정)가 지휘하는 제3군이 들어온 이후로 왜군들이 속속 들어왔다. 5월 18일 고바야카와 다카카게가 이끄는 제6군 1만 5천7백 명과 모리휘원(모리 데루모토)이 이끄는 제7군 3만 명이 성주에 진입했다. 제7군 모리휘원은 6월 12일에 개령으로 이동해 진을 쳤고 이곳을 본진으로 삼고 경상도 곳곳을 침략하였다.

원래 성주성의 점령 부대는 일본의 제9군 하시바 히데카쓰였는데, 8월 11일자로 제 7군의 모리 테루모토의 휘하에 있는 부장 가쓰라 모토쓰나 1만 병력과 교대를 했다. 거기다가 곽재우와 김면 의병군에게 쫓긴 우도(右道) 일대 일본군이 집결하여 일본군은 2만여 명이 넘었다.

김성일은 김면, 정인홍 등과 운봉과 구례의 관군 5천여 명을 지원받을 수 있었다. 또한 전라 의병 최경회, 임계영 등의 의병군과 관군의 지원군을 합하면 우리 군도 2만여 명에 달했다. 그러자 일본 지휘관 가쓰라 모토쓰나는 조선군의 병력이 많음을 알고 개령에 있던 본진의 모리에게 병력을 더 요청했다.

조선에서는 의병군이 미처 준비도 덜 된 상태에서 기습을 받아 1차 공격에 실패하고, 한 달쯤 뒤 9월 11일 다시 성주성 공략에 나섰으나 2차 공격도 실패하고 말았다.

3차 공격은 그로부터 석 달 뒤인 1592년 한 해가 저물어 가는 12월 7일부터 시작되었다. 그동안 김면은 경상우도 의병도대장, 정인홍은 경상의병장으로 각각 임명되었다. 김면과 정인홍으로부터 지원 요청을 받은 전라도 의병장 최경회 의병장과 임계영 의병장은 개령과 고령 방면에서 김면, 정인홍과 연락하며 왜군을 치기로 되어 있었다.

12월 7일 드디어 성주성을 탈환하기 위해 경상도 군사, 전라좌우의병 연합군은 성주에 도착하여 굳은 결의를 했다. 지나간 8월, 9월에는 실패했지만 3차에는 반드시 성주성을 사수하자고 단단히 다짐했다.

왜군의 숫자도 만만치 않았지만 각처에서 모인 조선 의병군들도 2만여 명에 달했다. 무엇보다 조선군은 전라 좌우의병이 경상도 군사와 연합해서 손발이 척척 맞았다. 1, 2차 때와는 달리 충분히 승산이 있을 것 같았다.

그에 반해 왜군은 도요토미 히데요시가 평양성 수비를 철저히 하라는 명령을 내린 바 있어 적군의 수가 전보단 그리 많은 편은 아니었다.

의병진은 공격 준비를 마치고 왜군들이 임란 초기부터 진을 치고 있는 성주성 가까이에 다다랐다. 그때 성 안에 있던 왜군 10여 명은 말을 타고 선두에 서고, 그 뒤로 보병 수십 명이 성문을 나오는 것을 보고 의병진이 한꺼번에 달려들어 선두에 선 왜군을 활로 쏘아 죽이니 왜군들은 깜짝 놀라 의병진과 한동안 전투를 벌였다. 그러나 갑자기 나타난 의병군들에게 몰리자 왜군들은 싸움을 포기하고 성 안으로 부리나케 들어가 버렸다. 왜군은 다른 전투 때와는 달리 성루에 올라가 군세(軍勢)를 과시하거나 함성을 지르며 신경전을 벌이지는 않았지만, 성 밖을 내다보며 하루 종일 조총을 난사하며 대항해 왔다.

이튿날이 되었다. 의병진들은 또다시 성 안을 향해 공격했다. 왠지 이번엔 잠잠하다 했더니 곧이어 왜군들이 성 안에서 성 밖을 향해 조총과 활을 끊임없이 쏘았다. 의병진들 역시 성 안에서 꼼짝도 하지 않는 왜군들을 향해 활을 쏘며, 어쩌다 왜군들이 눈에 뜨이면 집중 공격을 했다.

얼마쯤 지났을까. 성 안과 성 밖에서 쉬지 않고 총과 화살이 오가는 가운데 의병들의 눈을 피해 왜군들이 서문으로 나가려는 것을 의병진들이 함성을 지르며 달려가 총공격을 했다. 왜군들은 싸울 태세도 취하지 못하고 또다시 성 안으로 들어가 버렸다.

각처에서 모여든 의병군들이 몸을 사리지 않고 앞다투어 공격을 하니 왜군들은 전의를 잃고 원군만을 기다리며 성문을 굳게 닫고 있었다. 이는 이전에 평양성 수비로 인해 성주성으로 올 적군이 없기도 했지만, 왜적의 원군이 성주성 내로 들어가지 못하게 최경회 장군의 의병들이 철통같이 길을 막고 있어서 원군이 성주성으로 오는 도중 병졸들만 사살당한 채 어쩔 수 없이 되돌아가곤 했기 때문이다. 성 안에서는 꼼짝도 하지 않고 원군만 오기를 기다리느라 싸움도 제대로 하지 못했다. 이에 의병들은 언제까지나 왜군들의 동태만 보고 있을 수 없어서 날짜를 택해 총공격하기로 결의를 보았다.

조선군이 정한 14일 아침이 밝았다. 각처에서 모인 의병들은 작전 계획에 따라 일제히 성주성을 포위하고 하루 종일 성 안을 향해 화살을 퍼부었다. 그러자 성 안에서 공격을 받고 있던 왜군들은 수차 성문을 열고 성 밖까지 나와 대항하다가 들어가 버렸다. 그러다 어느 순간엔가 갑자기 성문을 열고 역습하는 바람에 의병진들이 조금은 흔들렸으나, 그때 서도식은 당황하고 있는 의병들 앞에 나가 왜군을 공격했다. 그러자 의병군들이 다시 용기를 내어 왜군을 쳐부수었다. 젊고 패기 있는 서도식은 집안의 반대에도 불구하고 수년 간 무예를 익힌 젊은이답게 선두에 서서 잘 싸워 주었다.

의병군들은 기회를 놓칠세라 왜군을 향해 사정없이 활을 쏘았다. 한동안 왜군들과의 전투가 벌어졌다. 왜군들 역시 기를 쓰고 덤벼들었다. 논개는 이때다 하고 성 밖으로 나온 왜군들에게 활시위를 아낌없이 당겼다. 이 평화로운 세상에 이처럼 피비린내 나는 전쟁을 일으킨 왜들을 할 수만 있다면 모조리 없애 버리고 싶었다. 서도식이 아무리 견제를 해도 논개는 활을 들었다 하면 자신도 모르게 상대방을 쏘는 데만 정신이 팔려있다. 수차 아슬아슬한 경지에서 서도식에게 저지당했지만, 그녀는 그 순간에는 자신이 죽을 수도 있다는 생각을 잊어버리고 왜군들을 처치하는 데만 온 신경을 곤두세웠다.

순식간의 일이었다. '이게 바로 생포인가?' 생각할 겨를도 없이 상대방의 힘에 끌려가는 자신을 발견했다. 땅딸막한 키에 아주 잔악해 보이는 왜군 두세 명이 자신을 사로잡고 있었다. 그 상황에서 논개는 어떻게 할 수가 없었다. 모두들 왜군을 상대하느라 아무도 눈치채지 못한 가운데 한동안 끌려가다가 그때서야 깜짝 놀란 의병군들이 달려가 논개를 구하려 하나 쉬운 일이 아니었다.

순식간에 한 모퉁이에서는 왜군과 의병들 간에 육박전이 벌어졌다. 시퍼런 칼날이 오가고 난데없이 주먹이 날아오는가 하면, 논개를 빼앗기지 않으려고 갖은 수단을 다 쓰는 왜군들을 어떻게 할 수가 없었다. 한동안 총알이 날아오는 격전지보다 더 치열한 쟁탈전이 벌어졌다. 왜군들은 신이 주신 이 절호의 기회를 놓칠세라 논개를 빼앗기지 않으려고 안간힘을 쓰는 가운데, 의병군들은 죽을 각오를 하고 논개를 빼내려 하나 도무지 어찌할 도리가 없었다.

바로 그때 말발굽 소리가 요란한가 하더니 논개를 말에 태워 쏜살같이 달려가는 의병군이 있었다. 그 자리에는 왜군이 쓰러져 있었다. 격전 중이라도 논개를 안전한 곳에 데려다 놓은 서도식은 지체할 사이도 없이 또다시 돌아왔다.

성문 앞에는 벌써 전사자가 무더기로 쌓여 있었다. 서도식은 차마 볼 수 없는 참혹한 광경에 눈을 돌리고 싶었다. 조선군이건 왜군들이건 다 같이 귀중한 생명이 아닌가. 그러나 100년이 넘는 세월 동안 살육과 능욕, 방화 등을 일삼았던 일본인들은 눈 하나 깜짝하지 않고 전투를 치르고 있다.

격전지에는 여전히 조총 소리와 포 소리가 천지를 울리는 사이로 또 하나의 생명체는 소리 한 번 변변히 지르지 못하고 쓰러진다. 대세는 의병군들이 더 유리했다고 볼 수 있지만, 이번 전투로 조선군이나 왜군이나 인명 피해가 엄청났다.

이 싸움에서 적장 촌상경친은 무계에서 부상을 입었는데 이번 싸움에도 또다시 부상을 당하자 왜군의 사기는 현저히 떨어졌다. 8일 간의 치열한 공격에도 견뎌 내던 왜군들은 결국 성 안으로 들어가 성문을 굳게 닫고 더 이상 저항하지 못했다.

3차 전투가 마무리되던 시기는 임진년(壬辰年)도 저물어 가던 동짓달이었다. 왜군들은 그때부터 성 안에 갇히어 철수할 기회만 노리고 있다가 드디어 1593년 1월 15일 밤, 일시에 성을 버리고 패주하기에 이르렀다. 이로써 평양성을 탈환한 일주일쯤 후에, 성주성 또한 되찾은 의병군들은 온 성이 떠나가도록 함성을 지르며 얼싸안고 기쁨의 눈물을 흘렸다.

임진왜란 당시 왜군들이 철통같이 버티고 있었지만 이제 경상우도 낙동강 서쪽 지역이 모두 수복되었으며, 일본군은 부산-밀양-청도-대구-안동-서산 등의 서울을 잇는 외길 육로 보급선에만 의존해야 하는 상황에 처하게 되었다. 이것은 모든 조선군들이 마음을 합하여 열심히 대항한 결과였다. 특히 전라우의병장 최경회 장군의 의병진들이 원군이 오지 못하도록 저지선을 굳게 지키고 있었던 것이 크게 한몫을 했다.

최경회 장군은 거창에 주둔할 당시에도 김면과 합동 작전으로 개령의 왜군을 몰아내고, 1월 15일 성주성 탈환에 성공하자 조정에서는 최경회 의병장에게 경상우도 병마사를 제수했다. 또한 영남 지역의 수복에 전라 의병의 역할이 크고 전투력이 매우 높아 조정에서는 전라우의병을 영남에서 철수하여 근왕하도록 하려 했으나 사정상 여의치 못했다.

영남 의병장 정인홍의 통문서를 보면 최 의병장과 임계영 의병장의 기개가 잘 나타나 있다.

"전라 의병장으로서 정병 수천을 거느리고 영남에 주둔하면서 성주와 개령 등지에 있던 적을 섬멸하였다. 그 열렬한 의기(義氣)는 보고 듣는 이들을 감동시키니 이는 나라를 도와 강토가 회복되려는 징조"라고 하였다.

또한 최 의병장은 이 땅에서 왜군을 축출하는데 영호남이 무슨 상관이냐며, 진실한 마음으로 영남 구원에 나선 장군이었다. 이어 성주성 공략에 힘을 기울였던 김면은 의병을 일으킨 뒤에는 갑옷을 한 번도 벗은 적이 없었으며, 만석꾼의 재산을 모두 소진해 가며 나라를 위해 몸 바친 분이었다. 이렇듯 목숨을 아끼지 않고 솔선수범하여 나선 의병군들과 관군의 힘과 의지로 전 국토를 빼앗겼다시피 한 땅을 이제 하나하나 되찾아 가고 있었다.

왜군들도 이제 처음과는 달리 실의에 빠져 있었다. 4차 평양성 전투에서 혼쭐이 난 왜군 전 병력은 평안도, 황해도 일대에서 퇴각하자, 이제 한성이 왜들의 집결지가 되었다. 이처럼 조선 팔도에 널려 있던 왜군들이 한성으로 몰려들자 그들은 하나같이 심경이 착잡했다. 전쟁이고 무엇이고 모든 걸 집어던지고 하루속히 따뜻한 섬나라로 돌아가고 싶었다. 그러나 전쟁을, 살육을 밥 먹듯이 하는 왜군들은 자질구레한 감상에 오랫동안 머물러 있지 않았다.

평양성 전투로 인해 한동안 좌절감에 빠져 있던 왜군들은 곧 마음을 수습하여, 이시다 미쓰나리가 북부 각 지역에 흩어져 있는 장수들을 한양으로 끌어 모아 작전을 다시 세웠다. 그러나 그곳에 모인 왜군들의 의견이 엇갈렸다. 총사령관 우키다 히데이에를 비롯한 대다수의 장군들은 한성에서 농성전을 벌이자는 의견과, 6번대 총사령관인 고바야카와 다카카게와 다치바나 무네시게는 지금 명군이 한창 승리에 도취되어 무리한 진격을 할 것이라는 점을 감안하여 기습적인 유격전을 펼치자는 의견이었다. 이에 그곳에 모인 장수들은 한성 서북쪽 여석령 일대에 매복해서 명군을 기다리기로 의견을 모았다.

벽제관 전투였다.

이즈음 명나라 2차 지원군 총 사령관 송경락은 안주에, 제독 이여송은 파주에 주둔하고 있었다.

1월 27일 새벽, 명나라 부총병관 사대수와, 경기도 방어사 고언백이 군사 1천여 명을 거느리고 선발대로 먼저 출발하여 혜음령을 넘어 벽제관 일대를 무력 정찰하던 중, 창릉 일대에서 왜군 선발대와 마주쳐 격투 끝에 왜군 60여 명을 사살했다. 이 소식을 전해 들은 이여송은 크게 기뻐하며 명나라 본진에게 뒤따라 출동하라고 명령을 내리고, 기병 1천여 명을 이끌고 긴급히 벽제관으로 출동했다.

이여송이 서둘러 벽제관을 지나 여석령에 도착하니 왜군 5백여 명이 있었다. 이때 왜군은 여석령 뒤에서 1만 명 이상의 대군이 양쪽으로 매복하고 있었는데, 고개 위의 5백여 명은 하나의 미끼였다. 이에 앞뒤 돌아볼 사이도 없이 자신감을 얻은 이여송은 여석령을 향해 서슴없이 진격을 하자, 기다렸다는 듯이 고개 뒤에 숨어 있던 왜군 2천5백 명이 갑자기 쏟아져 나왔다. 이어 고바야카와 다카카게가 이끄는 본진 8천 명과 또 다른 병력 4천 명이 속속 도착하여 그곳에서 대접전이 벌어졌다.

그날따라 아침 안개가 주위를 분간할 수 없을 정도로 자욱해서 적인지 아군인지 모를 정도였다. 이여송은 적을 얕보고 충분한 준비를 갖추지 않은 채 진격시켰다. 화포나 총통 같은 건 없었고, 짧은 창과 검으로 가볍게 무장시켰을 뿐이었다. 이미 명군의 허점을 노린 왜군들은 창검을 뽑아 들고 무섭게 돌진해서 잔인하게 명군들을 찔러 죽였다. 그리고 사방팔방으로 검을 휘둘러 정신을 차리지 못하게 한 후 한 번에 대여섯 명을 베었다. 이 전투에서 이여송의 기병대는 왜군의 집중 사격을 받고 크게 패했다.

아침에는 안개로 인해 싸움에 곤욕을 치렀는데 12시 경에는 비가 내린다 싶더니 곧 폭우로 변했다. 그러자 아예 적군인지 아군인지 분간 못할 정도로 서로 뒤엉켜 짐승처럼 싸웠다. 혈전이 치열한 중에 명군 본진이 가세했으나 이미 기울어진 명군은 여전히 많은 사상자를 낸 채 후퇴하였고, 왜군 역시 지칠 대로 지친 상태에서 더 이상 명군을 쫓지 않았다. 왜군의 작전에 몰려 혼이 난 이여송은 이번 전투로 인해 전의를 상실하고 1월 29일 개성으로 물러났다. 그 후 이여송이 이끄는 명군은 2월 16일 평양으로 철수하기에 이르렀다.

평양성 전투에서 조명 연합군의 승리를 얻은 이여송은 왜군을 너무 얕잡아 보고 전쟁에서 가장 필요한 무기도 갖추지 않은 채 벽제관 전투에 참전했다가 처절한 패배를 맛보았다. 이후 왜군과의 직접적인 전투는 기피했다.

벽제관 전투에서 명군을 꺾었다지만 왜군 역시 이젠 조선을 제멋대로 점령할 수 없다는 사실을 잘 알고 있는 터였다. 왜군은 지속적인 공격으로 전의를 상실해 갔다. 따라서 서로 죽고 죽이는 이 지긋지긋한 전쟁을 가능한 한 피하고 싶었다.

이와 때를 같이 하여 명군은 벽제관 전투에서 패배를 맛 본 후, 일본과의 직접적인 전투를 피했다. 명군으로선 굳이 남의 나라 전쟁에 참여하여 군사를 잃을 필요가 없다는 결론이었다. 명군은 조선에서의 전쟁 종결을 원했다. 따라서 일본군과 강화를 모색하기에 이르렀다.

일본군도 처음 승승장구하던 때와는 달리 명군의 강화 제의는 피비린내 나는 전쟁을 종결짓는 최상의 대책이었다. 그러나 도요토미 히데요시가 조선 땅에서 왜들이 겪고 있는 고초를 이해해 줄 수 있을지 의문이었다. 그래서 명군과 일본군은 적당한 묘안이 떠오를 때까지 지루한 시간을 보냈다.

그러나 조선 조정은 천만의 말씀이었다. 조선 조정은 명군에게 일본군과 끝까지 항쟁하겠다는 의향을 명명백백하게 전하였다. 그 무지막지한 오랑캐들이 평화로운 조선 땅에 느닷없이 쳐들어와 우리 강토를 마음대로 짓밟고 쑥대밭으로 만들어 놓았으니 왜들을 끝까지 추격하여 하나도 남김없이 섬멸할 것을 강력히 주장했다. 그러나 이미 작전권은 명나라에 넘어간 후인지라, 조선은 기가 막히는 상황에서도 말 한마디 못하고 오롯이 당하는 꼴이 되었다.

이 땅에서 전쟁은 식을 줄 모르고 이어져 갔다.

함경도는 1402년 조사의의 난과 1467년 이시애의 난으로 인해 반역향(反逆鄕)으로 낙인이 찍힌 곳이다. 더구나 함경도의 전란(戰亂)은 1592년 9월부터 1593년 1월 28일까지 이어왔다.

임진왜란이 발발하자 그 중 제2진 가토 가요마사(가등청정)가 이끄는 왜군 2만 2천여 명은 한양을 순식간에 함락시킨 후, 곧바로 강원도를 장악하고 함경도로 북상해 갔다. 그 당시 함경도 주민들은 여진족의 잦은 침입과 조정으로부터 고위 관직에 등용되지 못하는 차별 대우를 받아 불만이 높았다. 그런데다 함경도에 피신해 온 임해군과 순화군 두 왕자가 그 지역의 수령들과 주민들을 괴롭히자 주민들의 원성이 하늘을 찔렀다.

이러한 상태에서 왜군들이 함경도를 침입해 저들에게 항복하는 자는 잘살게 해주겠다는 감언이설에 속아, 주민들은 급기야는 적군의 앞잡이로 돌변했다.

국경인과 그의 숙부 국세필, 정말수 등 조정에 불만을 가진 반역자들이 무려 5천 명이나 되었다. 그들은 함경도의 관군들과 관원들을 붙잡아 왜군에게 넘기는가 하면 회령으로 피신한 임해군과 순화군 역시 회령의 국경인과 그의 숙부 국세필의 농간으로 가토 가요마사에게 넘겨지는 일이 벌어졌다.

이 무렵 북평사 정문부는 민심이 잠잠해질 때까지 한동안 몸을 피해 있다가 드디어 9월 16일(양력 10월 20일) 이봉수, 지달원, 강문우, 최배천 등과 함께 뜻있는 선비들과 무사들을 모았다. 그러자 수백 명의 그 지방 군사들과 선비, 무사들이 모였고 그들은 정문부를 의병장으로 선정했다.

정문부가 의병을 일으켰다는 소문을 듣고 찾아온 의병 수는 3천 명으로 늘어났다. 먼저 정문부는 의병 3백 명을 이끌고 반역자 대장인 국세필이 있는 경성으로 갔다. 정문부는 국세필을 일단 그냥 두었다가 국경인과 정말수를 처치한 다음 처치하려 했다. 정문부가 경성으로 가자 왜군 순찰병 40여 명이 성 근처로 왔으나, 강문우의 기병대에 의해 모두 처치되었다. 후에 90여 명의 왜군도 역시 기병대에 의해 처단되었다.

한편 회령에서 반란을 일으켰던 국경인이 신세준과 그의 유생들에 의해 살해되자, 정문부는 정말수를 처단하기 위해 명천으로 갔다. 정말수 역시 죽임을 당했으며, 경성에 있던 국세필과 그의 일당들을 처형하여 그제야 함경도의 반란군을 모두 진압하였고, 이에 함경도민들이 안정을 되찾았다. 이제 남은 건 가토 가요마사가 이끄는 2만 8백 명의 적들이었다.

정문부는 왜군이 점령하고 있는 길주성으로 가기 위해 군사 1천 명을 이끌고 영천성으로 갔다. 주위의 만류에도 불구하고 왜군과 부딪히면서 진격하였다. 이 무렵 길주성에는 약 1천여 명이 성 남쪽 영동에는 3백 명이 주둔하여 서로를 응원하고 있었다. 그는 왜군을 치기 위해 우리 군사를 3개로 나누어 경성 이북 출신 군사 1천 명은 그와 정현룡이 맡고, 길주 출신 군사 1천 명은 고령 첨사 유경천에게 각각 주어 일본군을 감시하게 하였고, 우위장 오응태에게는 길주와 양리, 서북보의 토병을 거느리게 하고 정병을 뽑아 마을 어귀에 복병을 두어 왜군을 차단하게 했다.

드디어 10월 30일 정문부는 군사를 3부대로 나뉘어 성을 포위했다. 그러나 두 차례에 걸쳐 성을 공격했으나 일본군의 저항이 심해 고전했다. 그러던 차에 첩보원으로부터 영동에 주둔하고 있던 왜군들이 주민들에게 행패를 부리며 약탈을 하고 있다는 소식이 들려왔다. 그러자 그는 군대를 길주성 주변에 매복시키고 자기 휘하의 정예병을 이끌고 영동을 공격해 왜군 3백여 명을 모조리 처단하고 시체를 10여 리에 걸쳐 놓았다.

그러나 함경 감사 윤탁영이란 자가 평소에 정문부의 전공을 시기하여 조정에 상소문을 올리기를, 지금까지의 공은 온데간데없이 오히려 그를 왜군을 보면 도망치는 비겁자로 글을 올렸다. 윤탁영의 상소문을 접한 조정에서는 정문부를 파직시키자, 또다시 함경도 백성들은 혼란 속에 빠지게 되었다.

결국 1593년 1월 13일, 정문부를 다시 의병장직에 맡겼다. 정문부는 윤탁영의 모함으로 쉬고 있는 동안에도 나라 걱정에 밤잠을 이루지 못했다. 그는 재임명 후 일주일이 지난 1월 19일, 군사들을 이끌고 길주와 영동 남쪽에 있는 단천에 가서 왜군 2백 명을 유인해서 기병대로 섬멸해 버렸다. 왜군의 구출 부대 1천여 명이 길주성을 구하러 마천령을 넘었다는 소식을 접한 정문부는, 기병 6백 명을 미리 매복시켜 왜군들이 통과할 때까지 그냥 두었다가 통과하자마자 기병대로 뒤에서 치자 왜군은 혼비백산하여 패주 직전까지 몰렸다. 그러자 제2군 가토 가요마사의 대군이 달려와서 합세했지만 정문부 부대의 결사적인 공격에는 어림도 없었다. 그날 저녁 왜군은 도저히 감당할 수 없다는 결론을 내린 후 길주성을 불태우고 퇴각해 버렸다.

정문부 부대는 당장 길주성에 입성하고 일부는 길주성에 남긴 채 퇴각한 일본군을 뒤쫓아 가니 이미 가토 본대는 함흥으로 가

버리고, 뒤에는 길주성 구원 부대와 길주성 주둔 부대가 한창 철수 중이었다. 철수하는 왜군들을 사정없이 몰아치자 왜군 부대 3천 명 중 절반 이상이 조선군에게 목숨을 잃었다.

먼저 함흥으로 달아난 2번대 가토 본대 역시 말이 아니었다. 병사 대부분이 따뜻한 남부 지방 출신이라 함경도의 살을 도려내는 추위를 이기지 못해 동사자가 많이 생겼고, 식량 부족으로 굶어 죽은 자들이 지속적으로 생겨났기 때문이었다. 1월 말경 정문부는 군사를 이끌고 함흥으로 왜들을 처단하러 갔으나 이미 가토 가요마사의 제2군은 남쪽으로 철수한 뒤였다.

처음 올 때 가토 가요마사의 군대는 2만 8백 명이었으나, 한양에서 사망자를 집계한 결과 8,864명이나 되었다고 한다. 이에 1592년 9월 16일부터 1593년 1월 28일까지 이어지던 북관 대첩은 정문부와 의병들의 힘으로 조선군의 승리로 막을 내렸다.

- 9 -

행주산성

논개는 이제 왜군들이 서둘러 퇴각을 하고 있다는 소식에 쾌재를 불렀다. '그러면 이제 머지않아 왜들이 이 땅에서 완전히 물러갈 것일까?' 하며 성급한 생각도 해보았다. 그러나 왜들은 생명이 붙어 있는 한 끈질기게 달라붙었다.

그간 지속적인 피해와 더불어 조명 연합군의 평양성 수복으로 일본군은 후방이 불안해져 북방으로 진출한 부대까지 일제히 남하를 시작했다. 그러나 왜군은 고양의 벽제관 전투에서 조명 연합군을 물리치고는 도리어 사기가 올라 있던 때였다. 왜군은 이 기회에 한양 탈환을 위해 행주산성에 진출해 있는 전라도 순찰사 권율 장군과 한판 승부를 겨루어 볼 심산이었다.

권율은 왜란 초기 광주목사로 있으면서 의병군과 함께 이치 전투에서 대승리를 거두어 전라도 순찰사가 된 뒤 무엇보다 '먼저 한양을 수복해야 한다.'며 주위 군사들을 모두 모아 북상하던 중 독성산성에서 왜군을 격파시켰다. 이어 그는 군대를 한양 근교 서쪽으로 옮기기 위해 조방장(助防將) 조경에게 적당한 지역을 물색하도록 했다.

전쟁에서는 지형지물을 잘 이용해야 하기 때문에 조경은 이곳저곳을 돌아다니던 중 마침 진지로선 안성맞춤인 곳을 발견했다. 양천에서 한강을 건너 한쪽은 한강이며 나머지는 평야에 둘러싸인 이름 없는 고지였다. 며칠 뒤 이곳을 주둔지로 삼아 비밀리에 군사들을 이동시키고 그곳에 울타리를 치는 등 성을 수축하였다. 이곳을 일러 그 유명한 행주산성이라 한다.

권율은 조방장 조경, 승장 처영 등 2천3백 명을 이끌고 행주산성에 주둔하였고, 그리고 전라도병사 선거이에게 군사 4천 명을 주어 수원 북방 광교산을 지키도록 하였으며, 소모사(召募使) 변이중에게는 3천 명을 주어 양천에 주둔해 행주산성과 금천 중간 위치에서 일본군을 견제하기로 했다.

이 무렵 한양성 인근에는 전라도 절도사 최원 병력 4천 명, 경기도 순찰사 권징 병력 4백 명, 창의사 김천일 병력 3천 명, 의병장 우성전 병력 2천 명, 경기도 방어사 고언백 병력 2천 명 등이 진을 치고 있었다. 이렇듯 한양을 되찾기 위해 조선 모든 군관민들과 의병들이 일치단결하여 전투에 임하고 있었다.

권율 장군은 일본군의 공격에 대비해 요소요소에 토담을 높이 쌓고 참호도 깊이 팠다. 또한 총통기와 화차를 비롯한 각종 화포를 준비하였으며 화약도 충분히 준비해 두었다. 권율 장군은 신장이 팔 척(尺)인데다 용모 또한 준수했으며 매사에 일 처리가 주도면밀하면서 모든 면에서 만전을 기했다. 그런 만큼 권율 장군은 왜군들에게는 두려운 존재였다.

앞서 권율 장군이 한양을 향해 북상하던 중 독성산성에 주둔했을 때, 그곳엔 물이 부족하다는 것을 알고 왜군들이 한 달간 성을 포위하고 있었다. 이때 권율은 산성 위에 말들을 세워 놓고 물 대신 쌀을 말에 끼얹으며 물로 씻기는 것처럼 했다. 이것을 본 왜군은 성 안에 물이 풍부한 것으로 착각해 포위망을 풀고 서울로 후퇴한 일이 있었다.

한편 적장들은 이치와 독성산성에서 여지없이 패한 후 그 치욕의 날을 잊기 위해서라도 이번 전투에서는 권율 장군의 군사들을 모조리 없애자고 단단히 별렀다.

권율 장군이 한양을 수복하기 위해 모든 병사들을 이끌고 한양과 인접한 행주산성에 진을 치자, 왜군 지휘부는 지레 겁을 먹고 "권율은 지략이 뛰어난 장수라 잠시라도 마음을 놓을 수 없다. 속히 쳐부수지 않으면 우리가 언제 죽을지 모른다."라며 행주산성의 전투를 위해 만반의 준비를 갖추었다.

1593년 2월 12일 새벽, 한양성에 주둔해 있던 왜군 총대장 우키다 히데이에는 지금까지 한 번도 직접 전투에 나서 본 일이 없었으나, 이번에는 그때를 만회한답시고 우키다 히데이에의 지휘 아래 이시다(石田三成), 마시다(增田長盛), 오타니(大谷吉繼)의 세 봉행(奉行) 등 본진의 장수들까지 7개 부대로 나뉘어 3만여 명의 병력을 앞세우고 행주산성으로 몰려들었다. 병기는 포르투갈인에게 전수받은 신식 무기인 조총이었다. 왜군들은 작심을 하고 행주산성 전투에 임할 예정이었다.

그에 비해 성 안의 군사들은 2천3백여 명이었다. 그리고 무기는 궁시(弓矢)와 도창(刀槍) 외에 화차, 총통, 신기전, 수차석포라는 특수 무기가 있었다.

변이중이 만든 화차는 문종 이후 전쟁이 없었기 때문에 쓰이지 않다가, 임진왜란을 맞으면서 변이중이 다시 연구해서 제작한 것이다. 이 화차는 왜군의 조총을 막을 수 있도록 수레 사면에 철갑을 씌웠으며, 40개의 구멍마다 화살 대신 승자총통을 장치하여 사방으로 40발의 불화살이나 총탄을 한꺼번에 발사할 수 있도록 고안되어 있다. 더구나 화차에는 작은 틈을 내어 왜군들의 동태를 살필 수 있도록 하여 왜군들이 나타나면 쏠 수 있는 이점이 있다.

변이중은 장성군 조양리에서 3백 대의 화차를 제작했으며, 제작 비용은 자비와 만석꾼인 사촌 동생 변윤중의 도움으로 만들었다. 변이중은 그 중 40대를 권율 장군에게 주었다.

권율 장군은 산성에 일본군이 몰려올 것에 대비해 성책을 내외

이중으로 만들어 놓음과 동시에 왜군의 조총을 피할 수 있게 흙으로 높은 담을 쌓아 놓았으며, 여차하면 얼굴에 재를 뿌릴 수 있도록 병사들에게 재를 담은 주머니를 허리에 차게 했다.

드디어 3만여 명의 일본군이 행주산성으로 몰려온다는 첩보원의 말이 들려오자 권율 장군은 이번 한판 싸움에 병사들의 생사는 물론, 이 나라의 운명이 달려 있다는 것을 열의를 다해 호소하며 병사들의 용기를 북돋아 주었다.

1593년 2월 12일, 서서히 여명이 밝아 오는 사이로 일본군의 선봉 1백여 기(騎)가 의기양양하게 나타나더니 뒤이어 새카맣게 군사들이 밀려오고 있었다. 거기에는 앞서 평양성 싸움에서 조명 연합군에게 치욕적인 패배를 맛본 고니시 유키나가가 설욕할 기회를 노리며 행주산성 공격에 앞장섰다. 마침내 산성 아래는 1만여 명의 왜군들이 모였고, 산성 위에는 조선군 2천3백여 명이 대치하고 있었다. 행주산성은 산성의 남쪽이 급경사가 져서 물길이 휘감아 돌고, 위에서 아래로 훤히 내려다 볼 수 있어 전투를 하기에 좋은 위치였다.

이윽고 일본의 총대장 우키다 히데이에는 3만의 대군대를 7개 부대로 나눠어 차례로 공격하기에 이르렀다. 이에 조선군은 성 안에서 일시에 화차에서 포를 발사하고 수차석포에서 돌을 뿜어내며 진천뢰, 총통 등을 쏘아 대며 공격했다. 그러자 성 아래 까맣게 몰려들었던 적의 병마가 불화살과 총탄, 강궁에 맞아 혼비백산하니,

평양성의 치욕을 만회하리라 다짐하고 전투에 임했던 고니시 유키나가는 만회는커녕 1군의 적병들은 뿔뿔이 흩어져 도망하기에 바빴다.

그러나 왜군들은 차례로 달려들었다. 1군이 궤멸되자 이시다 미쓰나리가 이끄는 제2대가 몰려왔다. 2대 역시 조선군들이 쏘는 불화살과 총통 등을 피할 수 없어 물러갔다. 이어 제3대 대장 구로다 나가마사 부대가 공격해 왔다.

임진년 9월 연안성 싸움에서 의병에게 대패한 경험이 있는 구로다 나가마사는 긴 방죽 위에 누대를 만들어 총포를 쏘아가며 공격하자, 조선군은 화포를 쏘아 이를 당장 깨트려 버렸다. 또 포전 끝에 칼날 두 개를 달아 쏘니 맞는 자는 그 자리에서 죽었다.

처음부터 양측의 전투를 심각하게 지켜보던 총대장 4군의 우키다 히데이에는 1, 2, 3군까지 차례대로 형편없이 패하자, 화가 머리끝까지 치밀어 직접 선두에 나서니 4군의 부하들이 모두 나섰다. 여전히 조선군의 화포가 적군의 목숨을 수없이 앗아갔지만, 우키다는 지치지 않고 악을 쓰며 계속 진격해 기어이 바깥쪽 목책이 뚫리면서 내책까지 접근해 왔다.

너무나 위급한 상황이었다. 자칫하면 전열이 붕괴될 수도 있는 절박한 상황이었으나 조선군은 두 주먹을 불끈 쥐었다. 결코 무너져서는 안 된다. 이때 "우리 모두 힘을 합해야 한다."는 권율 장군의 호령이 떨어지기가 무섭게 "와! 와!" 하는 우렁찬 함성이 긴박한 격전지를 뒤흔들었다.

행주산성,

거기엔 한양 수복의 간절한 염원과 기원(祈願)이 담겨 있었다. 비록 몇 천에 불과한 병사라지만 그 의기야말로 수만의 왜군을 압도할 수 있었다. 그것은 한양 탈환은 물론 이 땅에서 잔악무도한 왜적을 기필코 몰아내야 한다는 전 국민의 애국정신과 왜들을 송두리째 쳐부수어야 한다는 충의에 의한 힘이었다.

조선군은 위급한 상황에서도 누구 하나 이탈하는 자 없이 최후의 일각까지 싸웠다. 조선군이 총사령관 우키타 히데이에를 향해 화차의 총통으로 집중 사격하자, 불을 뿜으며 달려들던 우키타가 마침내 부상을 입고 부하의 부축을 받으며 퇴진하기에 이르렀다. 그리고 이때까지 남아 선두에서 함께 지휘하던 이시다 미쓰나리도 총탄을 맞아 물러났다.

이러한 상황에서도 왜군은 기죽지 않고 수적으로 밀어붙였지만 조선군의 굳은 의지력으로 4군까지 물러나게 할 수 있었다. 그러자 왜군은 눈에 불을 켜고 공격해 들어왔다. 이제 5군이 밀려왔다.

조선군은 적은 군사로서 조금도 쉴 틈을 주지 않았다. 카카와 히로이에가 지휘하는 5군이 화통을 내책에 집중 발사해 가까스로 불이 붙었으나, 조선군은 미리 준비해 둔 물을 부어 모처럼의 적들의 농간을 거뜬히 피할 수 있었다. 오히려 카카와 히로이에는 조선군들의 집중 사격으로 전신에 부상을 입고 죽기 직전에 물러났고 부하들도 사상자가 160여 명이나 되었다.

이처럼 적군들이 형편없이 당하자 이번에는 6대장 모리 모토야스는 전략을 바꾸어 서쪽의 완만한 비탈길을 올라와 공격하였다. 그러나 그곳을 철통같이 지키고 있던 처영과 승의군들이 가만있을 리 없었다. 적군들이 가까이 다가오자 승병들이 미리 준비해 두었던 허리에 찬 재를 한꺼번에 뿌리니 갑자기 잿가루가 주위를 뒤덮으니 아무리 날쌘 군사라 해도 당장 눈을 뜰 수 없게 되자 적군들은 눈을 비비며 달아나기에 바빴다.

이렇듯 3만여 명의 적군들은 2천3백여 명의 조선군에 모두 패하고, 이제 마지막 7군만이 남았다. 7군 대장 고바야카와 다카가게는 노장으로 선두에 서서 서북쪽에 딸려 있는 작은 성을 지키던 승의군 한 귀퉁이를 뚫고 성 안에까지 침입하려 하자 승의병이 잠시 동요했다.

위기는 조선군이 아침부터 고작 3천여 명으로 3만여 명이란 대군과의 싸움에 지치기 시작한 때부터였다. 적은 병사로 사력을 다해 6군까지 몰아냈는데 여기에서 패하면 큰일이다.

"좀 더 힘을 내서 끝까지 싸워야 한다."

그때 권율 장군의 우렁찬 목소리가 성 안에 가득했다. 그러자 순간적으로 힘을 잃었던 우리 군이 다시금 용기백배해졌다.

이 때 승장 처영이 권율 장군의 휘하 군사와 함께 일본군과 맞서 치열한 백병전을 벌였다. 왜군은 조총으로 싸우다 마지막 장기로 삼는 것이 백병전이었으나, 수적으로 조선군을 몰아붙인다고 해서 조선군이 쉽게 밀려나지 않았다. 순식간에 격전지에는 시퍼런 칼날이 번뜩이고 총검을 휘두르는 무서운 싸움이 벌어졌다.

그런데 하필이면 조선군 앞쪽 진에서도 아침부터 해가 지도록 사력을 다해 싸우다 보니 화살이 동이 나 버렸다. 전쟁터에서 무기가 없어졌으니 큰일이었다. 놈들은 벌떼처럼 몰려드는데 어쩔 도리가 없었다. 하는 수 없이 투석전으로 적들을 상대했다. 지금까지 놈들을 처치해 왔는데 여기에서 무너지면 큰일이다. 조선군은 결사적으로 달려들었다.

그러자 성 안에 있던 아이, 어른, 부녀자들이 손에 손을 잡고 합세했다. 아침부터 저녁까지 손에 땀을 쥐고 싸움을 쭈욱 지켜보던 한 아낙이 상기된 얼굴로 부녀자들이 모여 있는 곳으로 부리나케 달려가더니 "우리 군이 화살이 떨어졌어요. 내 나라를 지키기 위해서는 우리도 그냥 있으면 안 됩니다. 우리 모두 힘을 합해요, 우리도 앞치마에 돌을 날라 와서 적들을 칩시다." 하자 그곳에 모여 있던 부녀자들뿐만 아니라 어린 아이, 남녀노소 할 것 없이 모두 달려가서 앞치마에 돌을 담아 와서 적들이 있는 성 아래로 마구잡이로 던졌다.

때아니게 돌 세례를 받는 적들은 정신을 차리지 못했다. 여기저기서 돌이 날아들자 십중팔구는 돌에 맞았다. 그런 가운데도 야유를 한답시고 얼마나 적이 없으면 철모르는 아이들과 부녀자들이 나서느냐며 눈을 부라렸다.

성 안에 무기와 병사들이 부족하다는 것을 알아 챈 적군이 돌에 맞으면서도 쉽게 물러설 기색이 아니었다. 조선 군사들은 속으론 무척 당황했지만, 여기서 물러서면 안 된다는 의지 하나만으로 기를 쓰고 버티었다. 부녀자들도 성을 빼앗기느니 차라리 죽음을 달라는 신념으로 누구 하나 지치지 않고 돌을 날라 와서 적군에게 대항했다.

숨 가쁜 순간이 다가왔다. 아무리 조선군이 결사적으로 싸운다지만 수적 열세에 몰린 조선군은 무조건 살아있는 그 시간까지 싸우는 수밖에 없었다. 싸워도, 싸워도 끝이 없었다. 모두들 죽기를 각오하고 싸웠지만 조선군이 불리하다는 것을 한 눈에 알아차렸다.

바로 그때였다. 천운이 일어났다. 무지막지한 왜군에게 성을 빼앗기느냐 마느냐 하는 절체절명의 위급한 상황에서 충청수사 정걸이 삼엄한 경계를 뚫고 화살 수만 개를 실은 배 두 척을 몰고 한강을 거슬러 올라와 화살을 들여보내 주었다. 아, 이 얼마나 신나는 일인가! 모든 병사들은 이제 살았다는 안도의 빛이 퍼져 나갔다. 조선군들은 '와아!' 소리를 지르기도 전에 너도나도 화살을 들고 적군을 향해 미친 듯이 쏘아 댔다.

여기저기서 "야, 이놈들 덤벼 봐라, 너희들에게 질 수는 없다." 하는 소리가 바람을 가르며 울려 퍼졌다. 내책까지 쳐들어온 적은 그 사실을 알아차리고 당황하는 기색이 역력하더니, 어둠이 내리자 비로소 성 안에서 물러나기 시작하였다.

이 전투에서 왜군 적장들은 이치와 독성산성의 대패의 쓰린 잔을 만회한답시고 행주산성으로 3만여 명의 병사를 이끌고 여유만만하게 쳐들어 왔지만, 조선군의 일치단결한 공격에 큰 사상자만 내고 결국 물러나기 시작했다. 그러자 조선군은 달아나는 적을 뒤따라가 130여 급을 베었다.

왜군이 급히 달아나느라 갑주(甲胄), 도창 등 많은 군수 물자를 버리고 갔다. 노획물 중 중요한 것만 해도 272건이었다고 한다. 그리고 적의 시체가 2백 구가 넘었으며, 급히 태우고 간 시체는 그 수가 헤아릴 수 없이 엄청났다.

3만 대 3천, 수적으로는 가당치도 않은 전투였다. 그러나 결코 무지막지한 왜군에게 더 이상 짓밟혀서는 안 된다는 굳은 의지와 내 땅을 지켜야 한다는 군관민과 의병들, 그리고 어린아이들까지 일치하여 싸운 대가였다.

평양으로 회군하던 이여송은 수적 열세에도 불구하고 조선군이 승리한 것은, 세상 어느 나라에서도 찾지 못할 조선군의 충의와 열의에 있었다고 말하며 자신이 함께하지 못한 것을 무척 후회했다.

권율 장군은 행주대첩을 대승리로 이끈 후, 휘하 병력을 이끌고 파주산성으로 옮겨 도원수 김명원 등과 본성을 지키면서 정세를 살피고 있었다. 그 뒤 권율 장군은 김명원의 뒤를 이어 도원수가 되었다.

왜군들이 조선을 하루아침에 해치울 것 같이 암담하기만 하던 임진년이 지나가고 계사년이 밝아 오기 무섭게 전황은 우리 편이 되어 주었다.

임진년 4월, '명을 치러 갈 테니 길을 비켜 달라'는 핑계로 대군을 이끌고 이웃 나라에 쳐들어와 조선의 국토를 유린하고 초토화시킨 지도 햇수로는 벌써 한 해가 지나갔다.

그간 양측에서 많은 희생자를 남겼다. 1592년 왜군들이 부산성으로 떠나던 날 나고야성에 앉아서 조선으로 떠나는 왜선을 바라보며, 조선과 명을 정벌하고 인도에 황궁을 짓겠다는 도요토미 히데요시의 초기의 망상은 여지없이 허물어져 버렸다.

임진왜란 초기 한양성과 평양성을 점령할 때까지만 해도 일본군이 조선 팔도를 점령하고, 전쟁 참여자들에게 각국에서 빼앗은 영지를 나누어 주겠다던 도요토미의 허망한 발언이 그래도 조금은 먹혀들어 가는 것처럼 보였다.

그러나 처음엔 당했지만 전쟁이 발발한 지 6개월이 지나자 조선군도 전투에 요령이 생겼고 각지각처에서 의병군들이 일어나 왜군을 차단하기에 이르렀다. 초기엔 그처럼 날뛰던 왜군 역시 이젠 조선을 제멋대로 점령할 수 없다는 사실을 알고 있는 터였다.

그뿐이랴, 조선 팔도에 널려 있던 왜군들이 조선군에 의해 쫓겨나고 겨우 한양성, 상주, 선산, 대구, 밀양, 부산 등에 주둔하면서 생명을 부지하기 위한 방어에만 급급한 실정이었다. 멋모르고 조선에 쳐들어와서 잘못하면 굶어 죽고 얼어 죽을 판이었다.

왜군은 해로를 통한 보급도 조선 수군에 의해 차단되었고, 육로를 통한 보급도 차단되었다. 조선 내에서 병량(兵糧)을 마련하기란 너무나 어려웠다. 몸에 걸친 옷도 처음 부산에 쳐들어올 때 입고 있던 여름 전투복인데 얼음이 꽁꽁 언 겨울에도 그대로 입고 있었다. 따뜻한 남쪽 섬나라에 있던 왜군들은 조선의 북풍한설이 몰아치는 혹독한 추위를 경험해 본 적도, 계산에 넣지도 못했을 것이다.

평양에서 한양으로 쫓겨 갈 때 왜군들은 맨발에, 처음 올 때 입은 여름옷 그대로 꽁꽁 얼어붙은 대동강을 건너 도망을 쳤다. 왜군들 역시 육신을 가진 인간인지라 휘몰아치는 북풍을 고스란히 맞으며 살얼음판을 딛는 그때의 그 고충을 일본 병사 '요시노 진고자에몬'이 남긴 종군 기록인 문헌에서 나왔다.

"이날 밤은 북풍이 몹시 불었다. 뼛속까지 스며드는 추위와 살을 에는 듯한 칼바람은 인간의 지각을 모두 빼앗아 가는 듯했다. 동상에 걸린 병사들은 지팡이 대신 활을 잡을 수도 없었고, 뻐덕다리를 질질 끌며 그저 몽유병자처럼 갈 뿐이었다. 그렇게라도 움직이지 않으면 동사(凍死)나 아사(餓死)라는 죽음만이 길가에서 커다란 아가리를 벌리고 기다리고 있었기 때문이었다."

얼어서 죽고 굶어서 죽고, 화살에 맞아 죽고, 낙오자들은 조선 백성들에게 맞아 죽었다. 그리하여 한성으로 철군하던 도중 무려 1천4백 명이 죽고 살아남은 자가 6천6백 명이었다.

고니시 유키나가는 이미 평양성에서 1, 2, 3차까지 계속 승리했지만, 처음 도요토미 히데요시가 계획한 조선 침략은 도저히 불가능하리란 것을 예견했다.

_ 10 _

계사년으로 접어들다

멋모르고 조선에 덤벼들었던 왜군은 이제 조선군의 지칠 줄 모르는 저항에 싸움이 지긋지긋해졌다. 한 방에 날릴 줄 알았지만 결코 물러서지 않는 조선군의 애국애족에 왜군들은 감탄을 넘어 머리를 절레절레 흔들었다.

수많은 대군을 이끌고 막무가내로 조선에 쳐들어온 지 1년여가 가까워 오는 지금, 왜군의 병력 수는 현저하게 감소되었다. 더구나 따뜻한 섬나라에 살고 있던 일본인은 추위에 취약했다. 의기양양하게 조선 땅을 밟을 때 입은 옷으론 처마 밑에 고드름이 주렁주렁 매달리는 조선의 추위엔 어림도 없었다. 왜군들은 계절이 바뀌어도 여전히 처음 올 때 입었던 얇은 전투복을 입고 있었으며 극심한 식량 부족을 느꼈다. 부산에서 한양성, 그리고 각 지역으로 이어지는 보급로가 끊어짐과 동시에 조선에서의 현지 조달이란 엄두도 내지 못했다.

전쟁에서의 보급은 전쟁의 승패를 판가름 짓는다. 천하의 나폴레옹도, 히틀러도 보급이 제대로 이루어지지 않아 결국 전쟁에 실패했다.

수송선과 전선 등은 해전에 출전했다가 바다의 신인 이순신에게 박살나고 목숨을 부지하지 못했다. 일본에서 간신히 부산까지 실어 와도 한양까지는 의병들이 막고, 바닷길은 수군들이 방해를 해서 옮길 수가 없었다. 이런 어려움을 직접 겪고 있는 이시다 미쓰나리는 도요토미 히데요시에게 이러한 고충을 보고했다.

보고를 접한 도요토미 히데요시는 조선 전 지역을 점령한다는 처음 생각은 도저히 불가능할 것이라 판단하고, 대신 조선 남부 지역만이라도 점령하기 위해 새로운 전략을 세웠다. 이를 위해 그는 명군과 강화를 협의하였고, 다른 한편으로는 여러 지역에 있는 병력을 경상도 남부 지역으로 모아 부대를 재편성했다. 그리고 우키다 히데이에에게 진주성을 공격하여 전라도와 경상도를 제압하라는 명령을 내렸다.

한편 명나라 경략 송응창은 심유경을 일본군 진영에 보내 강화회담을 시도하였다. 이번뿐만 아니라 강화 협상은 명군이 조선에 도착한 이후 지속적으로 명군과 일본군 간에 있어왔던 터였나. 최초의 휴전 제의는 명나라 조승훈이 13,000명의 명군을 이끌고 조선에 도착할 때부터 당시 평양에 있던 고니시로 부터 시작되었다.

이처럼 왜군은 연이은 패전으로 전세가 일본에 불리하게 돌아가자 일본은 명을 상대로 적극적인 강화 협상에 나섰다.

그때의 상황을 일본 병사 요시노 진고자에몬의 기록에 의하면 "적이 오늘 쳐들어올지, 내일 쳐들어올지 기다리며 매일같이 군사회의를 열었다. 정월 하순 무렵부터 어느새 3월이 될 때까지 모두들 '오늘 죽을지도 모른다'라고 생각하고 있었다. 이미 군량미가 떨어졌으므로 버틸 수가 없었다. 이미 대세는 정해졌다고 포기하기 시작했을 무렵 유격장군이 개성에 왔다."라고 기록하고 있다.

명나라 역시 조선에서의 전쟁을 하루 속히 끝내고 싶었다. 이런 상황에서 고니시 유키나가와 심유경은 끈질기게 강화 협상을 시도했으며, 어떻게든 강화 협상을 성사시켜 조선에서의 전쟁을 마감하고 싶었다.

1593년 4월 8일 정작 조선 대표는 참석하지도 못한 채, 명나라 대표 심유경과 일본 대표 고니시 유키나가 간에 강화 회담이 타결되었다.

일본군은 철수의 안전을 보장받기 위해 명나라 강화사 파견을 요구했고, 송응창은 일본 측의 요구를 받아들여 강화사 2명을 일본군 측에 보냈다. 정작 피해를 본 조선은 뒤로하고 저희들끼리 손발이 척척 맞았다. 짓밟히다 못해 짓뭉개져 만신창이가 된 조선만 쏙 빼놓고 저희들 유리한 대로 협상을 해버렸다.

애초에 윤두수의 의견을 받아들였더라면 이런 억울한 일은 당하지 않았을 텐데, 모든 대신들이 염려했던 대로 명은 왜군들보다 더 악랄했다. 오히려 자신의 나라를 침공하려 했던 왜군을 조선에서 막아주었으면 감사해야 할 텐데, 명군 수만 명의 군량을 조선이 책임져야만 했다. 이고 지고 온 식량은 조선군은 굶은 채 명군에게 갖다 바쳐야 했으며 심지어 말 먹이까지 책임져야만 했다. 그뿐만이 아니었다. 그들은 약탈, 강간, 방화, 살인을 해도 조선에서는 말 한 마디 하지 못했다. 명군에게 입은 인적 피해와 재산 피해는 엄청났으며, 많은 백성들이 명군에게 끌려갔다. 오죽하면 왜군은 얼레빗이라면 명군은 참빗이라 했을까.

대세는 명군이 개입하기 전, 10월 진주 대첩 승전 이후부터는 조선이 완전히 승기를 잡고 있었는데 조금만 더 참고 조선 자체 내에서 놈들을 처치했더라면 이런 억울한 일을 또 한 번 당하지 않았을 텐데.

명은 조선이야 죽든 말든 자신들이 상관할 바가 아니었다. 다만, 일본군을 무력으로 제압하지 못할 바엔 하루 속히 강화를 하여 명군의 희생을 줄이고 싶었고, 명의 능력으로 조일 간의 전쟁을 종결지었다는 어쭙잖은 명분을 내세우고 싶었던 것이다.

강화 협상은 양측 다 간절히 원했다. 왜군은 하루 속히 이 지긋지긋한 전쟁을 끝내고 고향으로 돌아가 쉬고 싶었다. 왜들은 이제 조선 사람들이 무서워지기까지 했다. 자신의 나라라면 심지어 짐승까지 덤벼드는 그 의기심은 어디에서 솟아나는지 신기하기까지 했다. 전쟁에서 지면 적당히 고개를 숙일 줄도 알아야 할 텐데, 목숨이 경각에 달려도 항복이란 것을 모르는 강직한 조선인들이었다.

육로는 육로대로, 수로는 수로대로 관군과 의병들의 방해로 어디서든 식량줄이 끊긴 왜군들은 전쟁의 결과 땅을 빼앗기는커녕 살아서 돌아가는 것이 그들의 간절한 소망이었다. 굶어서 죽은 자들, 돌림병에 걸려 죽은 자들, 전쟁에서 죽은 자들, 전쟁이 무서워서 도망간 자들, 얼어서 죽은 자들, 왜군의 수는 무려 5만여 명이나 줄어들었다. 그들은 적을 만나면 끝까지 물고 늘어지는 조선의 병사들이 끔찍하기까지 했다.

조선이 배제된 강화 협상 자체에 선조는 펄펄 뛰었다. 도무지 그것은 있을 수 없는 일이었다. 인간으로선 차마 할 수 없는 갖은 악랄한 짓을 하고도 이 땅에서 물러만 가면 그만이라니, 놈들을 살려 보내서는 안 된다. 죽을지언정 화평은 안 된다. 그러나 앉아서 안간힘만 쓰고 있을 뿐이었다.

강화 조약에 따라 일본군은 철수하기에 이르렀다. 여명이 밝아올 때쯤 남은 군량을 탈탈 털어 군사들에게 먹인 뒤 고니시 유키나가는 후퇴령을 내렸다. 왜군들은 차마 왜장 앞에서 표현을 못해도 마음속으론 하늘을 나는 것 같았다.

아직도 완전히 녹지 않은 대동강을 건너 한양성까지 걸어서 가야 한다. 조선에 쳐들어올 때는 의기양양하게 왔는데 이게 뭔가, 한숨이 절로 나왔다. 그보다 조선군이 언제 또 득달같이 달려들어 공격할지 알 수 없는 일이다. 그저 천행만 바랄뿐이다. 그래도 아직까지 기운이 성한 군대를 선봉에 세우고 나머지 병든 자, 부상당한 자 등은 따라올 수 있으면 오고 말면 말라는 식으로 마음대로 하도록 그냥 두었다.

이리하여 언제까지나 한양성에 죽치고 있던 왜군 전원이 계사년(癸巳年) 4월 18일, 강화 조약에 따라 명의 심유경과 강화사 2명, 그리고 포로로 잡힌 순화군과 임화군, 조선 대신 일행을 인질로 삼아 남으로 향했다. 이튿날, 4월 19일은 그들의 마지막 남은 부대가 동이 트기 전에 어둠을 타고 떠났다. 이로써 왜적은 물러가고 한양은 수복되었다.

학문보다 전쟁을 일삼는 망나니 같은 왜(倭)들이 온갖 만행을 저지르고도 아무런 보복도 하지 못하고 퇴각하는 것을 본 유성룡은 속이 뒤집혔다. 당장 도제찰사 유성룡이 유격장 이여송에게 찾아가 퇴각하는 일본군의 추격을 하려 했으나 이여송의 만류에 어쩔 수 없어, 비밀리에 권율 장군, 이빈, 고언백, 이시언 등에게 후퇴하는 적을 추격하라고 명했다.

이튿날 권율은 부리나케 한양성에 들어왔으나 왜군이 모두 퇴각한 후였다. 권율은 곧바로 달아나는 왜군을 추격하려 했으나, 명군 척금이 이여송의 명령 없이는 추격할 수 없다며 권율 부대를 가로막았다.

통탄할 일이었다. 지금 당장 뒤쫓아 가서 하나도 남김없이 처치를 해도 분이 풀리지 않을 텐데, 짐승보다 더 악랄한 짓을 한 왜들을 그냥 돌려보내야 한다는 건 가슴을 치고 통곡할 일이었다. 그러나 불행하게도 조선군에게는 아무런 권한이 없었다. 이미 실질적인 지휘권을 명군에게 빼앗긴 조선군으로선 명군의 방해에 말 한 마디 못하고 그대로 당할 수밖에 없었다. 도저히 견딜 수 없어 왜군을 뒤따라 가다가 명군에 의해 하루 종일 감금당하는 장수가 있는가 하면, 쇠사슬로 꽁꽁 묶여 추격을 저지당한 장수도 있었다. 왜군은 후퇴하면서 닥치는 대로 민가를 약탈하고 백성들을 살육하며 제 세상을 만난 듯 느긋하게 후퇴하였다.

유성룡이 이여송에게 재차 추격전을 주장했으나 명군은 완강했다. 오히려 유성룡 과 이정형이 명군의 역관에 불려 가서 왜군과 약조한 통지문을 내어 놓았다. 송경락의 패문에는 왜적이 항복한 것처럼 꾸며, 조선군이 보복하지 못하도록 종용한 내용이 들어 있었다.

이 무렵, 정확히 1593년 5월 초 송응창은 왜군이 한양성을 철수하여 남하했다는 보고를 받고, 후에 자신에게 원한이 돌아올까 마지못해 이여송에게 왜군을 추격하라는 형식적인 명령을 내렸다. 이여송 역시 왜군을 추격할 의도는 전연 없었다. 오히려 이여송은 왜적이 무서워 거북이 행진을 하는가 하면 한 곳에서 오랫동안 머물러 있기도 했다.

명군은 경상도 지역으로 내려와 부대를 주둔시켰다. 이여송은 부대를 4천 또는 5천으로 나누어 이여송은 한성에 주둔해 있었고, 유정은 성주 팔거현에, 오유충은 선산의 봉계현에, 이영과 조승훈 등은 거창에, 낙상지와 왕필적은 경주에 주둔했다.

왜군 역시 남쪽으로 천천히 물러갔다. 오히려 왜군은 울산 서생포로부터 동래, 김해 등 남부 해안선을 따라 16개의 진지를 구축하면서 성을 쌓고 참호를 파는 등 오래 머무를 계획이었다. 그러나 누구 하나 간섭하는 자도 없었다. 그리고 강화 협상 때 고니시 유키나가가 두 왕자를 돌려보내자는 것을 구로다가 거절했다가 6월에 두 왕자를 돌려보냈다.

조선은 이리저리 낭패만 당했다. 그때서야 명의 지원군을 요청한 것을 후회해 보았자 아무런 소용도 없었다. 당장 도망가는 패잔병들을 이 땅에서 남김없이 처치하고 싶었지만, 그마저도 명군에게 저지당해야만 하는 조선군은 분하고 원통하여 살을 찢는 아픔으로 통곡했다.

이리하여 문경새재를 넘은 왜적은 상주에 가토와 그의 직할 부대를 남기고, 그 이남인 선산. 인동. 대구. 청도. 밀양 등지에는 나베시마 구로다 부대와 고니시 휘하의 일부를 분산 배치하였다. 그들의 속셈은 이 땅에서 물러가는 것이 아니라 경상도 땅에 눌러 앉으려는 속셈이었다.

교활하고 악랄한 도요토미 히데요시는 한양성에서 패잔병들이 철군 중인 4월 11일에 다시 진주성 공격을 구체적인 작전 지시까지

하달한 상태였다. 그달 17일, 재차 진주성 공격의 명령을 내렸다. 그 후에도 모두 다섯 차례나 명령이 내려진 진주성 공격을 더 이상 미룰 수 없도록 달달 볶았다. 왜군은 쫓겨 가는 것이 아니라 비밀리에 2차 진주성 공격을 추진하고 있었다. 그에게 진주성은 이제 변함없는 공격의 대상이었다. 더구나 각 군단의 장군들에게 직접 지휘하도록 하는가 하면 진주성에 투입할 병사를 무려 9만 3천여 명이나 동원했다.

제 1진은 가도오 가요마사 제 2군 장군이 이끄는 25,600여 명
제 2진은 고니시 유키나가 제 1군 장군이 이끄는 26,200여 명
제 3진은 우키다 히데이에 제 8군 장군이 이끄는 18,800여 명
제 4진은 모오리 데루모도 제 7군 장군이 이끄는 13,600여 명
제 5진은 고바야가와 다가가게 제 6군 장군이 이끄는 8,700여 명이었다. 그 외에도 수군 8천3백여 명이란 어마어마한 군대였다.

피 한 방울 묻히지 않고 나고야성에 앉아 있는 도요토미로서는 조선에서의 전투 상황을 상세하게 파악하고 있지 못했다. 짐작컨대 왜군 지휘부는 도요토미 히데요시에게 진주 대첩에서 크게 패하여 전라도를 점령하지 못한 탓으로 육로를 통한 보급이 원활하지 못했다는 것과, 조선 수군이 워낙 강하기 때문에 해전에서 패배하였으며, 명군으로 인해 한양성으로 퇴각할 수밖에 없었다는 정도만을 보고하였을 것이다.

아마, 조선 전역에서 조선군과 조선 백성들의 결사 항전에 의해 전쟁을 치를 수 없게 되었다는 사실은 도요토미에게 보고하지도 않았을 것이다.

그러니까 도요토미 히데요시는 조선 침략을 자신이 마음먹은 대로 되리라 생각했을 것이고, 그러자니 조선 땅에서 쫓겨 가는 왜군들에게 2차 진주성 전투를 재차 명령했을 것이다.

이처럼 도요토미 히데요시는 처음의 계획이 실패로 돌아가자, 조선 남부를 차지하겠다는 새로운 목표를 세워 조선 남부의 군사 요충지인 진주성을 점령하라는 명령을 내렸다. 그는 이미 1953년 2월 27일부터 5월 20일까지 다섯 차례에 걸쳐 진주성 공격과 전라도 공격을 명령했다.

4월 17일 가토 가요마사에게 보낸 도요토미의 답서에는 "진주성을 전면 포위하여 씨를 없애 버리고, 나아가서 전라도와 경상도를 차지한 후 그 자리에 화려하게 성을 쌓을 것. 그리고 한성에 집결한 병력을 인수하여 진주성을 공위하여 한 명도 남기지 말고 도살할 것." 등 10개 조항을 내세웠다.

5월 1일, 도요토미는 후퇴하는 왜군에게 화평조건을 포함한 명령서 15개 조항 중 7조에서 진주성을 공격하고 진주성 함락 시 성 안의 조선인을 남김없이 베어 죽일 것 등을 수차례 명령을 내렸다. 그에게 진주성은 왜군에게 많은 희생과 패배를 안겨 준 한 맺힌 목사성일 뿐이었다. 도요토미는 이처럼 전쟁터에서 살육과 도륙을 일삼아 온, 인간의 존엄성을 상실한 잔악무도한 자에 불과했다. 더구나 진주 대첩 패배는 그에게 사상 최대의 치욕이었다.

도요토미는 1차 진주 대첩 시 3만여 명을 동원해서 조선군에 완패한 쓰린 기억을 되살려 그때의 3배가 넘는 일본군 전 병력을 투입한다면 다가올 진주성 전투는 무난히 이길 수 있으리라 생각했다.

사실 일본은 전국 시대를 거치면서 그들의 생활도 말이 아니었다. 100년이 넘는 전국 시대를 치르면서 일본의 다이묘들은 남자란 남자는 다 전쟁터에 끌고 가 전쟁에서 죽거나 아니면 불구가 되어 돌아오고, 마을에는 집집마다 노약자, 부녀자, 아이들밖에 없었다.

이런 악조건 속에서도 도요토미가 임진왜란 초기 끌어 모은 병력은 1번대부터 16번대까지 총 28만 1,840명이란 병력을 끌어 모았다.

30만 대군을 이끌고 1년여 간 전투한 결과, 2차 진주성 전투를 벌이기 전까지 조선에 주둔하고 있는 총 병력은 12만 1,578명이다. 즉 1592년 4월, 임진왜란 초기부터 2차 진주성 전투 이전까지 왜군은 10만 3,196명 내지 16만 262명이 전사 또는 실종된 상태였다. 이처럼 왜군들은 어마어마한 병사를 잃어 가면서까지 전쟁에 대한 미련을 버리지 못했다.

그러잖아도 처음 도요토미가 조선 침략에 나설 때 아무도 막는 자가 없었으나 도요토미의 부인이 나서서 거병을 반대하고 나섰다고 한다. 그녀는 타고난 용모에 천문, 지리, 점술 등에도 능했다고 한다.

"첩이 듣자오니 조선은 산천이 험준하고 인걸이 많으며, 자고로 삼강오륜이 밝은 예의지국이라 합니다. 또한 백성마다 애국심이 강하다 하니 쉽사리 굴복시키지 못할 것입니다.

그리고 명나라에서 구원병을 보내올 것이 틀림없습니다. 우리 군사가 비록 강하다 하나 조선의 충성스러운 백성들과 명나라의 우수한 군사들을 어찌 당하겠습니까?

첩이 천기를 살펴보니 조선은 망하지 않습니다. 그러니 부질없이 군사를 일으켜 피차에 많은 인명이 희생됨은 옳지 않사오니 부디 밝게 살피옵소서." 라고 했다.

그러나 야심만만한 도요토미는 부인의 충고를 듣지 않고 기어이 전쟁을 일으켜 부인의 말과 같이 저들의 많은 병사만 잃었으며, 패해서 돌아가는 길목에 또다시 2차 전투를 벌이려 하다니.

구로다는 2만 3천여 명의 수비군을 부산, 김해, 거제 등에 배치하고, 5천4백여 명의 수군을 가덕도에 배치했다. 나머지 92,972명은 진주성에 참가할 병력이었다. 그리고 진주성에 참가할 10만여 명의 병력을 우키다 히데이에, 가토 가요마사, 고니시 유키나가 등 47명의 장수들에게 각각 5대로 나뉘어 병력을 주었다.

이처럼 1년여 간의 전쟁으로 막대한 인적 손실과 물적 손실을 입으면서도 도요토미 히데요시는 1차 진주성 전투의 패배에 앙심을 품고 진주성을 치기 위해 치밀한 계획 아래 준비했다.

"1만여 명의 우리 병사를 죽인 진주목사를 반드시 죽여서 원수를 갚아야 한다."

도요토미는 미친 듯이 날뛰었다. 평화로운 조선 땅에 함부로 쳐들어와 살육과 도륙으로 조선 땅을 폐허로 만든 저들의 죄과는 아랑곳없이, 오히려 목사성을 쳐서 저들의 한을 풀어 줘야 한다고 길길이 뛰었다.

왜군이라고, 아니 왜장들이라고 하나같이 조선에 침입할 생각을 가지고 있는 것은 아니었다. 도요토미의 눈치를 보느라 하는 수 없이 나선 조선 침략이었다. 도요토미 히데요시는 오토모 요시무네, 하타노부토기, 시마즈 다다타쓰에 대해 전투에 적극적이지 않았다는 이유로 영지를 몰수했고, 시마즈 요시히로에게는 임진년처럼 아무런 성과도 올리지 못하면 가문이 끊길 것이라는 등 참전한 다이묘들을 윽박지르니 후사가 두려워 진주성 전투에 나선 것이다.

그 중, 가토 가요마사는 2차 진주성 전투를 두고 적극적으로 나섰다. 가토는 도요토미와 인척이며 그의 어머니와 도요토미 어머니는 나이 차이가 있음에도 무척 가까운 사이였다. 그는 키가 7척이나 되며 무사로서 잔뼈가 굵은 무단파(武斷派)였다. 반면에 1번대를 이끌고 제일 먼저 부산 앞바다에 쳐들어왔던 고니시 유키나가는 아버지가 오사카의 약재상이었다.

고니시와 가토는 종교부터 달랐다. 고니시는 카톨릭 신자였으며, 가토는 불교 신자였다. 그들은 철저한 라이벌 관계였다. 고니시는 가토를 무식한 칼잡이로, 가토는 별 볼일 없는 약재상 자식놈이라고 빈정거렸다.

이번 진주성 공략에도 고니시와 가토는 정반대였다. 고니시 유키나가와 총사령관 우키다 히데이에는 모든 병사를 철수하여 빨리 일본으로 돌아가자고 했지만, 2번대 총사령관인 가토 가요마사는 기어이 진주성을 함락시켜야 한다고 우겼다.

고니시는 수많은 전투를 치렀지만 별 성과가 없을 뿐 아니라 병력 손실도 많았으나 가토는 큰 전투를 치르지 않고 함경도에서 조선의 두 왕자와 수많은 대신들을 포로로 잡는 등, 항상 그들은 비교의 대상이 되어 저들끼리 으르렁거렸다.

도요토미는 그 점을 교묘히 이용해 나갔다. 작년 이맘때, 도요토미는 가토에게 '나무묘법연화경'이라 쓴 깃발을 주면서 '명나라 정벌이 이루어지면 가토에게 20여 개국을 다스리게 해주겠다.'는 허튼 수작을 하기도 했다. 그리고 고니시에게는 어떤 깃발을 쓰겠냐고 묻자, 붉은 바탕에 둥글게 태양을 그린 깃발을 쓰겠다고 했다. 도요토미는 '자신은 태양의 아들이니 나를 보듯 그 깃발을 보라.'면서 그들에게 각각 칼 한 자루씩을 주었다.

가토 가요마사는 이번 진주성 전투에 흥분해 있었다. 이번 전투에서 뭔가 자신의 용맹을 떨쳐보리라 다짐했다. 그것이 도요토미에 대한 충성일 뿐 아니라, 목숨을 잃은 많은 병사들에 대한 보복이 될 것이라고 이를 악물고 덤벼들었다. 뿐만 아니라 도요토미는 다가올 진주성 전투에 대해 모든 장군들 앞에서 선언했다.

"이 싸움에서 두각을 나타내는 장수에게는 급료를 백 배 이상 올려 주리라."

아예 가토는 야망에 불타올라 앞뒤 분간 못하고 설쳐댔다. 이리하여 패배하고 돌아서는 왜군들에게 2차 진주성 공격은 명명백백한 과업이 되고 말았다.

일본군이 엊그제 맺은 화평은 뒤로하고 진주성 공격을 준비하고 있다는 사실을 접한 조명 연합군은 또 한 번 소동이 벌어졌다. 도원수 김명원은 성주에 있는 명나라 부총병관 유정에게 달려갔다. 김명원의 애타는 호소를 듣자 그 자리에서 유정은 가토에게 협박 편지를 보냈다.

그러나 가토에게는 아무런 답장이 오지 않았다. 이어 경주에 와 있던 유성룡도 유정에게 달려갔다. 유정은 또다시 송응창과 이여송에게 편지를 보냈다. 심유경 역시 부산에 후퇴해 있는 고니시를 만나서 이번 협상과는 어긋나지 않느냐, 이제 조선 땅에서 물러간다고 하지 않았느냐고 따졌다.

"예, 저도 이젠 전쟁이라면, 더구나 조선군과의 전투라면 무서워집니다. 관군은 물론, 각처에서 의병군들이 나타나 우릴 위협하는 것을 생각하면 소름이 끼칩니다. 나 역시 가토 가요마사에게 진주성 공격은 그만두자고 간곡히 말렸으나, 가토는 지금 진주성 공격에 열을 올리고 있어서 도저히 나로선 어찌할 도리가 없습니다. 우리 관백과 한뜻이 되어 벌써 내 선에서 떠나간 지 오래 됐습니다."

"한 번 더 진지하게 상의해 보고 피차 좋은 방향으로 합시다."

"그러지 말고 진주 군사들에게 일본군이 진주성으로 진격할 때 미리 진주성을 비워달라고 하세요. 그러면 진주성에 군대가 없는 것을 보고 그냥 들어갔다 곧 다시 나올 것입니다. 더 이상 진격하지는 않을 것입니다."

심유경은 일본군 진영에서 돌아오면서 심히 고민에 싸였다. 조선군은 싸우다 죽으면 죽었지 절대 비겁하게 성을 비워 두고 항복하는 자세를 취하지는 않을 것이라 생각했다. 또 한 번 심한 폭풍우가 이 땅을 휩쓸 것이라는 것은 불을 보듯 훤했다.

심유경이 돌아오자 잇따라 도원수 김명원이 경상좌도 순찰사 한효순과 함께 다시 찾아왔다.

"내가 고니시에게 진주성 공격은 합당하지 않다고 극구 말렸으나 고니시가 말하기를 전에 진주에서 죽은 자가 매우 많은데다, 이순신의 한산도 싸움 등지에서 당한 것 등을 생각하고 분을 삭이지 못하고 있는 터에, 더구나 조선의 군사가 수차 풀 베는 일본군의 병사를 수도 없이 죽였기 때문에 관백의 뜻은 확고하니 이젠 어쩔 도리가 없습니다.

다만, 한 가지 방법은 조선의 여러 장수들로 하여금 성을 비우고 잠깐 피하게 하는 것이 상책입니다만, 그럴 수 없겠다면 나로서도 어쩔 수 없습니다."라고 했어요.

그런 중에 가토 가요마사는 진주성 공격이 마치 자신의 평생 과업인 양 강력히 주장하며, 반드시 진주성을 자신의 힘으로 침략하고야 말겠다고 관백에게 또다시 불을 질렀다.

이처럼 조선의 후원군으로 온 명군은 체면치레상 고니시 등을 찾아가거나 부총병관 유정이 가토에게 편지를 보내는 것이 고작이었다. 아예 명군은 전투에 참전할 뜻이 전연 없었다. 실제로 그들은 벽제관 전투 이후 일본군과의 전투를 꺼려했고, 조선군의 후원군이란 허울 좋은 이름만 붙여 놓고 2차 진주성 전투 이전에도 일본군과 거의 전투를 하지 않았다. 도요토미 히데요시는 강화 협상 때 명군의 뜻을 이미 계산에 넣었다. 때문에 조선만 많은 곤란을 겪어야만 했다.

한편 왜군을 한성에서 몰아낸 조선 관군과 의병들은 퇴각하는 왜군을 추격하여 선산과 의령 등 경상우도 일대에 주둔하였다. 도원수 김명원과 순변사 이빈은 적을 추격한 끝에 김명원은 선산에, 이빈은 의령에 주둔했다. 또한 전라병사 선거이, 충청병사 황진, 전라방어사 이복남은 각각 군사를 거느리고 따라왔다. 권율은 군사를 거느리고 의령에 머물렀다.

왜적들은 이여송의 협박 편지를 받고도 요동도 하지 않더니 6월 초순경이 되자 드디어 일본군들은 진상을 드러내기 시작했다. 2차 진주성 전투를 위해 군사 방비를 주도면밀하게 짜놓았다.

제1진인 가도오 가야마사는 진주성 북쪽 방면으로, 제2진인 고니시 유기나가는 서쪽 방면, 제3진인 우기다 히데이에는 동쪽 방면, 그리고 제4진인 모오리 데루모도와 제5진인 고바야가와 다가가게는 진주성 북쪽 방면의 고지에 있다가 상황에 따라 대처하는 한편, 남강에는 키가와 히로이에가 이끄는 수군이 지키기로 했다. 이렇듯 진주성의 동서남북을 철저히 에워싸 성 안의 조선군을 꼼짝 못하게 하려는 심산이었다.

왜군은 작은 성 하나를 치기 위해 10만 명의 군사를 동원하는 반면, 지금까지 잘 싸워 오던 조선군은 꽁무니를 빼고 있었다.

이보다 앞서 6월 6일, 그전까지 임진왜란을 총지휘해 오던 도원수 김명원을 선조는 권율로 교체하면서 김명원을 일선에서 불러들여 공조판서를 맡기고, 그 자리에 전라순찰사 권율 장군을 임명했다. 전라도 순찰사에는 이정암 장군을 명하였다.

그즈음 신임 도원수 권율은 전라병사 선거이 등과 함께 5천여 명의 병사를 이끌고 경상도 함안까지 내려갔으나 더 이상 진격하지는 못했다. 곽재우 역시 진주성 방어전에 참전하라는 이빈의 명을 듣고도 진주성 외곽의 정암진 방어만을 고집했다. 승산이 없는 전투는 잘못하다간 자신의 부하들만 희생시킨다는 그럴듯한 이유를 붙이면서. 명나라 지원군 또한 강 건너 불구경 하듯 뒷짐지고 지켜볼 따름이었다.

이제 진주성 전투는 변함없는 사실이 되었다. 그러나 누구 한 사람 선뜻 진주성으로 들어가 성을 지키겠다는 장수는 나서지 않았다. 그러자 좌중을 둘러보던 전라도 의병장 김천일이 여러 장수들을 향하여 애타는 마음으로 진주성을 반드시 지켜 내야 한다며 호소하고 나섰다.

"지금까지 한 짓을 보아서도 알 수 있지만 적의 흉계는 헤아리기 어려우니, 단지진주성만을 공격하리라는 말을 어찌 믿을 수 있겠소? 대저 진주와 호남은 입술과 이빨과도 같은데, 만일 우리가 진주성을 버리고 간다면 적은 전라도까지 넘볼 것이 자명합니다. 호남은 나라의 근본입니다. 진주는 바로 그 호남의 관문이니 우리가 진주를 지켜 내지 못한다면 호남인들 어찌 지킬 수 있단 말이오?"

김천일 의병장의 말은 구구절절이 옳았다. 지금까지 그 많은 희생자들을 내면서까지 조선 땅을 지켜 온 보람도 없이 적들의 꿰임에 빠져, 진주성을 그냥 내어 준다면 얼씨구나 하며 또다시 온 땅을 제멋대로 분탕질할 것이 뻔하지 않겠는가. 그러나 김천일의 애틋한 호소에도 누구 하나 동조해 주는 사람이 없었다. 비단 장수뿐만 아니라 조정에서조차 왜들이 말한 대로 잠깐 비워 두라는 의견에 힘을 실었다.

김천일 장군이 또다시 나섰다.

"정 그렇다면 이 김천일 혼자서라도 진주성으로 들어가겠소. 제

아무리 적이 10만 대군이라 할지라도 나는 진주성 성문의 돌쩌귀가 될지언정 적이 두려워 도망가지는 않을 것이오."

김천일이 많은 장군들 가운데 분연히 일어섰다. 이에 최경회와 황진도 함께 가겠다고 나섰다.

6월 14일, 본진에 앞서 선봉대를 이끌고 진주성 안으로 가장 먼저 들어간 장수는 김해부사 이종인이었다.

일본군이 진주성으로 몰려갈 당시 조선 조정에서는 진주성 수성(守城)과 공성(空城)을 두고 의견이 엇갈렸다. 그 중 권율, 김명원, 곽재우는 공성론(空城論)을 주장했다. 실로 그들은 실질적인 작전권을 행사했던 명나라 군대의 입장을 따를 수밖에 없다는 이유 때문이었을까? 명군과 갈등을 빚는다는 건 도움이 되지 않는다는 판단에서였을까? 따라서 조선 관군은 2차 진주성 전투에 합류하지 않았다. 그 결과 진주성에 주둔하고 있던 선거이가 자신의 병력을 철수시키기도 했다.

반면에 진주성 수성(守城)을 주장한 사람은 조선군으로서의 관직은 받았지만, 대부분 명군의 간섭을 벗어난 독자적인 의병으로 조직되어 있는 경상우도 절제사 김천일, 경상우병사 최경회, 충청병사 황진 등 모두들 충의에 불타 있는 의병장들이었다. 또한 그 당시 진주목사인 서예원과 판관 성수경을 비롯한 진주성 방어를 위해 자발적으로 진주성에 들어온 조선군과 의병이 대비하고 있었다.

경상도 지역에서는 김해부사 이종인, 사천현감 장윤, 거제현령 김준민 등이었다. 전라도 지역에서는 창의사 김천일, 경상우병사 최경회, 복수 의병장 고경명의 아들 고종후, 태인 의병장 민여운 등이 합세했고, 충청도 지역에서는 충청병사 황진, 혜미현감 김명세, 태안현감 윤구수, 당진현감 송제, 보령현감 이의정 등이었다.

6월 15일 가토 가요마사를 선봉으로 9만 3천 명의 왜군이 경상도 남해안에 있는 왜군의 주둔지로부터 김해, 창원으로 몰려온다는 보고가 왔다. 곧 이어 6월 16일, 왜군의 선봉이 함안 가까이 왔다는 소식이 전해졌다. 그러자 함안을 지켜야 한다느니, 정암나루를 지켜야 한다느니 의견만 분분할 뿐 명확한 결단을 내리지 못했다. 결국 함안에 주둔하고 있던 권율, 선거이, 이빈 등이 왜군과 전투를 벌였으나 중과부적으로 물러났다.

그들은 전라도 병력을 이끌고 진주성을 떠나 남원 방면으로 후퇴하면서 운봉의 산악 지대에서 적을 맞아 싸운다는 핑계로 그곳을 떠나 버렸다. 곽재우 또한 형세의 불리함을 깨닫고 창녕으로 돌아가려는 것을 이빈이 불러 세웠다.

"이제 곧 진주성에서 큰 전투가 벌어질 텐데 곽 장군은 진주로 가지 않고 왜 창녕으로 가려고 하오. 진주성으로 들어가는 게 마땅하지 않소?"

"형세도 파악하지 않고 함부로 덤벼드는 것도 미련한 짓이오. 지금 적은 약이 올라 물불을 가리지 않고 덤벼드는 데는 당해 낼 재간이 없소. 어떻게 그 많은 군사를 적은 군사로 처치할 수 있겠소. 무모한 싸움으로 수많은 우리 군졸들을 잃고 싶지 않을 뿐이오."

그때 옆에 있던 황진이 나서서 "나는 진주성에서 죽을지언정 진주성을 버릴 순 없으니 나는 가겠소." 하며 분연히 일어서자 곽재우가 극구 말렸다.

"어떻게 내 한 몸 편하자고 위기에 처해 있는 진주성을 모른다 하리오. 이미 김천일 장군과 약속한 터이니 그리 아시오."

황진은 곽재우의 우정을 단호히 뿌리치고 의연히 진주성으로 말을 달렸다.

그에 앞서 이종인이 선봉대를 이끌고 먼저 진주성에 들어왔을 때는 이미 성 안은 피란민들로 발 디딜 틈도 없었다. 북새통 그 자체였다. 이들은 작년에 적은 군사로서 왜적들을 보기 좋게 물리쳤다는 것을 알기 때문에 성 안에 들어오면 살 수 있다는 생각으로 모여 들었다. 그러나 식량이 문제였다. 조선군이 이고 지고 온 양식은 명군에게 다 바쳐지고 군사가 먹을 식량도 모자라는데, 5만 명이나 넘는 피란민들을 어떻게 먹일까 걱정이 태산 같았다.

이어 김천일이 아들과 함께 5백여 명을 이끌고 성으로 들어오자 그제야 성 안의 체계가 잡혀갔다. 이때 진주목사 서예원이 진주성이 위험하다는 소식을 듣고 달려왔으나, 진주성을 지킬 엄두가 나지 않아 그 자리를 피하려 했지만 이종인이 붙잡아 세워 떠날 수 없었다. 이어 강희열과 적개 의병 부장 이잠이 진주성으로 들어왔다. 뒤이어 6월 15일, 충청병사 황진, 경상우병사 최경회, 복수 의병장 고종후, 사천현감 장윤, 민여운 등이 진주성으로 들어왔다.

서도식의 애마 위에는 위풍도 당당하게 최경회 장군의 골(鶻)자의 기가 펄럭이며 앞장을 서고, 그 뒤로 팔십 고령인 문홍원과 최경회의 5백여 명의 의병군들이 진주성을 향해 들어오고 있었다. 대쪽 같은 최경회가 진주성을 나 몰라라 하고 버리고 갈 리 만무했다. 전날 서도식이 최경회 장군에게 뜻을 묻자 "내 나라에 함부로 들어와서 분탕질을 하는 야만족들을 더 이상 볼 수 없어." 하며 굳은 결의를 표했다.

"그럼 마님은 어떻게 하시렵니까. 저번 전투 때도 그런 곤욕을 당했는데 이번에는 그때보다 전쟁이 더 치열하지 않겠습니까?"

"나도 그것이 걱정이네, 이번에도 따라나설 것이 자명한데."

물고기도 넋을 잃어 헤엄치는 것도 잊게 했다는 중국의 미인 서시. 논개 또한 아무리 남장을 한다 해도 그녀의 가녀린 몸매와 고혹적인 눈매는 숨길 수 없었다. 벌써 왜적들에겐 금산 전투와 진주성 전투 때 논개의 신분이 드러났다.

진주성 전투를 대승리로 이끈 후 도망가는 왜군의 첩보를 생포했을 때 그의 입에서 나온 말이다. 몇몇 왜장은 논개에게 현상금까지 붙였다고 했다.

조선의 빼어난 미모의 한 군사가 골자의 의병장인 최경회의 부인이란 것을 알고 논개를 다치지 말고 생포해 오라고 부하들에게 지시했다는 것을.

"장군님께서 잘 말씀하셔서 이번에는 남아 있게 하셔야 합니다."

최경회 장군은 착잡한 심정을 가눌 길 없어 하늘을 올려다보았다. 뭉게구름 한 무더기가 어디로 흘러가야 할지 방향을 알지 못한 채 서성이고 있었다. 이제 한창 피어날 갓 스무 살의 꽃다운 나이로 육순이 넘는 자신에게, 그것도 생사(生死)가 언제 판가름 날지 알 수 없는 자신에게 논개가 의지해 있다는 현실이 항상 빚진 자의 심정이었다. 아니나 다를까 논개는 전보다 더 펄쩍 뛰었다.

"저는 장군님께 속한 몸입니다. 제 한 목숨 부지해서 뭘 하겠습니까. 1차 진주성 전투와 같이 힘을 합쳐서 싸우면 반드시 이길 것입니다. 저는 믿습니다."

논개가 의병군들의 틈에 끼어 진주성으로 들어온 것은 말할 것도 없었다.

진주성에 모여든 병력들은 1차 진주성 전투 때와 달리 조정에서도 외면하고, 관군과 명군의 지원이 없을 것을 알면서도 진주성을 지키기 위해 속속 집결한 의병군들과 소수의 관군들이었다. 이처럼 조선의 군사들은 한 성을 지키기 위해 죽음도 불사하고 여기저기서 달려왔다.

김천일이 주장이 되어 성 안의 군사를 점검했다. 그 당시 병력은 진주성에서 김시민 장군의 잘 훈련된 3천여 명에 가까운 정예군이 계속 주둔하고 있었고, 창의사 김천일이 이끄는 5백 명, 경상우병사 최경회가 이끄는 5백 명, 충청병사 황진 7백 명, 거제현감 김준민 4백 명, 사천현감 장윤 3백여 명, 의병장 고종후 4백여 명, 당진현감 송제 2백 명, 복수 의병 부장 오유 4백 명, 웅의병장 이계련 1백 명, 비의병장 민여운 2백 명, 도탄의복 대장 강희보 2백 명, 도탄 의병 부장 이잠 3백여 명이 전열을 가다듬고 있었다. 그 밖에 이종인, 강희열. 고득래, 심우신, 양산숙, 임희진 등이 약간의 병사를 거느리고 있었다. 그리고 진주목사 서예원과 판관 성수경이 진주 병력을 이끌고 있었다. 최경회는 함양 등 경상우도의 다른 병력을 거느리고 있었다.

진주성 안에는 총 병력 6천여 명과 피난민 5만여 명까지 합하면 도합 6만여 명이 진주성으로 모여든 셈이었다.

1차 진주성 때 김시민이 다루던 때와는 달리 여기저기서 모여든 병사들은 피차 얼굴도 익히지 못했을 뿐만 아니라 지휘 계통도 잘 서지 않은 것은 당연한 일이었다. 이제 6만여 명을 먹이자면 식량이 문제였다. 이에 김천일은 진주목사 서예원을 불러 창고의 곡식이 얼마나 있는지 가 보자고 했다.

"그 문제라면 과히 걱정하지 않아도 될 것입니다. 선견지명이 있어서 그런지 김성일 장군이 수십만 석을 비축해 놓았습니다."

서예원의 대답에 김천일은 뛸 듯이 기뻐했다. 모든 장군들도 한가지 걱정은 덜었다는 듯이 서로 쳐다보며 기쁨을 감추지 못했다.

“성벽은 높고 튼튼하며 군량미 또한 넉넉하고, 병기 또한 충분할 것 같으니 이곳이야말로 나라를 위해 목숨을 바칠 만한 곳이 아니오.”

이에 장수들은 힘을 얻어 곧바로 부서를 나누었다. 의병군은 김천일이 맡고, 관군은 경상우병사 최경회가 맡고, 황진은 순선장으로 추대하였다.

나머지 장수들은 각 성문에 배치되어 교대로 지키기로 합의를 보았다. 그제야 조금은 어수선하던 병사들의 지휘 체계가 바로 서고 전투에 임할 태세가 잡혀가고 있었다.

조정에서도, 관군들도 눈을 돌린 성 안에 갇힌 의로운 군사들. 목숨과 맞바꾸어서라도 진주성을 적들의 손에 더럽히고 싶지 않은 장수들, 아니 진주성을 기필코 자신들의 손으로 지켜 내고야 말겠다는 장수들은 10만 대군도 두렵지 않았다. 이 한 목숨 기꺼이 바쳐 진주성만 구해낼 수 있다면 더 이상 바랄 것이 없는 충의의 장수들이었다.

그런데 이튿날 난데없이 선거이를 통해 권율의 명령이 떨어졌다. 도원수로 임명받은 권율의 첫 명령이었다.

“왜적이 진주성을 노리니 우리 군은 진주성 사방 백 리에 걸쳐 청야(淸野)하라.”

도원수 권율의 명령에 따라, 조선군은 진주성에서 일찍이 물러나 주둔할 수밖에 없었고, 조선을 지원하러 온 명군조차 될 수 있는 한 전투를 피하고 싶어 멀찍이 도망가 버리는 상황에서, 진주성에는 의기에 불타 있는 백성과 관군 의병만이 남아 있을 뿐이었다.

"모든 장령들은 군졸들을 데리고 속히 진주성을 나오게 하라."

이에 김천일은 알곡과 쭉정이를 가르듯이 갈 사람은 가고 남을 사람은 남으라고 하자 여러 군사들이 나갔다.

이윽고 왜의 10만 대군이 진주성 2차 정벌 길에 올랐다. 쫓겨 가던 왜군들이 되돌아서서 또다시 조선 강토를 피바다로 물들게 하려는 찰나였다.

6월 16일, 왜적들의 대군이 함안을 거치면서 상습적으로 노략질하자, 권율 장군과 전라병사 선거이의 군사들이 대항했지만 간단하게 물리치고 진격해 나갔다. 6월 18일에는 정암진을 공격하기 시작하여, 6월 19일에는 정암진을 건너 곽재우가 머물고 있는 의령 부근에서 약탈을 감행하자, 곽재우 부대가 맞대응했으나 왜군 선봉대가 거뜬히 물리치고 의령까지 진군해 갔다. 열에 들뜬 왜적의 10만 대군을 그 누구도 막을 자가 없었다.

그날 조선군의 적후병이 숨을 헐떡이며 달려왔다. 기어이 놈들의 선봉대가 진주성 동북쪽 산에 나타났다는 것이다. 그 뒤로 적들은 그 넓은 들판을 덮으며 형형색색의 기치를 들고 들어오는데 보기만 해도 숨이 막혔다. 척후병의 보고가 끝나기가 무섭게 또 다른 척후병이 문을 박차고 들어왔다.

"장군님, 이미 왜군들의 기병 1백여 명이 말티 고개까지 왔습니다."

말티 고개는 성 안에서도 환히 보일 만큼 가까운 거리였다. 뿐만 아니라 적들은 진주성으로 오면서 조선군의 진주성 후원을 막기 위해 진주로 오는 길목을 차단하였다. 최경회, 황진, 김천일 등이 성 밖을 내다보다가 깜짝 놀랐지만 모두들 침착성을 잃지 않으려 안간힘을 썼다.

이미 거대한 폭풍은 조선 땅에 또다시 휘몰아치기 시작했다. 이 상황에서 무슨 작전이든 짜야 한다. 그때 충청병사 황진이 황급히 오더니 김천일을 쳐다보며 말을 망설이고 있었다.

"무슨 말이든 괜찮으니 장군의 심중을 털어내 봐요."

그제야 황진이 조심스럽게 입을 열었다.

"장군님, 우리 군사는 모두 성 안에 갇힌 셈이 되었는데 이러다간 우리 군사는 꼼짝없이 포위를 당하는 격이 되지요. 그러니 지금이라도 적은 군사일망정 일부를 성 밖으로 내 보내어 양면으로 치는 게 어떻겠습니까?"

"나 역시 그런 생각을 해 보았는데 아무래도 그건 무리가 따르지 않겠소. 지금 이 군사로도 적의 병력에 비하면 터무니없이 적은데 자칫 잘못했다간 괜히 있는 군사마저 사기가 떨어질까 염려됩니다."

옆에 있던 최경회 장군도 고개를 끄덕였다. 그리하여 세 장군이 고심한 끝에 우선 척후장 이하 정병을 뽑아 단성현과 삼가현 방면으로 가서 적장을 수색케 함과 동시에 그 방면에서 적이 오는 길을 차단하도록 의논을 모았다.

그렇게 세 장군이 긴장한 얼굴로 서 있는 사이로 갑자기 환희에 찬 함성이 성 안에 가득했다. 이윽고 장군들의 눈앞에 전라병사 선거이와 홍계남이 휘하의 군사를 이끌고 성 안에 들어오고 있었다. 그들을 본 순간 장군들도 탄성을 질렀다. 한때 성 안에는 기쁨으로 설레고 있었다.

조정도 관군들도, 명군도 고개를 돌려버린. 기껏 몇 천 명의 성안 군사들.

홍계남이 황진을 보자 함께 일본 사절단으로 갔을 때의 일이 새삼스럽다. 그때 황진이 칼 두 자루를 샀을 때 모두들 의아해 하던 것이 이제 와서 이처럼 긴요하게 쓰일 줄이야.

황진은 홍계남의 직속상관이었다. 원래 황진은 말을 타고 큰 칼을 쓰는 것이 그의 장기였다. 황진은 일본에 갔을 때 왜인들에게 활 솜씨를 보여준 일이 있었다. 거기서 날아가는 새 두 마리를 떨어뜨리니 왜인들이 탄복했다. 그때 이미 황진은 왜인이 쳐들어올 것을 예견했다. 보검 두 자루를 사자 의아해 하는 자들에게 "명년에 왜적이 반드시 쳐들어올 것이니, 이 보검으로 적을 섬멸할 것이다."라고 주저함도 없이 말했다.

홍계남은 장군들의 눈치를 보다가 어렵게 말을 꺼냈다.

"지금 왜군들은 십만 대군을 이끌고 진주성으로 오고 있습니다. 100년 이상이나 살육을 일삼아 왔던 저 야만인들은 근본부터가 다릅니다. 저런 무지막지한 왜군들은 또 무슨 잔악한 짓을 벌일지 모릅니다. 지금은 때가 아닙니다. 10만 대 6천이란 너무 버겁습니다. 그러니 일단 물러났다가 다음 기회를 엿보는 것이 좋을 듯합니다."

홍계남의 말이 끝나기도 전에 김천일 이하 모든 장수들이 화를 버럭 냈다.

"무슨 말을 하는 거야? 외로이 싸우겠다고 모여든 장수들과 병사들에게 도와주지는 못할지언정 훼방을 놓으려 하다니. 진주는 경상우도의 보장인 동시에 호남의 보장이다. 진주가 무너지면 호남도 쓰러지고 나라가 망한다. 나는 끝까지 내 땅을 지킬 것이다."

그들은 도우러 온 것이 아니라 진주성 전투를 한 번 더 생각해 보자는 것이었다. 세 장군의 뜻이 확고한 터라 어쩔 수 없이 홍계남과 선거이는 그 길로 진주성에서 함양으로 물러났다.

사실 진주성 안에는 수천 명의 병사만이 있었으며 사실상의 전투력은 터무니없이 부족한 상태였다.

또한 명군은 대구에 오유충, 남원에 낙상지 등이 각각 머물러 있었으나 조선 조정의 거듭되는 요청에도 불구하고 방관만 하고 있었다. 조선 조정에서는 원군의 투입이 거절되자 방어가 불가능하다고 판단하여 수성을 포기하라는 명을 내린 상태였다. 이러한 상황에서 상주 목사 정기룡이 상주에 주둔하고 있는 부총병 왕필적을 동반해서 진주성에 나타났다. 왕필적은 진주성을 한 바퀴 빙 둘러보고 성 북쪽에 파 놓은 해자(垓子)를 유심히 살펴본 후에 돌아왔다.

"진주성을 두루 살펴보고 왔는데 진주성은 천혜의 요새라 해도 과언이 아니오. 성 남쪽은 남강이 유유히 흘러내리고 성 북쪽은 깊은 해자를 파 놓았으니 제아무리 날고 기는 일본군이라 할지라도 함부로 덤비지는 못할 것이오."

그 자리에서 김천일은 왕필적에게 명군의 지원을 요청했다. 이에 왕필적은 쾌히 승낙했다.

"우리 명군이 조선을 도우러 왔는데 마땅히 도와드려야지요. 지금 총사령관인 유정 장군은 성주에 있으며 낙상지 장군은 함양에 와 있소. 그러잖아도 윗분들께서 내게 지원을 약속하겠다는 뜻을 진주성에 빨리 가서 전하라 하기에 그 명을 받고 왔소이다. 그러니 염려 말고 있으면 곧 우리 명군이 진주성 안으로 들어올 것이오."

주장 김천일을 비롯한 성 안의 장수들은 왕필적의 약속을 굳게 믿었다. 10만 대군을 며칠 동안만 버티어 낸다면 명나라 지원군이 나타나 그들을 도와줄 것이라 굳게 믿었다. 김천일 장군 이하 장수들과 병사들은 이제 진주성을 거뜬히 지켜 낼 것이라며 기쁨에 들떠 있었다. 이들은 성 안에서 김천일 장군과 수성 작전을 의논하며 화기애애하게 하룻밤을 보냈다. 장병들도 지원군이 온다는 말에 사기가 올라 궁시와 탄환을 장비하면서 전투 준비에 바빴다.

오늘이 며칠이던가. 뭉게구름 사이로 환한 달빛이 진주성 내에 구석구석 내려 앉아 있다. 한 낮의 설렘도 지나가고 모두들 잠자리에 들 늦은 시각이었다. 김천일 장군은 조용히 장수들을 불러 모은 가운데 나이 든 기녀를 불러 들였다. 지금 촉각을 곤두세워야 하는 전시이다. 나라의 흥패(興敗)가 달려 있는 시국이다. 전에 없이 김천일 장군의 싸늘한 말이 떨어졌다.

"보아하니 나이도 듬직한 것 같은데 며칠 전부터 조심성 없이 괴이한 헛소문을 퍼트리고 다녔다는 자인가?"

그 기녀는 조금도 주저하는 기색도 없이 결코 헛소문이 아니라고 말한다. 사실을 사실대로 말한 것뿐이라고 한다.

"그럼 그 사실이란 것을 지금 이 자리에서 말해 보거라."

그 기생은 장군들이 신경을 곤두세우고 있는데도 한 치의 망설임 없이 엄청난 말을 뱉어낸다.

"예, 제가 한 말은 이번 2차 진주성 싸움은 영락없이 조선군이 패배하여 우리 모두가 죽게 될 것이라고 했을 따름입니다."

"아직 싸움도 하지 않았는데 어찌 그리 방정맞은 말을 거침없이 할 수 있느냐?"

"예, 작년 1차 싸움에서는 비록 조선 군사가 적었으나 위계질서가 잘 되어 있을 뿐 아니라 김시민 목사를 비롯해서 전 장병이 한마음 한뜻이 되어 서로 사랑하고 존경하며 화합이 잘 되었으며, 무엇보다 모든 명령이 한 분에게서만 내려졌기 때문에 군율이 확립되어 마침내 대적을 물리쳐서 이겼습니다. 군은 다른 어느 조직보다 통수(統帥) 체계가 엄격해야 하는데, 오늘 이곳에 있는 군사들은 그 통수 명령이 관군과 의병이 따로 나누어져 있어 한 공간에 있어도 피차 화합이 잘 되지 않아서 걱정하고 있었습니다."

"싸워 보기도 전에 이 무슨 망측한 소리를 함부로 지껄이느냐, 당장 이 여인을 성 밖으로 내보내라."

그러나 김천일은 그 요망한 기녀를 그냥 두지 않았다. 그러잖아도 가슴이 타 들어가는 전쟁을 앞두고 그런 요망스러운 말을 내뱉는 여인을 활시위를 당겨 그 자리에서 쓰러뜨렸다. 싸움도 하기 전에 진주성에 떠도는 불길한 징조였다.

그렇게 또 하루가 지나갔다.

6월 20일, 이날은 동이 트기도 전에 사방에서 후덥지근한 바람이 불어오는가 하더니 여명이 밝아 오기 무섭게 성 안이 웅성거리기 시작했다. 비상사태에 있는 성 안의 장병들과 5만여 명의 피난민들은 새벽부터 일어나 오늘은 무슨 일이 일어날까 하고 모두들 긴장해 있었다.

기어이 적군의 선봉 기병 2백여 명이 진주성 외곽 마현(진주성 동북쪽 10리 지점)에 나타나 성 안의 동태를 살피기 시작했다. 성 안에서도 당장 행동을 개시(開始)했다. 복수 의병군 선봉장 오유와 적개 의병군 선봉장 이잠이 진주 무사 정국상과 함께 적진을 살피기 위하여 성 밖으로 나갔다.

이때 동북쪽 산 위에서 이 광경을 보고 있던 적군 1백여 명이 말티 고개까지 와서 우리 군사가 다가오기만을 기다리고 있었다. 갑자기 나타난 적의 기병을 보자 오유와 이잠은 언덕배기로 쏜살같이 말을 몰았다. 조금 후에 함께 갔던 정국상이 성 안으로 되돌아와 "갑자기 나타난 1백여 명의 적의 기병에 놀라 두 장수가 어디로 도망간 것 같습니다."라고 했다. 정국상의 보고를 듣고 있던 김천일이하 모든 장수들은 순간 얼굴이 음울해졌다. 이 외로운 성 안에는 지푸라기 하나라도 귀중했다.

그런데 이게 웬 일인가! 도망갔다던 두 장수가 되돌아온다는 전갈이 침묵 속에 빠져 있던 장군들 앞으로 날아들었다. 뿐만 아니라 두 장수의 말안장에는 적들의 수급이 매달려 흔들거리고 있었다. 갑자기 성 안에는 5만여 명의 피난민들과 합세해서 성 안이 떠나갈 듯 함성을 지르며 춤을 추는가 하면, 북을 치며 마치 개선장군을 맞이하는 것처럼 환호와 박수 소리가 성 안을 울렸다. 병사들의 사기가 크게 충천됨은 말할 것도 없었다. 전날 밤을 함께 보낸 왕필적이 이 광경을 보고 한편 애처롭기도 하고, 한편 조선 군사들의 애국 충정에 감탄해 마지않았다.

왕필적은 그 자리에서 또 한 번 약속했다.

"들던 바와 같이 조선의 병사들이 하나같이 이처럼 용맹스러움에 내 생각한 바가 많소이다. 내 어찌 조국을 위해 목숨까지 아끼지 않는 조선군을 보고 그냥 모른 체 하겠소. 내 빨리 가서 반드시 지원군을 이끌고 다시 오겠소이다."

그렇게 그는 구원병을 이끌고 다시 오마 굳은 약속을 하고 정기룡과 함께 그 자리를 떴다.

그에 앞서 김천일 장군은 배방으로 구원병을 요청했다. 적은 많고, 조정도 돌보지 않는 고립무원에 갇혀 있는 이 피 끓는 병사들, 주위에서 눈길 한 번만 돌려준다면 이 성은 반드시 지킬 수 있으리라 믿었다. 김천일은 양산숙과 홍함을 성주에 주둔하고 있는 유정에게 비밀리에 보냈다. 금산 전투에서 장렬히 전사한 고경명의 아들 고종후가 예의도 분수도 모르는 저 야만인들의 손에 내 나라가 짓밟혀서는 절대 안 된다며 지금 이곳의 애타는 심정을 구구절절이 써 보냈다.

유정에게 보냈던 양산숙이 땅거미가 내려앉을 즈음 돌아왔다. 모두들 그 어떤 희소식이 있을까 초조한 마음으로 양산숙 앞으로 모여 들었다.

"그래, 갔던 일은 어찌 되었느냐?"

양산숙은 어물어물거리며 입을 떼었다.

"그 애타는 심정을 호소한 글을 읽자 모두들 감격했습니다. 유정도 그 글에 감동되어 흐트러진 자세를 바로하며 좌정하고 들었습니다."

"그랬느냐, 그런데 유정 장군이 우릴 도와줄 의사가 있다더냐?"

양산숙은 차마 입이 떨어지지 않았다. 그러나 바른 대로 말할 수밖에 없었다.

유정은 성 안의 상황이 무척 딱하지만, 그렇다고 자신의 병력을 위험한 전쟁터로 보낼 의향은 전연 없었다. 화평 회담이 오가고 하는 중인데다 그나마 왜적은 10만 대군을 이끌고 오는데 섣불리 나서기가 힘들다고 솔직히 말했다. 김천일 장군은 무너져 내리는 마음을 간신히 바로잡고 천연스러운 듯 딴청을 피웠다.

"그런데 함께 간 홍함은 어디 가고 안 보이느냐?"

양산숙과 홍함은 가까스로 진주성까지 왔으나 적들이 동서남북으로 물샐틈없이 깔려 있어 도무지 성 안으로 들어올 수 없어 기회만 노리고 있는데, 그때 홍함은 말없이 사라져 버렸다.

"장군님, 저는 과거에 선친께서 이곳 목사이셨기 때문에 이곳 지리를 바늘구멍 꿰듯이 꿰고 있거든요. 그래서 하는 수 없이 땅거미가 질 때만 기다렸다가 남강을 헤엄쳐 성 안으로 무사히 들어올 수 있었습니다."

김천일은 유정의 소식을 듣고 순간 낙담해 있다가 양산숙의 기개에 다시 용기를 낼 수 있었다. 이렇듯 성 안의 용사들은 간악한 왜군들에게 이 성을 지켜 내야 한다는 굳은 의지로 똘똘 뭉친 눈물겨운 용사들이었다.

"밖에는 적들로 들끓는데 그 틈을 헤치고 다시 돌아오다니, 자네야말로 의기로 뭉친 진정한 용사가 아닌가."

모두들 그의 충정에 눈물을 글썽였다.

드디어 6월 21일, 새날이 밝아 오고 있었다. 장마가 시작되려는지 며칠간 찔끔거리던 비가 이날 아침에는 안개비로 변해 있었다. 아침 7시 경이 되었는데도 안개비가 온 성내를 둘러싸자 마치 어둑살이 드리워진 것처럼 주위가 선명하지 않았다.

그때 한 병사가 소스라치게 놀라며 외마디 비명을 질렀다. 깜짝 놀라 병사가 가리키는 곳을 자세히 보니 과연 일본군 기병 2백여 명이 동북쪽 고지를 둘러싸고 일제히 성 안을 굽어보고 있었다.

성 안 군사들도 질세라 피란민과 힘을 합쳐 함성을 지르며 북과 꽹과리를 치자 적들은 슬며시 빗속으로 사라져 버렸다. 음흉하기로 이를 데 없는 적들의 꿍꿍이속이 무언지 불안했다. 아니나 다를까 그로부터 두어 시간쯤 지나자 천지가 진동하는 듯한 말발굽 소리가 동북쪽 산등성이에서 울리는가 싶더니 급기야 끝이 보이지 않는 왜병들이 성으로 진군해 오고 있었다. 뒤이어 숨이 넘어 가는 듯한 척후병이 들이닥쳤다. 드디어 올 것이 오고야 말았다.

적들은 산 위에서, 말티 고개 쪽에서, 마치 성난 파도가 빠르고 거세게 밀려와 당장이라도 무언가 집어삼킬 듯이 덮쳐 오고 있었다. 행렬은 끝이 없었다. 과연 듣던 바대로 도요토미가 이 작은 성을 상대로 10만 대군을 풀어놓았구나.

끝이 보이지 않는 행렬은 오색찬란한 깃발 사이로 아침 햇살 아래 번뜩이는 창검을 휘두르며, 금방이라도 세상을 뒤엎을 것 같은 기세로 행군을 하고 있었다. 다만 천지를 울리는 듯한 10만 대군의 말발굽 소리만이 간장을 서늘하게 할 뿐, 함성 한 번 지르지 않았다.

때론 침묵의 위력이 그처럼 대단하다는 것을 보여 주듯이 그 자체만으로도 조선군을 옴짝달싹 못하게 했다. 그 광경을 지켜보아야 하는 성 안 병사들은 말문이 막혀 버렸다. 소리 한 번 지르지 못하고 그 자리에 털썩 주저앉아 눈앞의 광경을 지켜보아야만 했다. 10만 대군, 일찍이 10만 대군의 행렬을 본 적이 없었다. 그 행렬만으로도 기가 질려 버렸다.

김천일 장군과 최경회 장군이 서로 쳐다보며 난색을 표했다.

"장군, 과연 듣던 바대로군요. 도요토미가 1차 진주성 때 당한 보복이라나요. 참 한심한 자로군요. 조선 백성들이 그처럼 무참히 짓밟힌 것은 눈도 깜짝하지 않고 오히려 왜군들의 피해만 생각하고 이를 갈고 있다나요."

"도요토미가 전국은 통일했다지만 큰 그릇은 아니지요."

"최 장군, 막상 10만 대군을 눈앞에 마주하니 기가 질리는 것 같소만 이미 나라를 위해 바친 목숨, 무엇인들 두렵겠소."

"저 역시 그렇습니다. 조선의 남아로 태어나서 나라를 위해 이 한 목숨 바칠 수 있다면 그보다 더 영광이 어디 있겠습니까."

"최 장군 고맙소, 내 일찍이 최 장군의 고귀한 뜻을 익히 알고 있었소만, 오늘 적들을 눈앞에 두고 함께 의기투합할 수 있게 되어 정말 반갑소이다."

그렇게 그들은 끝까지 함께할 것을 하늘을 우러러 다짐했다.

위기 앞에 태연할 자 누가 있으며, 생명을 위협하는 적들 앞에 두렵지 않을 자 누가 있을까! 적의 상태를 보자 성 안의 모든 군사들과 피란민들이 어찌할 바를 모르는 것 같았다.

순간 논개와 서도식의 눈이 마주쳤다. 그들도 당황해 하는 기색이 역력했다. 싸워 보지도 않고 이래선 안 되겠다 싶었다. 논개는 우선 피란민들 앞에 나가 외쳤다.

"여러분, 1차 진주성 때도 3만 대 3천이었지만 우리가 대승을 하지 않았습니까. 어중이떠중이들만 모아 놓은 적들의 군사보다 우리 군사는 모두가 알찬 군사들이잖아요. 저들은 병든 군사, 부상을 입은 군사, 모두들 패잔병들입니다. 비록 적은 군사일망정 오늘 우리가 한마음 한뜻이 되어 성을 지키기로 약속한다면 이번에도 반드시 지켜 내리라 확신합니다."

논개의 말에 그제야 아이 어른 할 것 없이 간신히 정신을 차리고 마지못해 손뼉을 친다. 서도식 역시 일일이 군사들을 찾아다니며 힘과 용기를 북돋아 주었다. 그러나 논개도 서도식도 눈이 휘둥그레지지 않을 수 없었다.

10만 대군, 새삼 도요토미의 치밀한 계략에 놀라지 않을 수 없었다. 예전에 볼 수 없었던 10만 대군, 온 평야에 모래알같이 뒤덮인 적군, 그 자체부터 시시각각 숨통을 조여 오고 있었다.

드디어 적군은 총 한 번 쏘지 않고 최단 거리에 들어와 진주성을 사이에 두고 제1대(가토군)는 북쪽 방면을, 제2대(고니시군)는 서쪽 방면을, 제3대(우키다군)는 동쪽 방면을 각각 담당하고 예비대를 제외한 7만여 명이 1차 진주성 때와는 달리 물샐틈없이 세 겹으로 에워쌌다. 그리고 가장 안전하다고 생각하는 남강마저 일본 수군이 가로막아 버렸다.

순식간에 성 안 조선 병사들은 꼼짝 없이 갇힌 몸이 되고 말았다. 저 바깥의 첩첩이 둘러싼 10만 대군을 처치하지 않고는 살아서 세상 구경을 할 수 없는 고립무원의 처지가 되고 말았다. 주장 김천일이 정신을 가다듬고 휘하 군사들에게 명을 내렸다.

"조금도 흔들리거나 두려워해선 안 된다. 그리고 적들의 간교한 꾐에 넘어가서도 안 된다. 적들이 총을 쏘더라도 내 명이 떨어지기 전에는 절대 반응을 해서는 안 된다."

이 위급한 상황에서도 한 치의 어긋남이 없이 성 안을 쩌렁쩌렁 울리는 김천일의 목소리에는 지극한 위엄과 믿음이 서려 있었다. 김천일 장군의 명에 모두들 용기를 내어 장수들은 성 안을 두루 돌아다니며 병사들과 피란민들을 안심시키기에 바빴다. 최경회 장군 또한 늠름한 모습으로 병사들을 안심시키기에 여념이 없었다.

상복을 군복으로 갈아입은 최경회 장군, 일찍이 그의 고매한 인품과 덕망이 높아 그를 따르는 자들이 많았다. 그는 원래 일처리가 민첩하고 명령이 명백하여 진주성에 들어와서 김천일 장군과 함께 도절제를 맡았지만, 한 번도 의견이 맞지 않은 적이 없었다. 그는 먼발치서 논개가 피란민들 사이에 서 있는 것을 보니 새삼 가슴이 찡했다. 삼라만상이 아름다움으로만 가득 차 있을 꽃다운 나이에, 스스로 이 살벌한 전쟁터에 발을 들여 놓음은 과연 무엇을 위함일까! 그토록 말렸건만 한사코 진주성 전투에 참여할 것을 원하던 논개.

어느새 적군이 성을 포위한 그대로 한나절이 되었다. 적군은 바로 턱밑까지 접근해 와서 10만 대군을 동서남북으로 빈틈없이 배치시켜 놓고도 무슨 꿍꿍이속인지 한동안 아무런 행동도 취하지 않았다. 오히려 침묵이 조선군의 피를 말리는 순간이었다. 성 안의 병사들은 눈 하나 깜짝하지 않고 적들의 미세한 움직임에도 신경을 곤두세웠다. 10분, 20분……, 시간이 경과될수록 성 안의 군사들은 더 조바심이 났다.

"놈들이 예까지 쳐들어왔으면 무슨 행동이라도 있어야 될 게 아닙니까? 또 무슨 수작을 부리려고 저러는 겁니까?"

김천일 장군이, 눈썹 한 올 움직이지 않고 성 밖을 꿰뚫을 듯이 주시하고 있는 최경회 장군에게 속삭였다.

"장군, 우리는 이미 진주성에 목숨을 바친 사람들입니다. 놈들이 10만 아니라 20만이라도 두렵지 않습니다. 우리에겐 목숨을 아끼지 않고 저 무지한 자들에게서 기필코 진주성을 지켜 내야 한다고 스스로 걸어 들어온, 저 훌륭한 군사들이 버티고 있잖아요."

"고맙소, 우리는 어떠한 일이 있어도 이 성을 지켜냅시다."

두 장군은 한 번 더 비장한 각오로 진주성을 지키기로 약속했다. 그들은 누가 먼저랄 것도 없이 하늘을 우러러보았다. 여전히 말간 하늘에는 구름 몇 점이 유유히 흘러가고 있었다. 저 구름은 지금 어디로 흘러가는 걸까?

살을 저며 내는 긴 시간이 흘러갔다. 여차 하면 성 안에서도 사정없이 발사하리라 만반의 준비를 하고 있는데 도무지 아무런 일도 일어나지 않았다. 그렇게 정오가 되어 갈 무렵, 꼼짝도 하지 않던 적들이 갑자기 움직이기 시작했다.

성 안에서는 모두들 긴장해서 온몸이 굳어졌다. 이제야 공격을 시작해 오는구나! 모두들 활을, 총을 더 단단히 거머쥐고 있는데, 이게 무슨 일인가? 이건 또 무슨 얼토당토않은 수작인가?

수십만 대군이 햇살에 번뜩이는 창검을 들고 성을 두 겹 세 겹으로 둘러쌌던 포위망을 서서히 풀더니 그 자리를 물러가지 않는가! 성 안 군사들은 깜짝 놀라 장군들이 있는 곳으로 달려왔다. 두 장군들은 자신도 모르게 휴우, 의미도 불분명한 한숨이 가슴 저 밑바닥에서부터 입술 사이로 흘러 나왔다.

"놈들이 무슨 음흉한 계략을 꾸밀지 모르니 절대 경계를 늦추어서는 안 될 것이다."

한나절이 되도록 총 한 번 발사하지 않고 포위하고 있던 적들이 제멋에 겨워 그곳을 물러나더니, 이젠 진주성에서 조금 떨어진 개경원 산 중턱에서부터 말티 고개까지 세 곳으로 나누어 큰 진을 세웠고, 그 외 작은 진들은 큰 진들에 다닥다닥 붙어서 그 수를 헤아릴 수 없을 만큼 많았다.

한편 김천일에게 권유하러 왔던 선거이와 홍계남은 진주성에서 야단만 맞고 물러났지만, 그대로 두고 가려니 차마 발길이 떨어지지 않아 비봉산에 올라가 진주성을 굽어보니, 직군의 무리가 온 평야를 뒤덮었고 각양각색의 깃발이 그 넓은 진주 땅에 펄럭이며 10만 군의 말발굽 소리가 간담을 서늘하게 했다. 문득 사면초가(四面

楚歌)에 빠진 초나라 항우가 떠올랐다. 그야말로 멀리 진주성은 누구의 도움도 없이 사나운 10만 대군에 둘러싸여 꼼짝 못하는 상황에 놓여 있다.

다시 진주성으로 들어가고 싶어도 들어갈 수 없었다. 그렇다고 성을 지키고자 죽음도 불사하고 성 안에 갇혀 있는 내 형제들을 그냥 내팽개치고 갈 만큼 그들 역시 마음이 황폐해진 자들은 아니었다. 그들은 멀리 진주성을 흐려진 눈으로 바라보는 것 외에 아무것도 할 수 없었다.

이날 고성 의병장 최강과 이달 또한 진주로 구원을 갔으나 왜적의 어마어마한 군세에 눌려 들어갈 엄두도 못 내고 다시 고성으로 돌아왔다. 또한 명나라 이여송이 낙상지, 송대빈, 유정, 오유충 등에게 외로운 진주성을 구원하러 가라고 명했으나 형식적인 명령뿐이었다.

성 안에는 오롯이 6천여 명의 군사와 5만여 명의 피란민들뿐이었다.

그런데 적군들은 무슨 영문인지 아침부터 성을 첩첩이 둘러쌌던 포위망을 푸는가 싶더니, 얼마 지나지 않아 또다시 일부 부대가 진주성으로 미친 듯이 달려오고 있었다. 성 안에서는 초비상 사태가 벌어졌다.

"장군님, 이제는 정말 저 많은 적병들이 성을 치려는가 봐요. 소수의 부대가 정신없이 이곳을 향해 달려오고 있습니다."

한 병사가 얼굴이 새파랗게 질려서 숨이 턱에 닿으며 보고했다.

"각각 제 전투지로 가라. 그러나 내 명령 없이는 함부로 행동해서는 안 된다."

진주성은 앞은 남강이 흐르고, 남강 언저리 절벽 위에 세워진 곳으로 내성과 외성이 있고, 남쪽엔 강물이 흘러내리고 후방 삼면은 험준한 형세로 석벽을 높이 쌓아올린 매우 견고한 성이다.

고려 말 조선 초기의 문장가인 정이오(鄭以吾)의 기문(記文)에 '진주의 진산(鎭山)이 높직하게 구름 위에 솟았으며, 양 기슭이 길게 울퉁불퉁 옆으로 동서로 뻗었다가 다시 서로 감쌌다. 감싼 복판이 넓적하여 사방이 평평한데, 거기에 진주가 위치했다. 두류산 동남쪽 산골짜기 물이 모여서 강이 되어 남쪽으로 가로질렀다.'라고 했다. 그처럼 진주를 아름다운 고장으로 표현했으며, 예부터 동남쪽 산골짜기 물이 모여서 강이 되어 이른바 남강이라 하며 그 강물이 유유히 시내로 흘러내린다.

그와 같이 성 안 장수들의 의견으로는, 예부터 강물이 도도히 흘러내리는 남쪽 방면으로는 결코 적군이 침범할 수 없다고 생각했다. 다만 동문 쪽이 약한 편이라 전쟁 직전에 동문 쪽을 좀 더 높이 쌓아 올렸다. 그렇게 되면 적은 틀림없이 서북쪽을 칠 것으로 예상하고, 서북쪽 성벽 아래 호를 파고 물을 가득 채워서 늪으로 만들어 놓았다.

그렇게 성을 빙 둘러 동서남북 어느 한 곳도 빈틈없이 철저히 보완해 두었으니, 아무리 10만 대군이라 할지라도 감히 성 안을 넘보지 못할 것이라 생각했다. 그래도 이번에 성벽을 높이 쌓아 올린 동쪽 방면이 아무래도 걸렸다. 1차 전투 때와 같이 적들이 성 위로 기어오를 확률이 높은 동쪽 방면에 그 중 날랜 장수들과 장군들을 집결해 놓고 그곳을 철저히 단속하면 10만 대군을 물리치지 말라는 법도 없다.

성 안의 장군들과 병사들은 10만 대 6천이란 현실도 잊은 채 적들을 물리치리라 마음속으로 빌고 또 빌었다.

"어? 어?"

성 밖을 내다보던 장수들과 병사들은 하나 같이 외마디 단말마를 쏟아냈다. 왜군들은 예측불허(豫測不許)한 자들이었다. 겹겹이 에워쌌던 진을 해체하는가 하면, 서북쪽 방면에 그렇게 공을 들여 늪을 만들어 놓은 곳을 적들이 건드리고 있지 않은가. 이 무슨 해괴한 일이란 말인가. 성 안 병사들은 넋을 잃고 바라보기만 했다.

적들은 서북쪽에 파 놓은 해자의 물을 빼기 시작했다. 뿐만 아니라 바닥이 마를 때까지 기다렸다가 흙을 파와서 그곳을 메워 나가기 시작했다. 적들은 어디서 끌고 왔는지 조선 사람들을 강제로 끌고 와서 흙을 메우는 작업을 하고 있었다. 곧 탄탄대로가 되어버렸다.

속수무책으로 이를 바라보고만 있어야 하는 성 안의 군사들은 가슴이 타들어가고 있었다. 적들의 하는 짓을 강 건너 불구경 하듯 바라만 보고 있던 황진이 몸을 부르르 떨더니, 이놈들 당장 나가서 멸살해 버리겠다고 성 밖을 쫓아 나가려는 것을 최경회와 서도식

모두가 간신히 말렸다. 최경회 역시 분통이 터지는 것은 매한가지였지만, 그렇다고 섣불리 나갈 수도 없는 입장이다. 이날은 흙을 메우는 작업만 하고 놈들은 총 한 번 쏘지 않고 조용히 물러갔다.

그 밤이 지나고 22일도 여전히 대지에는 아침 햇살이 축복인 양 내려 앉아 있고 온 산천에는 싱그러운 나뭇잎들이 초록 물감을 풀어놓은 듯 푸르기만 한데, 우리 인간 세상은 어쩌자고 이렇듯 아귀다툼을 해야 하는지 야만족들이 원망스럽기만 했다.

동아시아 세계권에 포함시킬 수도 없는, 어느 작은 섬 한 귀퉁이에 보잘 것 없는 일본이란 나라가 모습을 드러내고부터 이웃 나라인 조선은 잠시도 편할 날이 없었다.

엄연히 구별 지어진 조선 땅을 자신의 땅인 양 생떼를 쓰는가 하면, 좀도둑마냥 기어 들어와 노략질과 같은 행패를 부리는 것도 모자라 평화롭게 살아가는 이웃 나라를 이처럼 피바다로 만들어 놓다니.

논개는 새벽부터 일어나 피란민들과 함께 성 안 사람들에게 아침 식사를 나눠주고 그제야 성벽을 둘러보니 성벽을 둘러싼 무궁화가 제철을 맞아 이제 한창이었다. 성 안에 들어와서 긴박한 상황들을 하루하루 넘기느라 무궁화가 저렇듯 환하게 웃고 있는 줄은 미처 몰랐다. 전쟁이 소용돌이치는 이 난국에도 무궁화는 여전히 제 임무를 다하고 있었다. 어떠한 고난도 꿋꿋이 이겨내는 백의민족의 얼이 담긴 무궁화를 마주 대하니 정신이 번쩍 난다.

'그래, 힘을 내자. 어떠한 역경도 이겨내는 무궁화와 같이 우리는 어떠한 역경이 닥쳐와도 끝까지 참고 견뎌야 한다. 비록 우리 군사가 적군에 비해 형편없이 적은 숫자라 할지라도 끝내 놈들을 물리치고 개선가를 부를 그날이 올 때까지 싸워야 한다.'

그러자 논개는 성 안의 피란민들에게도 병사들에게도 한 번 더 정다운 인사를 나누며 좀 더 용기를 내자고 다짐한다.

저쪽에서 최경회 장군이 장군들과 마주하고 심각한 얼굴로 작전을 짜고 있다. 조금 더 가까이서 보니 그이 또한 무척 피로해 보인다. 논개의 미세한 미소에 최경회 장군은 갑자기 힘이 솟는 듯하다. 조총이 비 오듯 쏟아지고 내일을 기약할 수 없는 험악한 격전지에서도 그들은 함께 있다는 것만으로도 행복했다. 비록 얼굴 한 번 마주 대할 짬이 없다 해도 한 공간에서 서로의 숨소리를 피부로 느끼며, 비봉산의 알싸한 소나무 향을 함께 마시며, 싱그러운 바람 사이로 무언의 사랑을 속삭이는 것만으로도 그들은 행복했다. '사랑'이란 단어를 채 깨닫기도 전에 그를 흠모하며 그를 동경하던 여섯 살짜리 꼬마 아이가 지금 이 살벌한 전쟁터에 함께 서 있다.

서도식이 저 멀리서 논개를 향해 응원을 보내준다. 부모님과 결별하다시피 하고 어느 날 갑자기 무예를 익힌 서도식은 말을 한 번 탔다 하면 말 그대로 비호같이 달린다. 활 솜씨도 칼 솜씨도 어느 누구 못지않았다. 성 안에서는 가장 젊고 용맹한 의병군이다.

일찍이 고려 때 이인로 역시 "진양의 시내와 산의 훌륭한 경치는 영남에서 제일"이라고 극찬할 만큼 아름다운 진주는, 비봉산이 북쪽에서 멈추었고, 망진산이 남쪽에서 읍하는 형세를 취하고 있다. 진주성은 진주의 진산(鎭山)인 비봉산에서 내려다보면 도심의 한 가운데로 흐르는 남강의 물과 도시 전체를 한 눈에 볼 수 있는 아름다운 경관 아래 웅장하게 지어진 성이라고 했다. 이처럼 아름다운 진주성이 또다시 놈들의 말발굽 아래 피비린내 나는 전장터가 되어야 하다니.

아침 7시 경, 적은 곧장 성 가까이 접근하지 않는 대신 기병 5백여 명이 진주성이 환히 내려다보이는 비봉산에 올라가 이리저리 말을 달리며 군세를 과시했다. 이에 성 안 병사들도 일제히 함성을 지르며 꽹과리와 북을 치며 대응했다.

그로부터 서너 시간 후였다. 갑자기 천지를 뒤흔드는 소리가 대지에 가득했다. 드디어 진주성 외곽에 물러나 진을 치고 있던 10만 대군이 용트림을 하기 시작했다.

10만 대군이 일시에 자리를 박차고 일어나자 흙먼지가 하늘 높이 치솟아 오르는가 하면, 말발굽 소리, 말 울음 소리, 인간의 찢어지는 듯한 함성 소리, 콩 볶는 듯한 조총 소리가 범벅이 되어 도무지 인간 세계가 아닌 듯했다. 한 인간 도요토미의 병적인 야욕으로 인해 이 아름다운 세상에 피비린내 나는 전투가 또다시 시작되었다.

마치 괴물을 연상하는 함성을 동반하여 10만 대군은 거침없이 진주성을 향해 달려오고 있었다. 동쪽 산 중턱에선 도요토미와 함께 2차 진주성 전투에 가장 앞장 선 가토 가요마사의 재1진이, 고니시 유키나가가 이끄는 제2진은 향교 앞에서, 동시에 괴성을 지르며 산이라도 집어삼킬 것 같은 기세로 달려들어 순식간에 성 주위를 둘러쌌다. 적들은 남강이 흐르는 남쪽을 제외한 동쪽 방면은 말할 것도 없거니와 해자의 물을 빼고 탄탄대로를 만들어 놓은 서북쪽 방면까지 한꺼번에 쳐들어왔다.

성 안에는 목숨을 건 6천여 명의 용사들이 도사리고 있었다. 적들이 총을 쏘면 맞대응하고, 적들이 성벽을 기어오르면 퇴치해야 했다.

이제 적은 적극적으로 공격하기 시작했다.

이윽고 가토 가요마사의 1진이 첫 공격을 해왔다. 성 안을 향해 조총을 쏘아 대는가 하면 기를 쓰고 성벽을 기어올랐다. 성 안에서는 이때라 생각하고 1진을 향해 집중 사격을 가하자 적군 30여 명이 그 자리에 쓰러지니, 그렇게 기세등등하던 적군은 목숨이 아까워 싱겁게 물러나 버렸다.

1진이 물러난 자리에 2진이 초저녁부터 공격을 해오기 시작했다. 적들은 1차 진주성 전투 때와 같이 긴 사다리를 동문 돌담에 기대어 놓고 사정없이 기어오르는가 하면, 높다란 산대 위에서 조총으로 사격을 가하기도 했다.

조선군 역시 그대로 갚아 주었다. 적군이 조총으로 사격을 가하면 성 안 군사들은 화살을 쏘아 적들을 물리쳤다. 성벽에 기어오르려고 갖은 수단을 다 쓰며, 심지어는 조총과 화포의 비호를 받으며 멍석을 깔아 놓은 사다리를 성벽 곳곳에 걸쳐놓고 기어오르면, 대나무로 만든 끝이 칼날같이 예리한 창으로 적을 찌르기도 하고 돌멩이로 적의 이마를 명중시켜 땅으로 떨어지게 하기도 했다. 그보다 제일 좋은 것은 펄펄 끓는 물을 한 찜통 내리부으면 더 이상 올라오지 못하고 포기하고 만다. 그도 아니면 볏단에 불을 붙여 던지든가 불화살을 쏘아 사다리를 불태워 버리기도 하며 숱한 작전을 다 써서 적들과 맞섰다.

성 안 군사들은 적군을 막아 내느라 기를 쓰고 맞대응했다. 양군은 좀처럼 승부가 결정지어지지 않았다. 그처럼 밀고 당기는 적군과 성 안 병사들의 줄다리기는 좀처럼 그칠 줄 모르게 이어졌다. 그렇듯 불꽃 튀는 치열한 공방전은 어둑살이 내려앉을 때까지 성벽을 사이에 두고 계속되었다.

적군에 비해 터무니없이 적은 성 안 군사들은 온종일 그 많은 적들을 상대하느라 몸이 열 개라도 부족했다. 수도 없이 밀려드는 적군을 처치하려니 적은 군사로선 감당이 불감당이었다. 적들은 끈질겼다.

100년 이상을 살육으로 점철되어 온 왜군들은 성벽 아래 셀 수 없을 정도로 많은 사상자를 내고도 물러갈 줄 모르더니, 밤이 깊어지자 그제야 가토 가요마사의 1진과 2진이 속속 꼬리를 감추었다.

1진과 2진이 물러나자 이젠 모오리 데루모도가 이끄는 3진과 4진이 그 자리를 대신해서 성난 파도처럼 사납게 밀어닥쳤다. 밤은 벌써 자정을 넘어서고 있었다. 그 밤은 달도 별도 이 피비린내 나는 인간 세상의 싸움을 외면한 채 천지를 암흑 그 자체로 만들었다. 여기저기서 조총 소리만이 깜깜한 어둠을 뚫고 쉬지 않고 들려오고, 말 울음 소리는 온 땅을 뒤흔들었다. 또한 성벽 아래는 긴 사다리를 기대어 놓고 기어오르려고 사력을 다하는 적들이 도무지 그 수를 가늠할 수 없을 정도로 새까맣게 붙어 있었다.

하루 종일 수많은 적들을 물리치느라 숨 돌릴 겨를도 없는데, 모습을 바꾸어 가며 또다시 개미떼서리처럼 덤벼드는 데는 적은 군사로선 도무지 감당하기가 벅차기만 했다. 그러나 성 안 군사들은 누구 하나 지친 기색 없이 적들을 향해 죽음을 각오하고 덤벼들었다. 한 놈을 쏘면 또 한 놈이 기어오르고, 멍석을 깐 사다리를 성벽에 거침없이 턱턱 갖다 대면서 모습을 바꾸어 가며 기어오르는 데는 정신을 차릴 수가 없었다.

서도식은 아직 젊은 혈기라 마음도 몸도 날랬다. 새카맣게 기어오르는 적에게 창을 던지기도 하며 끓는 물을 면상에다 붓기도 하며 닥치는 대로 방어를 해도 여전히 얼굴을 바꾸어 가며 기어오른다.

최경회 장군은 60이 넘은 나이임에도 지휘하랴, 몸소 싸우랴 정신이 없었다. 2년 가까이 자신의 몸은 돌보지 않고 오직 모친을 위해 잘 먹지도 입지도 않았던지라 몸이 무척 쇠약해져 있었다. 논개는 항상 걱정이었지만 입도 뻥긋할 수 없었다. 그러나 최경회 장군은 적군 앞에만 서면 젊은이 못지않은 용맹과 뛰어난 기상을 발휘해 논개도 놀랄 지경이었다. 논개 역시 다른 의병군들 틈에 끼어 돌을 나르는가 하면 적군을 향해 화살을 쏘며 몸을 아끼지 않고 싸웠다. 더구나 대포와 불화살을 쏴 대묶음과 편죽을 불태우니 적은 올라오지도 못한 채 성벽 아래는 시체로 쌓여 갔다. 여전히 적들은 사다리를 이용해 기어오르면 성 안에서는 끓는 물과 긴 창으로 적을 막아야만 했고, 볏단에 불을 붙여 사다리를 불태우는 일을 잠시도 쉴 틈 없이 되풀이 해야만 했다.

밤하늘에는 별빛 하나 없이 깜깜하기만 한데, 저 아래 남강은 진주성이 이렇듯 처참한 현실에 놓여 있는 것을 아는지 모르는지 유유히 흘러만 간다. 아마 남강이 이 사실을 안다면 무법천지인 저 야만인들을 몽땅 남강에 수장시켰을 것이다.

양 군의 콩 볶는 듯한 전투가 계속된다 싶더니 어느덧 새벽이 가까워 오고 있었다. 싸움이 길어질수록 양측의 사상자가 나오는 것은 피할 수 없는 일이었다. 아까운 성 안 군사들 역시 많은 사상자가 나왔지만, 성 벽 아래는 수많은 왜군들의 시체가 차마 보기 힘들 정도로 무더기로 쌓여만 갔다.

이윽고 제3진과 4진 역시 첫 공격에 나선 1, 2진과 같이 아무런 이득도 얻지 못하고 수많은 사상자만 낸 채 멋쩍게 물러났다.

10만여 명의 왜군들은 한 부대가 물러나면 또 한 부대가 달려들고, 또 한 부대가 물러나면 또다시 덤벼들었다. 아무도 돌아보지 않는 6천여 명의 성 안 군사들로선 난감하기 이를 데 없었다.

모두들 안타까워했다. 조정에서 관군들이 조금만 눈을 돌려준다면 10만 대군도 문제가 없을 텐데, 지금까지 얼마나 잘 싸워 왔는데…….

명나라 장군 왕필적은 성 안에 와서는 말만 비단같이 늘어놓더니 이렇듯 한 사람이라도 더 필요한 때에 언제 그랬느냐는 식이었다. 하긴 내 나라 군사들도 꿈쩍도 하지 않는데 명군들이 남의 나라를 위해 목숨을 바치려 하겠는가.

오늘 하루만 해도 적들은 낮에 3차례, 밤에 4차례나 공격해 왔다. 밤이 이슥해지자 성 안 군사들은 눈 붙일 틈도 없이 첫 교전을 했던 1진과 2진이 재충전하여 5진과 합세한 왜군들을 또다시 상대해야 했다.

성벽 아래 산더미 같이 쌓인 시체를 짓밟으며 적들은 물밀듯이 들이닥쳤다. 적들은 벌써 세 차례나 교대를 해가며 싸움을 걸어오지만, 6천 명의 성 안 군사들은 그 많은 적들을 아침부터 밤이 새도록 상대하려니 몸이 열 개라도 남아나지 않았다. 조금도 쉴 틈이 없다. 잠을 잘 수도 없다. 성 안 군사들은 마음과는 달리 시간이 흐를수록 몸은 지쳐 갔다.

도저히 이래선 안 되겠다 싶어 강희보가 김천일과 최경회 장군을 찾아왔다. 강희보 역시 파리 떼처럼 끈질기게 달려드는 적을 상대하느라 금방이라도 쓰러질 것 같았다.

"장군, 아무리 생각해도 이대로 가다간 큰일 날 것 같습니다. 적은 아무리 처치해도 끝도 없이 밀려드는데 저 많은 적군을 상대하기란 우리 적은 군사로선 어림도 없습니다. 이제 겨우 하루가 지났는데 모든 군사들이 기진역진(氣盡力盡)해 있습니다. 제 좁은 소견이지만 한 말씀 드려도 되겠습니까?"

"좋은 의견이 있으면 말해 보시오."

"이대로 가다간 며칠을 더 견뎌내지 못할 것 같아요. 그러니 재빠른 군사를 내보내어 성에서 멀지 않은 곳에 있는 관군의 지원을 요청하는 게 어떻습니까?"

"좋은 생각이지만 총알이 빗발치듯 하고 온 사방에 적들이 진을 치고 있는데 성 밖을 나갈 자가 있겠소?"

그러자 서도식이 번개처럼 나서서 자신이 가겠다고 한다. 그는 이미 의병군으로 들어올 때부터 나라를 위해 몸 바치리라 각오한 터였다.

"성을 지키는 것도 중요한 일이니 자네는 여기서 성을 지키고, 이 일은 내 부하 임우화에게 맡기는 것이 좋을 듯하네."

그리하여 도탄 의병장 강희보의 충복 임우화가 가기로 했다. 그 역시 목숨을 바쳐서라도 임무를 완수하고 오리라 맹세했다. 그렇게 해서 김천일과 최경회는 서도식은 성 안에 남고 임우화를 내보내기로 결정지었다.

"그러면 자네가 수고 좀 해 주게. 성 밖에는 사방에 적들이 깔려 있으니 조심 또 조심해야 하네. 이 걸음에 나가서 도원수 권율 장군에게 풍전등화에 처해 있는 진주성의 위기를 사실대로 말해 주게. 구원병만 오면 얼마든지 우리가 이길 확률이 크다고도 말해 주게."

그 길로 임우화는 조금도 서슴치 않고 적들의 눈을 피해 성 밖으로 발을 내디뎠다. 모두들 그가 무사히 돌아오기를 바랄 뿐이었다. 성 안의 군사들은 이미 목숨 같은 건 내어 놓은 지 오래였다. 그는 성 밖에 적들이 우글거리는 동문을 조금 비껴서 요행히 잘 빠져 나갔다.

말에 채찍질을 가하며 성 밖을 한동안 달려 나왔는가 했는데, 적들이 사방에 깔려 있다가 결국 놈들의 손에 붙잡히고 말았다.

적군은 성 안에서 생각했던 것보다 훨씬 더 많이 깔려 있었다. 성 아래는 적군의 시체가 차마 눈 뜨고 볼 수 없을 정도로 군데군데 산더미 같이 쌓여 있었다. 일본인들은 살육을 아무 거리낌 없이 일삼는다는 말을 절감했다. 저렇게 많은 동지들이 죽어가는 데도 기어이 끝장을 보아야 한다는 저들의 잔인성이 못내 안타까웠다.

적들은 이제 횡재를 만났다는 듯이 공격을 할 때마다 성 안에서 마음대로 활을 쏘지 못하게 임우화를 방패삼아 맨 앞에 세워 놓았다.

조총 소리에 놀란 논개는 곧바로 활을 들고 성 밖을 내다본다. 삶과 죽음의 경지에서 오락가락하던 하루가 지난 6월 23일이다. 어제 아침부터 시작되어 밤을 하얗게 새우며 적군과 사생결단을 하다가 닭이 홰를 치는 새벽녘이 되어서야 잠시 잠잠해 지는가 했다. 그 틈을 타 만신창이가 된 성 안 군사들이 잠깐 눈을 붙였다가 천지를 뒤흔드는 조총 소리에 깜짝 놀라 일어나 보니 새벽 미명이 밝아오고 있었다.

적군은 이날도 날이 채 새기도 전에 공격의 끈을 늦추지 않았다. 여전히 성 안을 향해 어제와 같은 공격을 해왔다. 또한 놈들은 셀 수 없을 만큼 성벽에 기대어 어떻게든 성 안으로 들어오려고 난리를 치고 있다. 성 안에서도 잠깐 눈을 붙인 결과 새로운 용기가 났다.

"끝까지 놈들을 상대해야 한다."

김천일 장군의 호령 소리에 모두들 성 밖을 향해 활시위를 당긴다. 때를 같이 하여 서쪽 방향에서 군사들을 향해 "한 번 더 용기를 내서 싸우자."는 최 장군의 비장한 호령 소리가 성 밖에서 난리법석을 떠는 왜군들의 요란한 소리를 뚫고 성 안을 울렸다.

이날도 아침 해가 뜨기 전에 공격해 오던 왜군들은 하루해가 비봉산 꼭대기를 넘어가기까지 물러나지를 않았다. 그러자니 양측에서는 사상자만 늘어나고 있는 상태였다. 성 밖 적군들의 시체가 산을 이룰 만큼 쌓여가는 한편, 성 안에서도 그토록 내 땅을 지키고자 사력을 다해 싸우던 병사들이 하나둘 줄어들기 시작하자, 성 안 장군들과 병사들의 가슴은 비수로 도려내는 듯한 아픔을 견뎌내야만 했다. 이렇듯 10만의 군사로서 성을 침략하기는 고사하고 성 밖에 사상자가 늘어만 가니 왜군들은 전법을 달리했다.

이미 사흘 전, 서북쪽에 늪을 매운 도로로 벌떼처럼 기어들어오는가 하면, 현 상태로는 도저히 성 안을 넘볼 수 없으니 성 안 군사들의 눈을 현혹시켜 비밀리에 성 안으로 통히는 지하 굴을 파기 시작했다. 그러나 성 안에서는 단박에 알아차릴 수 있었다.

그즈음 김천일 장군은 잠시 서 있는 것도 무척 부담스러워 보였다. 원래 몸이 허약하고 평생 잔병치레를 해온데다, 밤잠을 설쳐가며 연일 적들을 상대한 탓에 몸이 허약해질 대로 허약해져 있었다. 보다 못한 양산숙이 장군에게 가마에 오를 것을 권유하였으나 극구 사양하다가 결국엔 양산숙의 뜻에 따르기로 했다. 그는 가마에 실려 성을 돌아다니면서 밤낮없이 병사들을 격려하며 용기를 북돋아주었다.

몸이 허약하면 헛것이 보인다고 했던가. 김천일 장군도 최경회 장군도, 아니 성 안 모든 병사들은 벌써 3일째 쉬지도 못하고 잠도 제대로 잘 수 없었다. 그러나 어떻게 하든 진주성만큼은 지켜야 한다는 신념 하나로 깡다구로 버티고 있었다. 자칫 와르르 무너질 것 같은 몸을 한사코 붙들고 있었다.

성 안에서는 겨우 6천여 명의 군사로서 밀물처럼 밀려드는 10만 대군을 밀어내고 있는데, 조정에서 관군들이 조금만 눈을 돌려준다면 틀림없이 승산이 있는 전투일 텐데. 너무나 안타까웠다.

도요토미 히데요시는 1차 진주성 전투로 인해 땅에 떨어진 위신을 되찾으려 전 군(全軍)을 진주성 공격에 투입시켰다고 한다면, 조선은 나라를 되찾고자 하는데도 조정에서 나 몰라라 하고 있지 않은가.

군사라 해보았자 자진해서 들어온 경상우도와 충청도의 관군과 전라도 의병뿐이다.

실로 명군이 개입하기 전부터 전황은 이미 왜적에게 불리하게 작용하고 있었다. 왜군들에게 빼앗겼던 성을 하나하나 되찾음과 동시에 왜군들이 전면적으로 후퇴를 하는 양상이었다. 특히 각처에서 벌떼처럼 일어나는 의병들의 활약으로 왜군들은 많은 저지를 받았으며 무엇보다 군량 확보에 큰 어려움을 겪게 되었다.

왜군이 쫓겨 갈 때 조선군이 당장 뒤따라가 왜군을 치려하니 오히려 방해만 놓는 명군 때문에 이러지도 저러지도 못하고 이 지경까지 오다니. 이미 왜군들은 포기한 상태였는데, 다 이긴 싸움이었는데. 그땐 얼마든지 패잔병들을 남김없이 쳐 없앨 능력이 조선군에게는 있었는데. 왜군들은 오죽했으면 조선에는 도대체 의병군이란 게 무어냐며, 저들은 그런 군이 없는데 조선의 희귀한 군사로 말미암아 자신들의 계획이 엉망이 되었다고 분노를 터트리곤 했다니.

그처럼 왜군이 기울어졌을 때 끝까지 따라가서 씨를 말려 놓았으면 오늘과 같은 이 피비린내 나는 전투를 다시 겪지 않아도 되었을 텐데. 명군이 개입해서 도망가는 왜군을 뒤쫓지 못했으니. 그럴 때 좀 더 확실하게 밀고 나갔더라면 이 지경까지 오지 않았을 텐데. 우선 당장 왜군의 포악한 행패가 수그러들고 편해지자 조선은 금방 왜군의 잔악함을 잊었는가 보다.

10만 대 6천이란 수적으로 성 안 군사들이 너무나 열악했다.

곽재우는 다른 의병을 입성시켜 수성군을 증원하려는 작전 명령에 대해 싸워보지도 않고 지레 겁을 내어, 적의 군세를 "천하에 능히 당해낼 수 없는 형세"로 파악하고 도저히 삼리고성(三里孤城)을 지켜낼 수 없으니 "차라리 자결할지언정 입성은 않겠다."고 발뺌을 했던가. 그럼에도 김천일, 최경회, 황진 등은 진주성을 포기해서는 안 된다는 굳은 신념 하나로 사수를 결심했던 것이다.

지금까지 성 안 군사들은 잘 싸워왔다. 그러나 수적으로 너무나 불리한 상황에 처해 있는 지금 조금만 더 군사를 몰아주기를 성 안 장군들과 병사들은 얼마나 애타게 기다렸던가.

햇살이 중천에 떠있는 정오쯤이었다. 김천일이 최경회와 함께 성의 누각에 올라 전투 지휘를 하고 있는데, 문득 저 멀리 비봉산 아래를 바라보니 기세도 당당하게 이곳을 향해 달려오는 군사들이 있었다. 때를 같이하여 척후병이 득달같이 달려왔다. 척후병은 숨을 몰아쉬며 '장군님! 장군님!' 하며 말을 잇지 못한다.

"장군님, 비봉산 쪽에서 지금 이곳을 향해 급히 달려오는 군사들이 있습니다. 아직 잘 모르지만 아마 후원군이 아닌가 싶습니다. 좀 더 자세히 보고 다시 보고하겠습니다."

아, 얼마나 기다리던 원군이었던가! 그러잖아도 이제 막 달려오는 군사들을 발견한 두 장군들은 '혹이나?' 하고 있는 찰나, 척후병의 보고에 확신을 가졌다. 다시 한 번 자세히 보니 흙먼지를 뒤집어쓰고 달려오는 군사들은 고립무원에 갇혀 있는 성 안의 응원군임에 틀림없다. 두 장수는 반가움에 못 이겨 체면도 불구하고 서로 얼싸 안고 엉엉 울었다.

"최 장군, 이제 됐어요. 이제 됐어요! 이 모든 게 장군의 덕행에서 온 선물이오."

"아닙니다. 주장 어른의 숭고한 뜻이 이루어진 것입니다."

그들은 좋아서 어쩔 줄 몰라 했다. 당장 종을 울려 다른 누각에 있는 장수들에게 알리자 장수들 역시 기쁨에 못 이겨 한동안 서로 응원군을 보느라 순간 전투까지 마비된 상태였다. 아, 얼마나 기다렸던 원군인가. 성 안 군사들은 이제야 살았다는 듯이 원군이 오는 산자락에서 눈을 떼지 못했다.

그런데, 아! 이게 어찌된 일이냐!

김천일과 최경회는 급기야 얼굴이 새하얗게 질려 그 자리에 털썩 주저앉아 버렸다. 그처럼 바라던 지원군이 아니라 오랑캐의 무리들이었다. 그렇게 자신 있게 말하던 왕필적은 어찌되었으며, 관군들은, 명군은 어찌되었느냐. 얼마나 지원군을 바랐으면 그처럼 헛것을 본단 말인가!

살을 저미는 순간이 지나갔다. 김천일은 높은 망루에서 진주성을 내려다본다. 삼국 시대부터 왜적을 막기 위해 벼랑 위에 자리잡은 천혜의 요새인 진주성, 남쪽으로는 진주 시내를 에워싸면서 도도히 흘러내리는 강물을 내려다보며 절규했다.

"응원군이 와서 저 악랄하기 그지없는 놈들을 시퍼렇게 흘러가는 남강에 쑤셔 넣든지, 아니면 갈가리 찢어버려야 그나마 속이 시원할 텐데…….”

왜들을 당장이라도 쳐 죽이고 싶은 원수였다.

진주 출신인 하명은 육순의 나이로 자신의 고장인 진주성을 떠나지 못하고, 모쪼록 진주성과 운명을 함께 하기로 결심하고 스스로 성 안으로 들어와서 2차 전투를 처음부터 끝까지 목격한 사람이다. 하명은 김천일 장군의 간장이 타는 듯한 절규를 바로 옆에서 듣고 그 역시 가슴이 미어지는 듯했다.

그러나 하늘이 무너져도 솟아날 구멍이 있다 했던가. 곧이어 척후병의 보고가 또 한 번 귀를 번쩍 뜨이게 했다.

“장군님, 지금 성 밖을 내다보십시오.” 하며 가리키는 곳을 보니 이번엔 분명 우리 병사들이었다. 언뜻 보니 소수의 병사가 바늘구멍만 한 빈틈도 없는 적진을 헤집고 번개같이 달려오는 군사들이 있었다. 가슴을 진정시키며 자세히 보니 전 진주판관 최기필이 이끄는 60여 명의 의병들이었다.

최기필은 충렬에 불타는 혈기 왕성한 31살이었다. 최기필은 진주성이 적에게 몇 겹으로 둘러싸이게 되자, 분함을 주체치 못하고 가슴 저 밑바닥에서 터져 나오는 울음을 삼키며 의병을 이끌고 익숙한 지형을 이용하여 용케도 성 안으로 들어왔다. 성 안 군사들은 감격해서 말을 잇지 못하고 서로 얼싸안고 눈물을 흘릴 뿐이었다. 얼마나 외로웠던 병사들이었던가. 얼마나 기다렸던 원군이었던가. 단 한 명도 그들에겐 너무나 반갑고 소중했다.

"저렇듯 벌떼처럼 우글거리는 놈들을 어떻게 따돌리고 성에 들어왔는가?"

"죽음을 각오하고 번개처럼 들어왔습니다."

"과연 조선의 진정한 군사로다."

"남자로 태어나서 구질구질하게 살기보단 내 나라를 위해 죽는 것이 마땅하지 않습니까. 더구나 진주성은 우리에겐 얼마나 중요한 곳입니까. 만일 우리가 진주성을 잃게 된다면 경상도, 충청도, 전라도는 결코 안전하지 못할 것이며, 또한 내가 나라의 은혜를 입었은 즉, 어찌 산속에 두더지처럼 숨어서 구차하게 목숨을 연명하기를 바라겠습니까."

그가 성 안으로 들어오자 성 안은 순식간에 활기를 띠었다. 다시 한 번 충성을 다짐하며 비록 적은 군사이지만 죽기를 각오하고 끝까지 분투한다면 틀림없이 성을 지킬 수 있을 것이라 믿었다.

논개 역시 신이 났다. 그가 성 안으로 들어와서 논개와 함께 군량 보급을 맡아 병사들의 끼니 문제를 함께 해결하니 모두들 흡족해 했다.

이와 때를 같이하여 남강 건너편에서도 고성 의병장 최강과 이달이 1차 진주성 대첩 때처럼 고립무원에 처해있는 진주성을 구원하러 달려왔다. 그러나 성 주위를 물샐틈없이 가로막고 있어서 도저히 들어올 수 없었다. 심지어 남강에도 키카와 히로이에가 이끄는 8천여 명의 수군이 도사리고 있어서 성 밖까지 와서 안타까이 성만 바라보다가 후퇴할 수밖에 없었다.

그뿐만이 아니었다. 그들을 따라온 진주와 함안의 피란민 3백여 명이 왜군에 포위되어 버렸다. 늦게야 이 사실을 안 최강은 죽음을 무릅쓰고 적중으로 뛰어들어 수 시간 동안이나 격전을 벌인 끝에 기어이 피란민들을 구출해 낼 수 있었다.

최강과 이달이 성 밖까지 왔다가 촘촘히 둘러싼 적군들에 의해 기회만 엿보다가 그냥 돌아간 이후부터 진주성은 그 누구의 도움도 받을 수 없는 외로운 성이 되고 말았다. 6천여 명의 군사들과 피란민들이 갇혀 있는 성 안에서는 오늘이나 내일이나 그토록 기다렸건만, 기껏 그뿐이었다.

무도한 살인자의 무리에 불과한 오랑캐들은 오늘 낮 동안 3차례나 성 안을 향해 공격했지만 오히려 성 밖에 시체만 가득 쌓일 뿐, 그때마다 목숨을 건 성 안 군사들에게 퇴치 당했다.

이제나 그칠까 했지만 어두운 밤에도 또다시 공격해 오기 시작했다. 또 다른 적병들이 얼굴을 바꾸어 가며 밀어닥쳤으나 성 안 군사들은 결사적으로 대항한 결과 이번에도 왜적들을 물리칠 수 있었다. 이날 하루 동안 낮에는 3전 3퇴, 밤 역시 4차례의 공격을 사력을 다해 물리쳤다. 이처럼 왜군들은 밤낮을 가리지 않고 결사적으로 공격해 오고 있었다. 이러한 왜군의 기세에 눌려 명군은 거창, 남원 등지에 있었으나 진주성의 위기를 모른 척했다.

남원에 주둔하고 있던 낙상지, 송대빈 군은 부총병 사대수로부터 진주성을 구하라는 명령을 받았음에도, 마지못해 구례까지 진출한 뒤 진주성 가까이는 얼씬도 하지 못했다. 갈수록 성 밖과 성 안에는 시체만 쌓여 갔으나, 그 밤을 지내고 새날이 밝아오기 무섭게 여전히 아침부터 조총 소리, 말 울음소리, 인간의 비명 소리를 헤집고 또다시 아비규환의 격전이 이어졌다.

6월 24일, 벌써 4일째나 연이어지는 격전이다. 적군은 갈수록 더 많은 군사를 동원시켜 악착같이 달려들었다. 왜군은 마치 악마에 씐 것처럼 성 안을 향해 미친 듯이 날뛰었다. 이번에는 기필코 저 얄미운 성벽을 넘어뜨리고야 말겠다는 듯이 눈에 핏발을 세워가며 공격하는가 하면, 사다리를 성벽에 빈틈없이 세워놓고 진드기처럼 달라붙었다.

성 안에서는 모든 화포를 총동원하여 사격하는 한편, 성벽 아래에 접근하는 적의 기마병들은 비격진천뢰(도화선이 감긴 나무를 진천뢰에 넣고 불을 붙이면 화약이 폭발해서 내부에 있던 철 조각들이 사방으로 튀는 무기)로 한꺼번에 수많은 적군들을 쓰러트렸다. 적군은 4일 동안이나 끈질기게 공격해왔지만 저들에게 남는 거라곤 성벽 아래 자꾸만 쌓여가는 시체더미일 뿐 아무것도 없었다. 성 안 역시 아까운 병사들을 갈수록 잃어만 갔다.

적은 숱한 술수를 다 썼다. 성문 밖에 두 개의 기둥을 세워 그 위에 널빤지로 얼기설기 집을 지어 그곳에서 성 안을 향해 조총과 불화살을 쏘면 우리 군도 더 높은 집을 지어 그에 대응했다. 그런가 하면 성벽을 따라 흙과 모래를 쌓아올려 그 위에 울타리를 세워서 성 안을 공격했다.

그보다 적군은 보기에도 괴이한 또 다른 신형 무기도 등장시켰다. 소위 거북차라는 것이었다. 그것도 이순신 장군의 거북선을 모방해서 뒤늦게 적장 가토와 구로다가 고안한 것이라 했다. 그것을 왜적이 최초로 만들었다고 자랑하는 공성 기구라 한다면 싸움만 일삼던 왜적들도 알 만했다.

실로 왜군들은 전쟁의 달인이라지만, 병법서를 해독할 수 없어서 전쟁에 진다고 했던가. 더구나 조선 사신이 일본에 가면 일본인들이 모여 들어 시(詩) 한 수를 써 달라고 매달렸다고 하지 않았던가.

그들이 만든 거북차는 바퀴가 달린 사륜차 위에 견고한 나무 궤짝을 올려놓고 그 안에 들어가 손으로 밀어 앞으로 나가거나 뒤에서 줄을 당겨서 후퇴하는 식으로 만들어졌다. 그래도 궤짝 밖에는 소가죽을 수백 차례 씌워서 웬만한 화살이나 탄환은 막아낼 수 있다는 것이다.

성 안 병사들은 괴상하게 생긴 거북차를 보자 불안해하는 눈치였다. 논개 역시 최기철과 음식 준비를 하다가 조금은 동요가 되었다. 몇 날 며칠을 끈질기게 달라붙는 적을 물리치느라 잠은커녕 잠시도 쉬지 못하고 결사적으로 싸운 결과 지금까지 잘 견뎌 왔지만, 왜적들은 언제 물러날지 알 수 없는 판국에 또다시 괴이한 물건을 등장시키니 과연 이 싸움이 언제 끝날지. 이 상태로 가다간 성 안 군사들이 지쳐서 적들을 끝까지 막아낼 에너지가 남아있을지 걱정이었다. 처음부터 조정에서 적극 협조했더라면 틀림없이 이기는 싸움이었는데 안타깝기만 하다.

임진년, 갑자기 들이닥친 오랑캐들에 의해 조선 백성들이 그토록 유린당했던 일이 엊그제인데 안일한 생활에 길들여진 조정과 관군들은 그때 일을 벌써 까맣게 잊은 듯, 왜(倭)들의 음흉한 계책에 말려들어 우선 편하고자 공성론을 주장하며 이처럼 적은 군사로써 싸우는 성 안 군사들을 모른 체하고 있다니! 명군 역시 왜적과 대적할 무력(武力)을 보유하고 있었지만 공성론(空城論)을 앞세워 외면하고 있었다.

사실 진주성 방어전은 조정이 버린 전쟁이었다. 수많은 조선군과 명군이 진주성 인근에 주둔하고 있었지만 어느 누구도 달려오지 않았고 모두가 눈을 돌려버린 상태였다.

벌써 나흘째나 10만 대군을 상대하다 보니 이제 무기도 거의 다 써버렸다. 언젠가는 지원병이 달려오리라 예상하고 보유하고 있던 무기는 거의 바닥이 나 있는 상태였다.

저 정도의 거북차라면 전 같으면 비격진천뢰나 명군이 가지고 있는 불랑기포나 대장군포 등으로도 얼마든지 부숴버릴 수 있었을 텐데, 놈들의 간교한 꾐에 벌써 동이 나고 말았으니 정말이지 통탄할 일이었다.

김천일 장군과 최경회 장군은 넋을 잃고 멀거니 바라보기만 했다. 또다시 어떤 대책을 세워야 할 텐데 도무지 그 어떤 여지가 없었다.

그런 와중에도 하는 수 없이 진주목사 서예원을 직위 해제하고 대신 사천현감 장윤이 임시로 그 직을 맡게 되었다. 성 안 병사들도 무척 흡족하게 생각했다. 그러나 그뿐, 여전히 달라붙는 불안감은 떨쳐버릴 수 없었다. 성 밖에서는 거북차를 대동하여 고함소리와 말발굽 소리 조총 소리가 끊임없이 이어진다. 적군을 대항할 무기도 없는 성 안 군사들은 적들의 총탄에 무려 1백여 명이 희생되었다.

6월 25일이었다.

성 안에 갇혀서 옴짝달싹도 할 수 없는 조선군과 달리 적들은 조총과 화포의 물량을 넘치도록 받아가며 벌떼처럼 달려들었다. 그런가 하면 전번에 실패한 토산을 또다시 만들기 시작했다. 그 위에 높다란 망루를 세워 망루에서 성 안을 내려다보며 조총과 화포를 사정없이 쏘아대기 시작했다.

기가 막혔다. 비격진천뢰만 있어도 저런 것쯤은 금방이라도 날려버릴 텐데, 가슴이 타들어가기 시작했다. 보다 못한 황진이 팔을 걷어붙이고 앞장서서 직접 흙을 나르자 성 안에 있던 피란민들이 너도나도 일어나서 부지런히 흙을 쌓아 올렸다. 얼마 안 가서 성 안에도 토산 하나가 덩그러니 만들어졌다. 황진은 그 위에 우물 정(井)자 모양의 망루를 세우고 망루 위에서 현자총통을 쏘아 결국 적군의 망루를 부수어 버렸다. 그러나 왜군은 또다시 망루를 세워 조총과 화포로 성안을 향해 공격을 쉬지 않았다. 성 안 군사들은 야단들이었다.

"장군, 적을 무찌를 화포가 없습니다. 빨리 화포를 갖다 주셔야 적을 무찌를 수가 있습니다."

무기라도 넉넉하게 있었더라면 적군을 물리칠 수 있을 텐데 무기도 바닥이 난 상태에서 성벽에 기어오르는 적을 물리치랴, 망루 위에서 성 안으로 무차별로 쏘아대는 적군을 상대하랴 도무지 어떻게 대처해야 할지 몰랐다. 이런 때 게으른 조정과 관군들이 나서준다면 저 야만족들을 얼씬도 못하게 물리쳐 버릴 텐데, 무기가 없어 고스란히 당해야 한다는 것은 개탄할 일이었다.

결국 아침부터 무기도 없는 상태에서 벌떼처럼 달려드는 적군을 막는다고 했지만, 한 나절도 덜 되어 기어이 서북쪽 방면의 성벽이 뚫리게 되었다. 순식간에 적들은 성벽을 기어올라 성 안으로 넘어들어오기 시작했다. 갑자기 적군이 성 안으로 밀려들어오기 시작하자 성 위를 지키고 있던 병사들이 어쩔 줄 몰라 했다. 당장 눈앞에 왜군들이 조총을 앞세우고 끝없이 성을 넘어 들어오자 모든 병사들이 그 자리를 떠났다.

그를 본 황진이 대검을 뽑아들고 병사들이 도망친 자리로 뛰어가서 성 안으로 들어온 적군을 차례대로 베어 나가기 시작했다. 황진의 악에 찬 칼날에 나뒹굴어지는 시체가 삽시간에 무덤을 이루었다. 황진은 눈에 뵈는 것이 없었다.

"이 잔악무도한 왜놈들아, 너희들에겐 이 황진의 칼날도 아깝다.

그래, 덤벼라. 나는 충의에 죽고 충의에 사는 사람이다. 오늘 이 황진이 드디어 죽을 자리를 찾았구나. 바로 이 자리에서 죄 없이 당하는 내 백성들을 위해 끝까지 싸우다 죽으리라."

황진은 닥치는 대로 놈들을 베어 나가기 시작했다. 황진이 오른쪽으로 목을 베고 왼쪽으로 어깨를 찌르면서 성난 사자와 같이 달려드니, 도망치던 병사들이 일시에 모여들어 합심하여 적을 무찔렀다.

그러자 성 안으로 무더기로 넘어와 있던 적들이 눈이 휘둥그레지더니 싸움은커녕 도망치기에 바빴다. 미처 도망가지 못한 적들은 죽든 살든 그 높은 성 밖으로 뛰어내리다가 다리가 골절되기도 하고 온몸이 피투성이가 되기도 했다. 이날은 황진의 용맹으로 위기를 면할 수 있었으나 그 다음날은 어떠한 상황에 처하게 될지 아무도 모르는 일이었다.

그렇게 또 하루가 지난 6월 26일이었다. 아침부터 먹장구름이 하늘을 뒤덮는가 하더니, 적은 거북차를 동반하여 생전 처음 보는 짐승의 생가죽을 덧씌운 나무 궤를 머리와 등에 메고 또다시 성벽을 기어오르기 시작했다.

성 안에서도 그냥 있을 리 없었다. 장정이 겨우 들 수 있을 정도의 큰 돌을 아래로 굴리는가 하면 끓는 물을 성 아래로 사정없이 부었다. 돌이 굴러떨어지는 소리가 지동치는 것 같았고, 끓는 물에 데어서 여기저기서 발악하듯 소리쳤다. 왜군들의 나무 궤짝이 처음엔 효력이 있는가 하더니 성벽을 기어오를 때는 성 안의 다양한 반격으로 서로 밀치고 짓밟으며 달아나기에 바빴다. 적은 얼굴을 번갈아가며 2차 3차로 공격해 오며 잠시도 쉴 틈을 주지 않았다. 성 안에서도 여자나 노인, 어린이 할 것 없이 피란민 모두가 나서서 물을 끓여 오는가 하면 돌을 주워 오기도 하며 병사들을 도왔다.

적은 이날도 동문 밖에 토산을 쌓고 망루를 세워 조총을 쏘다가 아무 성과가 없자, 급기야는 성 안의 초가를 향해 불화살을 쏘아대자 금방 여기저기 산재해 있던 초가에 불이 옮겨 붙으면서 붉은 불꽃과 시커먼 연기가 하늘 높이 치솟으며 성 안이 불바다로 변해버렸다.

황진이 분을 못 이겨 당장 성 안의 망루에 올라가 총통과 화포를 쏘아 적의 망루를 산산조각으로 내어버렸다. 성 안의 피란민들은 다 같이 나와서 초가에 옮겨 붙은 불을 끄느라 분주했다. 그러나 워낙 여기저기 불이 붙어서 좀처럼 불길을 잡을 수가 없었다.

그런데 이게 웬일인가, 아침부터 잔뜩 찌푸려 있던 날씨가 때를 맞추어 굵은 빗방울이 뚝뚝 떨어지며 땅을 적시기 시작했다. 모두들 반가워 어쩔 줄 몰라 했다. 불은 그렇게 끄게 되었지만 그나마 얼마 남지 않은 화살의 화력이 현저히 줄어들고 군사들도 기진맥진해 있었다. 그뿐인가, 석축으로 쌓은 성벽이 적들이 얼마나 쇠망치로 부수고 때리고 했던지, 거기에 비까지 맞으니 기어이 성 한쪽 모퉁이가 비실비실하더니 무너져 내려앉기 시작했다.

이럴 수가! 지금까지 적은 군사로서 목숨 걸고 막아낸 결과가 기껏 이런 것이었던가. 그처럼 많은 사상자를 내면서까지 성벽을 타고 성 안으로 들어오려고 노력했으나 헛수고였는데, 이렇게 비로 인해 맥없이 성벽이 무너져 내리니 성 안에서는 우왕좌왕했다.

왜군들은 이게 무슨 횡재냐는 듯이 당장 적의 한 부대가 빗속을 뚫고 무너진 틈으로 기어들어 와서 괴성을 지르며 미친 듯이 날뛰었다.

성벽이 허물어진 쪽을 지키고 있던 장군은 거제현령 김준민이었다. 그는 이제신과 함께 북변을 수비할 때부터 이름 난 장군이었으나, 서얼이라는 관계로 일찍 관직에 오르진 못했지만 일찍부터 용력으로 이름이 난 장군이다. 그는 산천군 단계에서도, 1차 진주성 때도 큰 공을 세웠으며 용맹이 삼군(三軍)에서 으뜸가는 장군이었다.

비는 앞을 분간할 수 없을 정도로 점점 더 거세게 쏟아지고 있었다. 적들은 용케도 억수같이 쏟아지는 비를 뚫고 꾸역꾸역 들어오고 있었다. 김준민은 한 걸음에 달려가 창과 칼을 꼬나잡고 닥치는 대로 찌르고 부수었다. 이미 자신의 곁에 있던 병사들은 보이지 않았다. 김준민이 떨거지로 몰려온 적군들 사이에서 혼자서 이리 뛰고 저리 뛰며 적군 사이를 헤집고 다니자 그의 온몸엔 적의 선혈이 낭자했다.

그는 칼이 부러질 때까지 싸웠다. 칼이 부러지자 창으로 찔렀다. 김준민의 창을 받는 왜적들은 영락없이 나동그라졌다. 수도 없이 밀려오는 적들을 혼자서 해치우자 창이 부러지고 칼이 부러지니, 맨주먹으로 싸웠다. 생명을 걸고 싸우니 무서운 것도 두려운 것도 없었다. 그가 좌충우돌할 때는 어느 누구도 감히 덤벼들지 못했다. 그는 적군에 둘러싸여 마지막 남은 힘이 다할 때까지 싸우고 또 싸웠다. 급기야 남은 힘을 다 소진해서 힘없이 쓰러질 때까지 적을 무찌르다 장렬하게 최후를 맞이했다.

뒤늦게 김준민 장군이 홀로 적들에 싸여 용전분투하다 쓰러져 가는 것을 보고 군사들이 달려갔으나, 이미 때는 늦었다. 자신의 장수가 쓰러진 것을 본 군사들은 눈이 뒤집혀서 죽음을 각오하고 덤벼들어 그나마 헐렸던 성벽을 도로 찾을 수 있었으나, 그토록 훌륭한 장수를 잃은 슬픔에 목 놓아 통곡해도 가신 님은 돌아올 줄 모르고 영원히 잠들어 버렸다.

이처럼 훌륭한 장군을 잃어버린 슬픔을 채 가누기도 전에 벌떼처럼 달려드는 적을 무찔러야 했다. 이번에도 병사들의 결사적인 항전으로 적들을 물리칠 수 있었다. 이날 낮 동안 세 차례나 더 쳐들어 왔다가 의병군들의 결사 항전에 밀려나고, 밤에도 여러 차례 진격했으나 성 안 병사들의 적극적인 대항에 물러났다. 그러나 김준민 장군의 죽음에 병사들은 실의에 빠져 있었으며 언젠가는 지원군이 오리라 그토록 바라던 실낱같은 희망도 사그라들고 있었다.

10만 대 6천, 아무리 날랜 군사들이라 해도 그건 아예 게임도 되지 않는다고 비소(誹笑)를 금치 못했을 것이다. 그러나 성 안 군사들은 무지한 오랑캐들의 손에 더럽히지 않으려고 그 얼마나 피눈물 나는 노력을 했으며, 그 얼마나 훌륭한 장수들이 목숨을 바쳐가며 내 땅을 지켰던가!

오늘로서 벌써 7일째 되는 날이다. 도요토미가 작은 성을 침략하기 위해 일본의 전 군(全軍)을 동원했을 때는 금방이라도 성을 빼앗으리라 생각했겠지만, 오히려 성 아래 부지기수의 시체만 남길 뿐, 이레째 되는 오늘까지 아무런 성과도 올리지 못했다.

적들은 초조해지기 시작했다. 10만 대군을 거느리고 올 때는 까짓 6천 명쯤이야 했겠지만, 조선군의 필사적인 항전에 오히려 저들의 군사만 떼죽음을 당하기만 하니 왜군으로서는 몸이 달았다. 그러나 조선의 군사들이 존재하는 한 왜적도 어찌할 수가 없었다.

이날 아침에도 전날과 같이 다시 높다란 언덕을 만들기 시작했다. 그것도 동문과 서문 밖에 다섯 군데나 토산을 쌓아올려 놓고, 아군의 화살과 총포를 막기 위해 대나무 울타리를 친 다음 수천 명이 숨어서 한꺼번에 조총을 발사했다. 그러자 성벽을 방어하던 성 안 병사들이 한꺼번에 수백 명이나 적들의 총탄에 맞아 전사하는 안타까운 일이 벌어졌다.

그러잖아도 성 안에 들어오고부터 논개는 최기필을 도와 가능한 한 아낙네들과 함께 식사 담당만 하도록 했지만, 총알이 빗발치는 격전지에서 안이하게 그냥 보고만 있을 수 없었다. 논개가 최경회 장군의 부인이며, 아직도 애티가 가시지 않는 아리따운 여성이라는 것은 왜군들 사이에 쫙 퍼져 있는 사실이기 때문에 언제 어느 시에 또다시 논개를 납치해갈지 항상 몸을 사려야 했지만 논개는 언제나 전투에 나섰다.

이날도 아침 일찍 활을 들고 총총걸음으로 동문 쪽으로 가다가 몸을 피할 사이도 없이 그대로 쓰러졌다. 멀리서 병사들이 달려와 논개를 들쳐 업고 동문에서 격전을 벌이고 있는 서도식에게로 달려갔다. 최경회 장군은 지휘하느라 앞뒤 돌아볼 사이도 없었다. 서도식의 눈이 한동안 초점을 잃은 듯하더니 그래도 안도의 숨을 쉬었다. 다행히 큰 상처가 아니라 총탄이 팔을 스치고 지나간 것이었다. 간신히 응급 처치를 하자 논개가 그제야 정신을 차렸다. 서도식의 잔소리가 터져 나왔다.

"여기는 적은 군사로서 십만을 상대해야 하는 불을 토하는 전쟁터입니다. 약삭빠른 남자들도 웬만해선 살아남지 못하는 곳입니다. 만약 마님이 잘못되면 최 장군이 힘을 잃고 엉망이 되면 어쩌려고 그럽니까?"

전날과는 달리 격앙된 목소리의 서도식은 조금은 화가 난 듯했다.

"죄송합니다. 항상 걱정만 끼쳐 드려서."

논개는 진심으로 미안했다. 아무리 약삭빠르고 날래다 해도 역시 여자는 여자라는 생각에 한편 씁쓸했다.

적들은 처음으로 저들의 계획이 먹혀 들어갔다 생각하고 또다시 거북차에 숨어서 성벽 바로 아래까지 와서 쇠몽둥이로 성벽을 뚫기 시작했다. 성 안 병사들도 그냥 보고만 있지 않았다. 어느 누가 죽음 앞에서 태연자약할 수 있을까만, 성 안 군사들은 오직 무지한 야만인들의 손에 성을 넘기지 않겠다는 변함없는 투지로 지금까지 견뎌오며 적은 군사로서 수많은 적들을 감당해 내지 않았던가.

이를 본 김해부사 이종인이 강궁으로 대여섯 명의 적을 죽이고 잇따라 화살을 쏘아 거북차를 망가뜨려버렸다. 이어 황진은 마른 풀을 한 다발 뭉쳐 기름을 바른 후 불을 붙여 일제히 거북차 위로 던지게 하니 거북차는 물론, 그 안에 타고 있던 적들이 모조리 타 죽었다. 이러한 기치(旗幟)는 적군의 거북차가 모습을 드러낸 후부터 성 안 장군들이 고심한 끝에 착안해낸 결과였다.

그즈음 전라도 순천 의병장 강희보는 자신의 충복 임우화의 사건이 자신의 잘못인 양 항상 가슴 아파하며 죄책감에 시달렸다. 그날 이후 유달리 총탄이 쏟아지는 적진에 뛰어들어 앞장서 싸우던 그였다.

광양시 산천 마을에서 무과에 급제한 강희보는 원례 구례 석주관에 근무하던 중, 임진왜란이 일어나자 당장 2백여 명의 의병을 이끌고 경상도 단성에서 적의 호남 진출을 저지하며 나섰다. 이처럼 나라를 위해선 목숨도 아끼지 않는 우리의 군사들이었다.

큰 아버지 강인상도 세 아들과 의병을 거느리고 단성으로 합세했으나 적들이 워낙 집요하게 달려들자, 강희보는 다시 1백여 명의 의병을 이끌고 적들을 견제했다. 그가 6월 초 먼저 진주성에 입성하고, 6월 18일 동생 희열과 사촌 형제들도 진주성에 합류했다. 이처럼 큰아버지와 사촌 형제들까지 이 위험천만한 진주성에 들어와서 목숨을 건 전투를 하고 있었다.

이날도 강희보는 적의 거북차를 쳐부수려고 맨 앞에서 맹활약을 하다가 기어이 적들의 조총에 맞아 쓰러지는 안타까운 일이 또다시 일어났다. 조국을 위해 맹렬히 싸우던 또 한 장군을 잃은 슬픔을 애도할 사이도 없이 적들을 막아내기에 혈안이 되어 있었다.

적들은 잠시도 틈을 주지 않고 마지막 남은 해가 비봉산에 걸릴 때쯤, 또다시 북문 쪽으로 쳐들어와 성 안으로 들어오려고 갖은 수단을 다 썼다. 왜군들이 조총을 앞세워 잠시도 쉬지 않고 쳐들어오는데 두려움에 떨지 않을 자 누가 있을까만, 오직 나라를 지키겠다는 신념 하나로 성 안 병사들은 기를 쓰고 버티어 나갔다.

이번에도 이종인이 앞장섰다. 10만 대군 앞에 무서움에 주춤하고 있는 병사들을 수습하여 적군과 과감히 맞섰다.

이미 무기가 바닥이 난 것을 파악한 적들은 악귀처럼 달려들었다. 잠깐 주춤했던 조선군은 다시금 힘을 내어 적들을 막아내는데 혼신의 힘을 쏟아냈다. 그 결과 역시 저녁에도 철궁을 쏘아 적군의 중심부를 박살내어 적들을 물리칠 수 있었다.

이레가 되는 지금까지 적들의 무수한 공격을 받아왔지만, 성 안 군사들은 그때그때마다 아슬아슬하게 적군을 물리칠 수 있었다.

이처럼 적은 군사로 10만 대군을 상대해서 끄떡없이 7일간을 버티자 왜군들도 어쩔 수 없었던가 보다. 적들도 성을 함락한다는 건 도저히 불가능한 짓이라 판단하고 먼저 손을 내밀었다. 적들은 조금 전 북문 부근에서 전투가 있은 지 한 시간여 가까이 되자, 일본군 총사령관인 우키다 히데이에의 명의로 한 장의 편지가 날아들었다.

"일본인은 전쟁을 아주 사랑한다. 학문과 예의 대신 칼과 창을 휘두르는 것을 일본인은 자랑으로 삼고 있다. 성을 빼앗는 것은 시간문제니 그렇게 되면 진주성 안의 군사들은 물론이려니와 죄 없는 백성들까지 한꺼번에 살육하는 것은 인간으로서 할 일이 아니다. 그러니 강화할 뜻이 있다면 그쪽 장수 한 사람을 우리 진영으로 보내어서 함께 의논하자. 그러면 너희 모두들 생명은 안전하게 해 줄 것이다. 강화할 뜻이 있다면 전립을 벗어서 의사를 표시하라. 6월 27일 우키다 재배"

진주성의 총 지휘자 김천일이 우키다 히데이에의 편지를 받아들고 최경회 장군과 여러 장군들을 불러 놓고 그들의 의견을 듣기로 했다. 그들의 대답은 한결같았다.

적군의 조총이 무서웠으면 아예 성 안에 들어올 생각도 않았으리라.

"여러분들의 의견을 묻고 싶소, 어찌하면 좋겠소?"

대쪽 같은 장군들이었다. 생명을 부지하기 위해 적들과의 타협이란 있을 수 없는 일이었다. 성 안 장군들과 장수들을 대신해서 김천일이 그 자리에서 회신을 썼다.

"우리는 본시 성을 위해 싸우다 죽을 각오를 한 사람들이다. 그러나 너희들은 각오해야 할 것이다. 이제 머잖아 명의 지원군 30만 명이 너희들을 추격해서 모조리 죽여 하나도 남기지 않을 것이다."

이 일이 있은 후로 성 안의 장병들과 백성들은 끝까지 성을 지킬 것을 한 번 더 다짐하는 계기가 되었다.

6월 28일, 벌써 여드레째 되는 날이다. 적들은 전보다 더 날뛰었다. 전날 저들과 강화 협상이 어긋나자 적군은 한밤중 어둠을 이용해 성벽의 돌을 상당 부분 빼내어 놓았다. 하필이면 서예원이 지키고 있던 서쪽 방면이었다. 마침 이종인이 순찰 차 그곳을 지나다 성벽이 금방 무너질 것 같은 위기에 놓여 있는 것을 보자 깜짝 놀라 서예원을 질책하고, 그길로 황진을 찾아가 비상 대책으로 성 안 병사들을 신속히 집결시켜 놓았다.

또 하루가 시작되는 날이 서서히 밝아오기 무섭게 적군은 또다시 극성을 부리기 시작했다. 도도히 흘러내리는 남강 쪽은 어쩌지 못하고, 간밤에 성벽의 돌을 빼낸 서쪽과 동쪽, 북쪽 방면에서 성을 타고 오르는가 하면 유난히 서쪽 방면에서 적들이 우글거리고 있었다.

적들의 낌새를 미리 타진한 성 안 병사들도 그냥 있지 않았다. 미리 준비해둔 화살과 총통, 그리고 끓는 물과 큰 돌 등을 성벽을 기어오르는 적군들을 향해 수없이 퍼부었다.

논개는 아직 팔에 상처가 가시지 않았지만 모든 군사들이 목숨을 걸고 싸우는데 상처 같은 건 문제가 아니었다. 논개는 큰 가마솥에 물을 끓여서 여인네들과 물동이를 가져 나르기도 하며, 큰 돌멩이를 가져 오기도 하며 제 정신이 아니었다. 성 안 병사들과 피란민들이 합심해서 결사적으로 대항하니, 적군의 집중적인 공격에도 서쪽의 성벽은 좀처럼 무너지지 않았다.

성벽을 헐어본다고 펄펄 뛰던 적군들도 끓는 물에, 총탄에 견뎌내지 못하고 한순간에 무너져 버렸다. 오히려 성벽 아래는 눈 깜짝할 사이에 1천여 명의 적군의 시체만 널브러져 있었다. 좀도둑처럼 야밤중에 기어 들어와 돌을 빼내는가 하면, 수일 동안이나 성을 침범하려고 갖은 수단을 다 쓰던 적군들이 무더기로 쓰러지자, 성 안 병사들로선 오랜만에 쾌거를 거둔 셈이다. 모두들 얼싸안고 춤을 출 지경이었다.

그때 황진이 성루에 올라서서 성 아래 부지기수로 쌓여 있는 시체를 내려다보며 오늘의 승리를 자축했다.

"적의 시체가 호 속에 넘쳐나는 것을 보니 천여 명은 족히 되겠구나. 오늘 싸움은 정말 대승이라 할 수 있겠구나."

황진은 미처 10년 묵은 채증이 내려가기도 전에 그 자리에 쓰러져 버리는 일을 당하고 말았다. 그는 정신이 가물거리는 중에서도 눈을 부릅뜨고 자신의 칼끝으로 적진을 가리키다가, 끝내 그의 활기찬 모습을 더 이상 보여줄 수 없게 되었다. 하필이면 생쥐처럼 시체 더미 속에 숨어 있던 적군이 쏜 조총 한 발이, 운 사납게도 나무판에 튕겨 황진의 왼쪽 이마에 와서 꽂히고 말았다. 말 그대로 눈 깜짝할 사이에 하늘이 무너지는 일을 당할 줄을 어느 누가 짐작이나 했을까! 조선의 비극이요, 성 안 사람들의 불행이었다.

이종인이 이미 가신 님을 붙안고 가슴을 치며 통곡하자, 성 안의 모든 이들이 피를 토하는 속울음을 삼켰다.

조정도, 권율, 곽재우 등도 눈을 돌리는 진주성 전투에 천리를 멀다 않고 달려온 황진. 끝까지 앞장서서 적군을 물리치던 장수. 모두가 존중하고 아꼈던 황진. 조선과 진주성이 걱정되어 어떻게 눈을 감았을까! 이종인이 가슴을 쥐어뜯으며 황진의 시체를 모셔 삼밭에 염하였다. 다시는 그의 활기찬 얼굴을 볼 수 없는 병사들과 백성들은 넋을 잃고 속울음을 토해냈다. 단장의 슬픔이라더니 이를 두고 한 말인가. 가슴이 찢어지는 아픔에도 혹이나 왜군들이 눈치 챌까 마음대로 울지도 못했다.

찌뿌듯하던 하늘이 끝내 비를 몰고 왔다. 가슴을 치며 통곡하는 성 안 사람들의 눈물이었다. 성 안 사람들의 피를 토하는 눈물에 섞여 비는 그치지 않고 땅을 적시고 있었다.

과연 진주성 전투는 조정이 버린 전쟁일까, 끝내 우릴 버리려 한단 말인가. 조금만, 조금만 힘을 실어준다면 얼마든지 이길 수 있는 전투인데. 결국 권율 장군의 술 한 잔이 그를 위한 마지막 이별주였던가!

성 안에 들어온 후부터 황진은 비봉산에 황혼이 질 때쯤이면, 가신 님을 그리듯 서쪽을 하염없이 쳐다보곤 하는 것이 하루의 일과였다. 이제나 저제나 원군의 옷자락이라도 보이지 않을까 눈이 시리도록 쳐다보아도 야멸스럽게도 해는 넘어가 버리고 그렇게 기다리던 원군은 오지 않았다.

살아생전 황진은 얼마나 원병을 기다렸던가. 그는 많이도 원하지 않았다. 이미 왜군은 패잔병으로 쫓겨 가는 판국이었고, 그들 중에는 다리를 다친 자, 병든 자투성이인데 조정에서 단 1만 명이라도 보내준다면. 그들이 와서 적의 배후를 치고, 부산과 진주 사이에 걸친 양도(糧道)를 몇 곳에만 끊어 버린다면 적은 머잖아 후퇴할 것인데.

더구나 이치 싸움에서, 행주산성 전투에서 죽음도 함께 나눈 권율 장군 역시 사면초가(四面楚歌)에 처해 있는 성 안 군사들을 끝내 모른 체한다는 것을 못내 한스러워 하지 않았던가. 순식간에 황진을 잃은 슬픔을 성 안에서는 감당할 길이 없었다. 김천일은 말문이 막혀 버렸다.

그처럼 성 안 병사들을 한 점 흐트러짐 없이 이끌어 가던 황진. 죽음도 불사하고 선두에 서서 용감히 싸워 기진맥진해 있는 병사들의 사기를 북돋우어 주던 황진. 그러나 언제까지나 황진을 잃은 슬픔에 싸여있을 수도 없었다. 적군은 쉬지 않고 달려든다. 조금만 틈새를 보여도 그쪽으로 달려가 성 안의 공세를 늦추지 않는다.

황진의 죽음에 서도식은 세상을 잃은 것 같았지만 당장 쉬지 않고 달려드는 적군을 막아내느라 갈팡질팡하였다. 조금 전까지만 해도 훌륭한 황진 장군 옆에 바짝 붙어서 그의 지휘 아래 전투를 했지만, 이제 그도 없는 성 안을 적군은 온종일 개미떼서리처럼 몰려들어 성 안 병사들의 가슴을 시시각각 서늘하게 했다.

성 안에서 황진을 잃은 슬픔으로 실의에 빠져 있을 때, 일본 나고야 성에서는 명나라 사신이 9일간의 강화 회담을 끝내고 본국으로 돌아가는 날이었다.

조선이 배제된 양국 간의 강화 협상은 저희들 마음대로였다. 명군이 제시한 7조 가운데 3항, 일본군은 조선에서 완전히 물러간다. 4항, 조명 연합군은 철수하는 일본군을 공격하지 않는다 등이었다.

그리고 일본이 제시한 조건 중 4항에, 조선 8도 가운데 4도(경상도, 전라도, 충청도, 경기도)는 일본이 통치하기로 한다, 5항에는 조선의 왕자와 대신 한두 명을 일본에 인질로 보낸다. 7번째 조항에 조선의 권신이 일본에 영원한 항복을 한다, 등등이었다.

조선을 배제한 양국 간의 협의안은 조선 측에선 어림도 없었지만 그들 간에도 아예 성립될 수 없는 조건들이었다.

- 11 -

그예 아흐렛날이 도래하다

어제 황진의 가심을 하늘마저 슬퍼하더니, 이날도 하늘에는 금방이라도 비를 퍼부을 것 같은 먹장구름이 무겁게 드리워져 있다. 아침부터 또 얼마나 왜군들에게 시달려야 할지 모른다. 아흐레가 되자 성 안 군사들은 10만 대군에게 시달려 몸과 마음이 지칠 대로 지쳐 있었다. 그러나 모든 병사들은 다시금 힘을 내어 오늘도 왜들이 어떻게 공격해올지 모르는 가운데 하루가 시작되었다.

그보다 황진의 빈자리가 너무 커 보여 최경회는 황진의 후임을 서예원으로 대체했다. 하지만 황진의 죽음이 서예원의 잘못으로 기인했다는 병사들의 눈총에 서예원은 전립을 벗어 땅바닥에 내팽개쳤다. 그러고도 서예원은 서예원대로 분이 풀리지 않아 군막을 뛰쳐나갔다. 최경회가 그 소식을 듣고 당장 서예원을 불러 엄벌에 처하려다 간신히 참고 대신 사천현감 장윤을 진주목사로 재(再)임명하는데 그쳤다.

그러나 성 안 병사들의 고군분투(孤軍奮鬪)한 노력에도 불구하고 연이어 불운이 겹쳐 오고 있었다. 장윤은 성 안 병사들의 노고를 격려하기 위해 성 위를 순시하던 중 적의 탄환을 맞고 쓰러져 버렸다. 성 안에서는 이런 어처구니없는 비운을 겪고도 사정없이 달려드는 적군을 막느라 슬퍼할 겨를도 없었다. 적들이 금방이라도 성벽 위로 넘어 들어올 것 같은 위기감을 느끼며 성 안 병사들은 죽기 아니면 살기로 덤벼들었다.

명군은 고사하고라도 조정과 권율, 곽재우가, 아니 모두가 원망스러웠다. 조선의 운명을 걸고 온 힘을 다해 적과 싸우는 진주성 군사들을 어찌 이리도 외면한단 말인가. 진주성이 고립무원에 있는 줄 번연히 알면서도 이렇듯 무심하다니! 조금만, 조금만 힘을 실어준다면.

한 순간도 쉴 틈 없이 아귀처럼 달려드는 적들을 막아내느라 최경회 장군도, 김천일도, 병사들도 벌써 며칠째 눈을 붙여 보지도 못하고 손목이 시리도록 활을 당기고 칼을 휘둘렀다. 그들의 간절한 소망은 이 절체절명(絕體絕命)의 순간에 단 만여 명이라도 지원군이 달려온다면 저렇듯 날뛰는 적군을 한 방에 보낼 수 있을 것이란 생각뿐이었다.

왜군은 이미 평양성 전투에서 패배한 후 계속 남쪽으로 쫓겨 내려오던 형편이었기 때문에 조선 조정이 함께 힘을 실어준다면 왜군쯤은 거뜬히 이길 수 있을 것이다. 왜군들이 부산 앞바다에 갈까마귀 떼처럼 쳐들어오던 때를 벌써 망각해버렸는지 조정에서는 그림자조차 비치지 않는다.

성 안에서는 성을 지키기 위해 8일 동안이나 사투(死鬪)를 벌이면서 구원을 청하는 사자를 수없이 보냈건만 어느 누구도 말 한 마리, 아니 옷깃 하나 보이지 않는다. 혹이나 달려올지도 모를 지원군을 기다리며 하루에도 몇 번이나 서쪽 하늘을 올려다보아도 끝내 지원군은 그림자조차 얼씬거리지 않는다. 하다못해 오래전에 바닥난 무기라도 가져다 줄 수 있다면…….

짐승을 방불케 하는 왜군은 아흐레째인 이날도 새벽이 밝아 오자마자 또다시 막무가내로 쳐들어오기 시작했다. 6천여 명의 군사로서 10만 대군을 물리쳐야 하는 성 안 병사들은 끝내 오지 않는 기다림으로 가슴이 짓물러져 가고 있었다. 눈앞에 전개된 현실은 오직 세 겹 네 겹으로 둘러싸인 고독한 진주성만이 성 안 군사들을 간직한 채 끝까지 정교한 모습 그대로 지켜주기를 응원해 주고 있었다.

이날 적장 가토와 구로다는 다시 거북차를 3대나 끌고 와서 동문 성벽 밑으로 바짝 접근시켰다. 그러나 성 안에서는 아무 짓도 할 수 없었다. 전과 같이 거북차를 한 방에 망가뜨릴 화포가 바닥난지 오래였다. 너무나 안타까운 일이었다. 화포라도 있었더라면, 지금이라도 지원군이 바닥 난 화포라도 가져올 수 있다면. 성 안 군사들은 시간이 흐를수록 가슴이 타들어가고 있었다.

기껏 해보았자 끓는 물과 불화살을 던지는 것뿐이었다. 이미 모든 걸 간파한 적들은 전보다 더 거세게 돌진해서 또다시 철추로 성벽을 깨부수기 시작했다. 전번에도 쇠망치로 성벽을 두들겼지만 그땐 꿈쩍도 하지 않더니 이날은 성벽도 이젠 지쳤는지 미세한 움직임이 있었다. 그러더니 차츰차츰 움직임의 강도가 높아졌다.

간밤에 밤이 새도록 폭우가 쏟아진 탓일까. 사정없이 내리는 비를 고스란히 맞은 땅은 물러질 대로 물러진데다 쇠망치와 지렛대를 사용하여 성벽을 쌓은 큰 돌을 빼내자 결국 그처럼 단단하던 성벽과 성가퀴가 한순간에 무너져 내리고 말았다. 누군가의 입에서 새된 목소리가 고막을 찢으며 성 안에 울려 퍼졌다.

"성벽이, 성벽이 무너져 내린다아!"

제일 먼저 달려온 김천일과 최경회는 그만 그 자리에 풀썩 주저앉아 버렸다.

"아, 하늘도 우릴 버리시는구나! 이제 어쩐단 말인가!"

새하얗게 비어버린 머릿속에는 그래도 성을 지켜야 한다는 생각뿐이었다.

"그래, 지원군, 지원군이 오지 않느냐? 지금이라도 지원군의 말발굽 소리를 들을 수만 있다면, 이럴 때 기적적으로 위기에 처해있는 우릴 도울 군사들이 몰려온다면. 아, 오랫동안 버티었는데……."

여기저기서 또다시 "지원군이 오지 않느냐?"라는 소리만 난무할 뿐 도무지 이 상황을 어떻게 수습해야 할지 모르고 우왕좌왕할 뿐이었다. 조정도 버린 진주성을 아흐레가 되는 지금까지 그 얼마나 악전고투 끝에 놈들 손에 털끝 하나 다치지 않고 고스란히 지켜오지 않았던가.

양 사방에서 헐레벌떡 뛰어와서 그 광경을 보고 망연자실했다. 이게 무슨 일인가, 지금까지의 그 피눈물 나는 노력은 한순간에 물거품이 되어 버렸단 말인가! 급기야 놀란 병사들이 흩어지기 시작했다. 성벽을 지키던 장수가 이 기막힌 상황을 무마해 보려다 달아나는 군사들 등 뒤에서 오열을 토해냈다.

무너진 성벽 사이를 뚫고 적들이 밀려들어오기 시작했다. 제일 먼저 가토의 부하인 모리모또, 아이다와 구로다의 부하인 고또, 노무라 호리 세 병사가 먼저 들어왔다. 적들은 진주성 전투의 첫날부터 아흐레가 되는 지금까지 갖은 방법을 동원해도 뜻을 이루지 못하다가, 운 사납게도 간밤의 폭우로 인해 끝내 성벽이 무너지자 순식간에 성 안에 몰려들어와 괴성을 지르며 미친 듯이 날뛰었다.

"아! 하늘은 기어이 조선을 버리시는구나, 이 고립된 성 안 군사들을 이처럼 버리신단 말인가! 이제 어쩌란 말인가!"

모두들 하늘을 우러러 절규했다. 그 광경을 주시하고 있던 왜군 주력 부대는 이제야 살았다는 듯이 아우성치며 성 안으로 몰려들었고, 흩어져 있던 적군들 역시 기고만장하여 그쪽으로 우르르 쏟아져 들어오기 시작했다. 삽시간에 성 안은 추악한 적들의 소굴이 되어버렸다.

그처럼 기다리던 지원군은 끝내 오지 않고, 여드레 동안의 피눈물 나는 대항도 백지화되어 이처럼 허무하게 놈들의 손에 더럽혀지다니! 이제 성 안 병사들도 어쩔 도리가 없었다. 현실 그대로 받아들이고 맞닥뜨리는 수밖에 달리 도리가 없었다.

적군의 괴성 소리, 아군의 치를 떠는 소리에 뒤덮인 성 안은 그야말로 아수라장이 되어버렸다. 말 그대로 피를 부르는 전쟁이었다. 죽고 죽이는 처참한 광경이 눈 깜짝할 사이에 벌어졌다.

이미 성벽을 무너뜨리면서 동문 쪽에 배치되었던 수성군을 모조리 제거한 적군은 끊임없이 밀고 들어와 얼마 남지 않은 조선군과 처절한 백병전을 벌여나갔다.

서도식 역시 논개와 함께 이곳까지 밀려왔다. 서도식은 젊은이답게 이리저리 칼을 휘두르며 적들을 해쳐나갔지만 그녀를 보호하기 위해 마음대로 싸울 수 없었다. 서도식은 한편 싸우면서 논개와 함께 성을 빠져나갈 길을 찾았다. 정신도 없는 중에도 그녀만은 살아야 한다는 생각뿐이었다.

요행히 적들이 한쪽으로 쏠린 틈을 이용해 재빨리 논개를 말에 태우고 번개같이 성 밖을 뛰쳐나가려는 찰나, 그만 서도식도 논개도 놈들의 칼날을 피할 수 없었다. 그 자리에서 붉은 피가 흘러내렸다. 서도식은 논개에게서 흘러내리는 선혈을 보자 갑자기 돌아서서 짐승과 같이 울부짖었다.

"이놈들, 오늘 서도식의 칼 맛을 한 번 톡톡히 보여주마."

그는 성난 사자같이 덤벼들었다. 서도식으로선 목숨을 건 싸움이었다. 자신은 이미 목숨을 바친 몸이지만, 가녀린 여인인 그녀만은 어떻게든 무사해야 한다는 생각에 비호같이 달려들었다. 서도식이 너무 완강하게 달려들자 적들은 주춤하더니 갑자기 뭔가 생각난다는 듯이 백성들이 밀려 나가는 곳으로 쏜살같이 달려갔다. 그 틈을 이용해 서도식은 죽을힘을 다해 달려 나왔다.

수적으로 밀리고 무기에 밀린 조선군은 아무리 목숨 걸고 싸운다 해도 당치도 않는 싸움이었다. 그렇게 놈들의 칼날 아래 진주판관 성수경이 쓰러지자, 뒤이어 그를 따르던 병사들 또한 전사하거나 퇴로가 막혀 전멸하는 사태가 벌어졌다. 목숨이 끊어지는 순간까지 적군의 칼날과 맞서 싸우던 용감무쌍한 전우들.

1차 진주성 대첩 때도 큰 공을 세운 정대보 역시 이날도 그 무시무시한 놈들 앞에서 조금도 두려움 없이 싸우다가, 활도 칼도 모두 바닥나자 끝내 맨주먹으로 수십 명을 쓰러트리고 '조선 만세'를 외치며 장렬한 최후를 마쳤다.

성 안 군사들은 용감했다. 시퍼런 칼날 앞에서도 끝까지 싸우다 목숨을 바친 거룩한 용사들이었다.

돌팔매질로 새나 산짐승을 잡아서 홀어머니를 극진히 모시던 효자로 소문난 조 씨 역시 대단했다. 조 씨는 주위에 있는 돌을 수북이 쌓아놓고 손에 잡히는 대로 주워서 적들을 향해 집어 던졌다. 조 씨의 돌팔매질에 맞는 적군마다 그 자리에서 폭폭 쓰러졌다.

원래 함안에서 홀어머니를 모시고 살던 조 씨는 타고난 논밭때기도 없는지라, 어릴 때부터 밥만 먹으면 하릴없이 산으로 올라가 돌팔매질하는 것이 그의 유일한 소일거리였다. 심심풀이로 한 돌팔매질이 쌓이고 쌓여서 나중에는 나는 새도 떨어트릴 만큼 그의 실력은 대단했다. 그러자 그는 산짐승을 잡아서 홀어머니를 봉양하며 살았다.

그러던 중 일본군에게 쫓겨 진주성에 피란을 오게 되었고, 이에 성 안의 군사가 되어 돌팔매질로 무려 1백여 명의 적군을 쓰러트렸다. 그러나 그에게도 한계가 있었다. 적은 많고, 더구나 조총을 쏘아대며 달려드는 적들을 돌팔매질로 감당할 수가 없었다. 결국 그도 많은 적군을 쓰러트리고 무자비한 적들의 칼날 아래 쓰러질 수밖에 없었다.

그야말로 성 안은 말 그대로 피바다를 이루었다. 병사들의 신음소리, 조총 소리, 칼과 칼이 부딪치는 소리, 인간 세상에선 차마 겪지 못할 최악의 상황이 벌어졌다.

성을 침범당한 조선 군사들은 목숨이 붙어 있는 한 맨주먹으로, 무딘 창검으로, 적군과 맞부딪쳐 싸우면서 한편으로는 후퇴하면서 모두가 촉석루 쪽으로 밀려나고 있었다. 이미 그들의 옷은 붉은 피로 물들어져 있었으며 다가오는 적들을 물리칠 아무런 무기도 없었다. 성 안의 5만여 명의 백성들도 방어군을 따라 밀리고 밀려서 강가로 밀려나고 있었다.

우선 놈들의 창칼을 피해 계속 밀려나는 그 끝자락은 시퍼런 물결이 넘실거리는 남강이었다. 5만여 명의 피란민들이 물결처럼 떠밀리며 가는 곳은 다름 아닌 남강의 물속이었다.

간밤의 폭우로 인해 이런 엄청난 결과를 빚게 하더니, 여름 한낮의 햇살은 불을 뿜는 듯했다. 따가운 햇살 아래 덧없이 밀려가는 백의민족의 목숨은 경각에 달렸지만, 더러운 적군에게 짓밟히지 않으려는 듯 그들의 가야할 길은 깊이를 알 수 없는 미지의 세계였다.

정기룡의 부인 강 씨도 적삼에다 혈서를 써서 정기룡에게 전하게 하고, 그 길로 시어머니와 시누이와 함께 촉석루로 가서 지체없이 남강에 몸을 던져 그녀들의 순결을 지킨 백의민족의 여인들이었다. 수많은 백성들이 남강에 몸을 던지고 살아남은 자들은 겨우 몇 명에 불과했다. 정기수는 그 중에 한 사람으로서 산증인이 되었다.

백성들이 적에게 밀려 떠다니다가 결국 마지막 길인 남강에 몸을 던지는가 하면, 장대(將臺)가 서 있는 촉석루 방면에서는 마지막 남은 혈기로 치열한 전투가 벌어졌다.

이제 성 안 군사들에겐 믿을 건덕지라곤 아무것도 없다. 조금만이라도, 조금만이라도 원병이 달려온다면, 저렇듯 날뛰는 적군을 당장 박살낼 수 있을 텐데, 얼마나 기다리던 원병이었던가. 눈이 시리도록 안타까이 기다리던 원병도 이젠 한낮 과거로 돌아가 버렸다.

이제 남은 거라곤 남강 변에 높이 서 있는 장대에 올라가서 숨이 끊어지는 순간까지 장렬히 싸우다 가는 것뿐이었다. 남은 병사들과 적군은 세상 어디서도 볼 수 없는 불을 뿜는 전투가 벌어졌다.

그때였다.

"그래, 이 버러지 같은 놈들아! 덤빌 테면 덤벼라. 이 심우신이 살아있는 한 너희들을 한 놈이라도 더 쳐 죽이고 나도 조선인답게 깨끗이 죽어 주마."

갑자기 심우신이 천지를 울리는 듯한 소리를 지르며 촉석루에서 뛰어내려 적진 앞으로 우뚝 나서자 순간 적군들은 주춤했다. 조총과 화살이 번개 치듯 날아드는 적진 속에서 위풍도 당당하게 얼마 남지 않은 화살을 적을 향해 쏘아 댔다. 처음엔 주춤하던 적들도 그의 화살에 적군이 가차 없이 쓰러지자 대항하기 시작했다.

그는 적군의 총알을 이리저리 피해 가며 남은 화살이 다 소진될 때까지 쏘다가, 끝내 화살이 떨어지자 활을 휘두르며 싸웠다. 그러나 활마저 두 동강이 나자 홀연히 촉석루로 올라가더니 청아한 꽃잎처럼 남강으로 날아들었다. 그 광경을 지켜보던 적들은 조선군의 기개에 혀를 내둘렀다. 한동안 적들도 멍해져 있었다. 과연 조선인이로구나!

한편 서도식과 싸우던 적군들은 피비린내로 난장판이 된 격전지로 몰려들어 창을 휘두르는 가운데, 연신 누군가를 열심히 찾고 있는 눈치였다. 오래전부터 상금이 붙어있는 논개. 그러나 이미 논개는 부상을 입고 구사일생으로 이곳을 빠져나간 후였다.

심우신 장군에 이어 도탄 의병부장 이잠 역시 하늘을 우러러 탄식했다.

"하늘이 우리를 돕질 않아 적의 무자비한 창검이 이 지경에 이르도록 하였구나. 임금님과 부모님께 충효(忠孝)를 다하지 못하고 오히려 심려를 끼쳐드려 죄송하게 되었지만, 살아서 내 나라를 지키지 못하니 놈들에게 더럽혀지기 전에 죽음으로써 그 은혜에 조금이라도 보답할까 하노라."

그는 무심히 떠다니는 구름을 바라보며 조선의 운명에 눈물지었다. 그런 뒤 옷매무새를 단정히 하고 임금님이 머물고 있을 북쪽을 향하여 네 번 절하고, 막빈들에게 천근이나 되는 입을 열었다.

"적의 탄환이 내 몸을 뚫고 지나갈 바에야 차라리 적진에 들어가 적을 하나라도 더 무찌른 후에 나도 죽으련다."

말을 마치자마자 번개같이 말을 몰아 총알이 빗발치는 적진 속으로 뛰어 들어가 종횡무진으로 화살을 쏘아대자, 함부로 덤벼들던 적군이 추풍낙엽처럼 쓰러졌다. 이윽고 활도 끝장이 나자, 창검을 꼬나잡고 홀로 이리 뛰고 저리 뛰며 닥치는 대로 찌르고 베다가 끝내 그 또한 쓰러져버렸다.

조선의 영웅들, 내 조국을 위해 검을 들고 나선 병사들이 맥없이 쓰러져 갔다. 그런가 하면 손자와 할아버지가 함께 참전했다가 할아버지 정관윤이 쓰러지자, 손자 정열이 분에 못 이겨 괴성을 지르며 적진에 뛰어들어 마구잡이로 창을 휘두르다가 힘이 다하여 쓰러져갔다. 할아버지와 손자, 아버지와 아들, 수도 없이 많은 백성들이 조선의 내일을 걱정하며 사라져 갔다.

전쟁을 밥 먹듯이, 살육과 도륙을 장난삼아 하는 극악무도(極惡無道)한 오랑캐들 앞에 얼마나 많은 장군들과 장수들, 백성들이 무참히 쓰러져갔는가.

적반하장이라더니 오히려 1차 진주성 때 복수 차원에서, '진주성의 적은 단 한 명도 남기지 말고 전원 도살하라'는 무시무시한 명령을 따라, 인간의 존엄성이란 손톱만큼도 찾아볼 수 없는 무지한 사무라이들이 닥치는 대로 무자비한 살육을 했다. 그리하여 왜적들은 끊임없이 혈로를 추격하여 진주성 방어군이 있는 촉석루까지 들이닥쳤다.

몸이 불편한 김천일이 그 꼴을 보고서도 활 한 번 쏘지 못하고 앉아서 일어나지 못하자 큰아들 상건과 양산숙이 그를 부축했다.

그들은 절규했다, 조선의 앞날 앞에서. 여든 살의 문홍원은 최경회를 호위하고, 오빈과 김인혼과 고경원은 고종후를 도와 주상이 머물고 있는 북녘을 향해 두 번 절을 올렸다.

최경회는 그제야 생각난다는 듯이 논개의 안부를 물었다. 옆에 있던 팔순 노인 문홍원이 송구한 듯 간략하게 말했다.

"예, 기어이 서도식과 마님이 놈들의 총검에 부상을 당했는데, 요행히 적군의 포위망을 뚫고 이곳을 피해 갔답니다."

최경회는 말문을 잃어버렸다. 어릴 때부터 갖은 고난을 겪은 논개를 자신이 지켜 주겠다고 그토록 마음속으로 다짐했건만, 이 무슨 신의 장난이 이토록 가혹할 수 있을까! 모쪼록 논개만은 잘 살아 주기를 바랄 뿐이었다. 아직 논개의 생각에서 깨어나지 못하고 있는데, 군관 조인호가 김천일을 똑바로 바라보지 못하고 울면서 말했다.

"주장 어른께서는 어찌하시렵니까?"

"처음 의병을 일으키던 날, 나는 이미 죽음을 각오했네. 그러나 아직 젊은 그대들이 나를 믿고 이곳까지 따라와 주었는데 이 지경에 이르렀으니 내가 얼굴을 들 수 없네. 자네들은 놈들의 눈을 피해 집으로 돌아갈 수 있거든 그렇게 해."

"저희들도 주장 어른과 다를 바 없습니다. 사내대장부가 전쟁에서 패하고 도망간다는 건 있을 수 없습니다."

김천일은 또다시 자신을 부축하고 있는 양산숙을 돌아보며 말을 이었다.

"자네는 헤엄을 잘 치니 지체 말고 남강을 건너가서 후일을 도모하여 다시 의병을 일으키게. 그리고 저 패악 무도한 오랑캐들을 반드시 멸해야 하네."

"아닙니다. 지금까지 저에게 그렇게 가르치지는 않으셨어요. 지금까지 주장 어른을 모시던 제가 어떻게 주장 어른을 버리고 저만 살 길을 찾아 나서겠습니까. 주장어른이 가시는 길을 저도 따라 가렵니다."

그 틈새를 뚫고 망연히 서 있는 최경회 장군에게 누군가 말했다. '성을 탈출하여 후일을 도모하자고.' 그러나 최경회는 단호히 말했다. "나라의 두터운 은혜를 입어 이 성을 맡았으니 성이 없으면 나 또한 있을 수 없다."라고 말을 하더니 조카 홍우를 불렀다.

"홍우야 너는 꼭 살아남아서 이 칼과 청산백운도와 조복을 너의 아버님에게 전해라.(청산백운도는 무주 대첩 때 적장의 품속에서 빼앗은 고려 공민왕이 그린 그림.) 내가 죽은 줄 알면 반드시 기병하실 것이니 이것을 증표로 삼아라. 그리고 논개를 잘 부탁한다."

앞서 그가 진도군수로 있을 때 읊은 시 가운데 "전란이 없어 칼이 운다."라는 내용의 시가 있었다. 이제 전란을 맞아 그는 큰 공을 세웠다. 홍우는 숙부의 목을 껴안고 대성통곡을 하며 숙부께서 내리는 물건을 받아 말안장에 매달고 지체할 시간도 없어 그 길로 급히 성을 빠져나갔다.

이제 때가 되었다고 생각한 최경회는 의연히 자리에서 일어나 김천일, 고종후와 함께 촉석루에 올라갔다. 한낮에는 무더위가 기승을 부리더니 밤이 되자 비가 내리기 시작했다. 점점 빗방울이 굵어지더니 밤이 깊어질수록 폭우로 변했다. 지척을 분간할 수 없는 칠흑 같은 밤, 조총 소리도, 병사들의 신음 소리도 폭우 속에 묻혀버렸는지 다만 억수같이 쏟아지는 빗소리만 들릴 뿐이었다.

세 장수는 옥루에 올라서서 비록 육안으론 보이지 않지만, 천천히 사방을 빙 둘러보니 감개가 무량했다. 장대비는 사정없이 퍼붓는 가운데 세 장수는 비통함을 금치 못하고 서로의 얼굴을 바라보았다.

"아! 하늘은 우릴 돕지 않는구나. 이 조선을."

세 장수는 피를 토하는 심정으로 조선의 앞날을 바라본다.

조정도 버린 성을 지키기 위해 수많은 장수들의 목숨을 앗아간 진주성. 그처럼 장수들과 병사들의 피눈물 나는 노력에도 결국 놈들의 손에 넘어 가야 하다니. 최경회는 간장이 녹아나는 듯한 심정으로 그 자리에서 시 한 수를 읊었다.

촉석루의 세 장사는
잔을 들고 웃으며 강물을 가리키노라
강물은 변함없이 도도히 흘러가니
저 물이 변함없이 흐르는 한 혼은 죽지 않으리!

矗石樓中三壯士
一杯笑指長江水
長江之水流滔滔
波不渴兮魂不死

다 읊고 나서 주상이 있는 북쪽을 향하여 네 번 절하고 경상우도 병마절도사인을 안고 속절없이 푸른 물이 넘실거리는 남강에 몸을 날렸다. 그들 모두가 힘이 다할 때까지 싸우다가 홀연히 무기를 강물에 내던지고 굽이쳐 흐르는 촉석루 절벽 아래 수십 길이나 되는 남강에 몸을 던졌다.

진주성을 놈들의 손에 넘기지 않으려고 10만 대 6천이란 악조건 속에서도 목숨을 내건 의병들과 8일 간을 고스란히 사수했지만, 결국에는 천재지변으로 인해 성이 함락되고 조선의 애국지사들이 이처럼 안타까운 최후를 마쳤다.

뒤늦게 전 진주 판관 최기필과 그를 따르는 병사들이 막무가내로 쳐들어오는 적들에 떠밀려 촉석루까지 밀려왔다. 최기필이 급히 김천일, 최경회 등의 장군들을 찾았으나 이미 때는 늦었다. 어느 나라에서도 찾아볼 수 없는 훌륭한 장수들, 김천일과 그의 큰아들, 최경회, 양산숙, 그리고 노령인 문홍헌, 고경명의 아들 고종후 등의 일행이 이미 장렬한 최후를 마친 후였다.

최기필은 눈에 불을 켜고 적들을 향해 이리 뛰고 저리 뛰며 닥치는 대로 칼을 휘두르다가 주먹을 휘두르며 눈앞에 보이는 적들을 무수히 죽이니, 아무리 적들일지라도 가는 곳마다 이런 충성스런 장수들에 감동하여 싸우다 말고 넋을 잃은 듯 쳐다보고 있었다.

이제 성 안 병사들은 더 이상 물러설 곳이 없었다. 최기필과 병사들은 최후의 순간임을 깨닫고 미친 듯이 칼을 휘둘러 적들의 마음을 혼란스럽게 했다. 드디어 올 것이 오고 있구나.

"남아 대장부로 태어나서 나라에 아무런 보답도 하지 못했는데, 죽어서 내가 갈 곳이 어디일까?"

최기필은 울음을 삼키며 병사들에게 말하고 북녘을 향해 네 번 절하고, 언제나 변함없이 흘러내리는 남강에 몸을 던졌다. 그가 사라진 강물 위에는 그가 남기고 간 절명시만이 슬픈 듯이 맴돌고 있을 뿐이었다.

의유태어변(義有態漁辨)

서생순차신(書生殉此身)

의가 명확하니 나는 몸을 던지리

이처럼 조선의 장수들이 차례차례로 몸을 던지는 참극이 일어났다. 그러나 놈들은 한 치의 양보도 없이 지구 끝까지 따라가서라도 조선인들을 모두 살육을 하고 말겠다는 패악 무도한 악인들이었다.

그때까지도 살아남은 오유, 강흥덕 그리고 김극후와 김극순 형제를 비롯한 10여 명의 장수들도 결코 비굴하지 않고 조국을 위해 마지막까지 창검을 휘두르다 결국 순절하고 말았다.

마지막까지 남은 장수는 김해부사 이종인과 얼마 안 되는 병사들이었다. 이종인 또한 화살이 바닥날 때까지 활을 쏘다가 화살이 바닥나자 궁시를 버리고 창과 칼 등의 짧은 무기를 단단히 거머쥐고 한손으로는 왼쪽 적을 베고, 또 한손으로는 오른쪽 적을 단칼에 무찌르니 순식간에 적의 시체가 길을 메웠다.

그러자니 적들도 그냥 있지 않았다. 시간이 흐름에 따라 이종인은 온몸이 창에 찔리고 화살에 맞아 피투성이가 된 채 촉석루 절벽 쪽으로 밀려나고 있었다. 그는 최후의 순간임을 직감하자 달려드는 적군을 양쪽 겨드랑이에 껴안고 "김해부사 이종인이 여기에서 죽노라!" 하며 벼락같은 고함소리와 함께 영원히 돌아올 수 없는 남강의 물속 깊숙이 잠적해 버렸다.

이종인, 그는 위기에 처한 진주성을 구하고자 모두가 등을 돌린 진주성을 제일 먼저 들어왔다가 마지막 순간까지 남아서 혼신의 힘을 다해 싸우다가 이처럼 용렬(勇烈)하게 순절했다.

상처가 생각보다 너무 깊었다. 옆구리에 깊숙이 들어간 상처 때문에 논개는 정신을 잃었다. 다행히 서도식은 다리에 자상을 입었다. 출혈이 심하고 무척 아팠지만, 우선 논개부터 살려 놓아야 한다.

마침 산속 깊숙이 숨어 있던 손녀 향이와 김 노인이 그들을 지극정성으로 상처를 치료해 주었다. 일찍이 아랫마을에 살던 김 노인과 손녀는 전쟁이 깊어짐과 동시에 왜군들의 행패가 극에 달하자, 다 큰 손녀를 이끌고 산속 깊숙이 들어와 살고 있었다.

그러잖아도 손녀와 김 노인은 선견지명이 있었던지 응급 처치 약으로 산속에서 틈틈이 채취해 놓은 약초도 준비되어 있었다. 꼬박 이틀 동안 그들의 지극한 정성으로 간신히 정신을 차릴 수 있었다. 그제야 진주성 생각이 났다. 당장 달려가고 싶지만 상처가 깊어 움직일 수 없었다.

왜군들의 눈을 피해 진주성 가까이 가본 김 노인은 발걸음을 떼어놓을 수 없었다. 이미 전쟁은 승부가 가려졌다. 성 안의 장군들은 놈들의 손에 더럽혀지지 않으려고 남강에 몸을 던진 후였다.

최경회 장군, 김천일 이하 조선의 모든 장군들이 남강에 투신하였다. 촉석루의 장대마저 함락되고 진주성 방어군이 이미 전멸된 것을 확인했음에도 놈들은 무언가 열심히 찾고 있는 눈치였다. 적군은 이제 성 안에 들어가서 제 세상을 만난 듯 날뛰었고, 도요토미의 명을 따라 아직도 남아있는 피란민들의 대학살을 이어갔다. 닥치는 대로 창으로, 검으로, 조총으로 피란민들을 아무 거리낌 없이 도륙했다.

전쟁은 인간이 인간을 도륙하고 학살하는 비인간적인 행위라고 하지만, 도무지 인간으로선 할 수 없는 짓이었다. 놈들의 미치광이 짓은 거기에서 끝난 게 아니었다.

여자들의 수난은 차마 눈뜨고 볼 수 없을 만큼 참혹했다. 여자라 하면 나이가 많든 적든 우선 겁간부터 하고, 반항하면 얼굴 가죽을 벗겨내는가 하면 간을 꺼내어 나무에 걸어 놓는 등 정신분열증 환자가 아니고는 할 수 없는 악행을 함부로 저질렀다. 그 외에도 차마 입에 담을 수 없는 짓으로 백성들을 무자비하게 찌르거나 베어서 강물 속으로 밀어 넣었다. 남강은 얼마 못가 인간 도살장이 되어버렸다. 성 안에는 시체가 지천으로 널려 있어 발 디딜 틈도 없었다.

김 노인은 그 광경을 숨어서 목격하고 반은 정신이 나간 상태였다.

"저것들이 도대체 인간의 탈을 쓴 괴물들이란 말인가? 아무리 괴물이라 해도 저럴 수는 없잖은가."

김 노인은 도저히 그 얘기를 할 수 없었다. 아직 상처도 아물지 않았는데 젊은 혈기에 울분을 참지 못하고 진주성으로 달려간다는 건 무모한 일이 아닌가. 그러나 언제까지나 숨길 수 없었던 김 노인은 사실대로 얘기할 수밖에 없었다. 나라님마저 외면해 버린 진주성을 짐승 같은 오랑캐들에게 더럽히지 않으려고 성 안 군사들이 그처럼 생명을 바쳐가며 사수하려 했으나, 결국 짐승의 소굴이 되어 버리고 말았다는 사실을.

논개와 서도식은 정신이 아뜩해져 왔다. 도무지 뭐가 뭔지 종잡을 수 없었다. 논개는 그 얘기를 듣고 자신도 모르게 스르르 정신을 놓았다.

논개가 깨어났을 때는 해가 산허리에 걸려 있었다. 당장이라도 일어나서 그에게 달려가고 싶으나 몸이 말을 듣지 않았다.

놈들의 악행은 끝이 나지 않았다. 살아있는 생명체라곤 하나도 남김없이 쓸어버리려는 심산인지 심지어 짐승마저 그냥 두지 않았다. 그것도 모자라 온종일 광기어린 눈빛과 살기어린 표정으로 무언가 샅샅이 뒤지고 있었다.

미처 순절하지 못한 당진현감 송제는 적들에게 붙잡히고 말았다. 그는 포로가 되기 전에 조카에게 형님에게 보내는 편지를 썼다.

"내 몫까지 부모님 잘 모시고, 내 뼈는 촉석루 아래에서 거두어 주십시오."

그는 또 함께 싸우던 결성군수 김응건에게도 절명시를 주었다.

그대 능히 몸 바쳐서 허원 되기 기약하나
어찌 알리, 이 몸이 장순이 못됨을

가토 가요마사가 직접 송제를 심문하며 항복할 것을 종용했으나 씨알도 먹히지 않았다.

"내 머리를 자를지라도 너희 놈들에게 무릎은 꿇지 못한다."

비록 적이지만 가토도 탄복했다. 어찌 조선에는 충신들이 이처럼 많으냐고. 조선은 군자의 나라라고 하더니 전쟁을 일삼는 일본과는 너무 다르잖아. 후에 송제를 동문 밖에 묻고 〈조선의사 송제의 묘〉란 팻말을 세워주기까지 했다.

진주성은 밤이 깊도록 피비린내로 진동했다. 사위는 칠흑 같은 어둠에 잠겨 있고 간간이 어둠을 헤집고 새어나오는, 아직도 목숨이 다 끊어지지 않은 인간들의 신음 소리는 몸서리치도록 끔찍했다. 이튿날도, 그 이튿날도 진주성 안에서의 무차별한 살육은 그칠 줄을 몰랐다.

왜군들이 성 안 백성들과 온 마을을 휩쓸며 갖은 악행을 저지를 때, 논개와 서도식은 김 노인과 손녀 향이의 지극한 정성으로 위급한 상황에서 간신히 벗어날 수 있었다. 심각한 상처로 인해 그들은 옴짝달싹도 하지 못했지만 일어난다 한들 미치광이 짓을 하는 왜적들은 이미 그들의 손에서 벗어난 지 오래였다.

이제 그들의 힘으론 아무것도 할 수 없었다. 당장 달려가서 왜군들을 씨도 남기지 않고 작살을 내고 싶었지만 기적이 일어나지 않는 한 건잡을 수 없는 오랑캐들의 만행을 강 건너 불구경하듯 바라볼 수밖에 없었다.

논개와 서도식은 성 안에서 장수들과 함께 최후를 마치지 못한 것이 한스러울 뿐이었다. 하나밖에 없는 생명을 나라를 위해 바친다면 그보다 더 큰 영광이 어디 있겠는가.

이러한 상황에서 서도식과 논개는 후일을 도모하는 게 최선의 길이라는 결론을 내린 후, 서도식은 적들의 손에 철저히 망가진 조선의 후일을 도모하기 위해 산속으로, 산속으로 말을 몰았다. 논개 역시 그냥 가만히 앉아서 당할 수는 없었다.

"논개야, 모쪼록 훌륭한 사람이 되어라."

새삼 아버님 어머님의 말씀이 귀에 쟁쟁하다.

'내 조국을 이처럼 폐허로 만든 왜군들을 힘이 닿는 한 철저히 복수하리라. 그러지 않는다면 함부로 죽을 수도 없다.'

한바탕 거대한 폭풍이 휘몰아친 진주성에는 피비린내만이 코를 찌르고, 그것도 성이 차지 않는지 왜군들의 행패는 그칠 줄 모르고 이어지고 있었다. 적들은 이미 인간이기를 포기한 악마처럼 틈만 나면 포로로 붙잡혀 있는 백성들을 끌어내어 짐승보다 더 악랄한 방법으로 목을 치는 것을 예사로 행했다.

"마님, 아랫마을에 내려갔더니 일본군들이 대부분 가고, 무엇이 그리 아쉬운지 일부는 남아서 7월 칠석날 촉석루에서 승리의 축제를 한다고 기생이란 기생은 다 동원한다고 야단들인가 봐요."

순간, 논개를 붙잡고 놓지 않는 그 무엇이 있었다.

"그래, 그거야."

그날로부터 논개는 아직도 상처가 아물지 않았지만, 무언가 향이에게 다짐을 받는다.

풀 냄새, 소나무 향이 가슴 가득 스며든다. 그와 함께 했던 나날들이 가슴을 헤집는다. 그와 함께 했던 진주성의 나날들, 적은 군사로서 10만의 적군을 이겨 보리라 그처럼 혼신의 힘을 다해 싸우던 훌륭한 병사들. 아직 이곳까진 놈들의 손이 닿지 않았지만, 향이도 논개도 행동 하나에도 조심을 해야 한다.

그로부터 향이는 변장을 해가며 마을로 내려가는 것을 잊지 않았다. 그러잖아도 향이는 같은 여자이지만 논개의 아리따움에 마음을 빼앗기지 않을 수 없었다. 매혹적인 눈매와 새하얀 피부, 버들 같은 허리는 충분히 향이의 마음을 사로잡았다. 그녀들은 어느새 친자매나 다름없었다. 향이 역시 이제 막 피어날 17살의 나이로 논개와 비밀을 주고받는 아주 가까운 벗이 되어 주었다.

_ 12 _

칠월 칠석

아침부터 왜군의 잔류(殘留)들이 촉석루로 꾸역꾸역 모여들고 있었다. 그 중에는 부상을 입은 자들, 병이 깊어 걸음도 간신히 걷는 자들, 금방 보기에도 얼굴에 개기름이 번지르르한 자들, 각양각색의 오랑캐들이 연회장으로 모여 들기에 바빴다.

그런가 하면 강제로 끌려오는 조선의 여인네들, 마지못해 끌려오는 기녀들로 촉석루로 향하는 길은 발 디딜 틈이 없을 정도로 행렬이 이어졌다. 왜적들은 무엇이 그리 신이 나는지 부상자들이나 개기름이 번지르르한 장군들이나 연신 싱글벙글이다. 마음 같아선 면상에다 폭탄이라도 던져버리고 싶지만 그럴 수도 없었다.

1241년(고종 28)에 창건하여 수차례의 중건과 보수를 거쳐, 1365년(공민왕 14)에 창건하였다는 설도 있는 촉석루는 진주의 상징이자 영남 제일의 명승이다. 남강 바위 벼랑 위에 자리한 촉석루는 진주성과 남강과 잘 어우러져 절경을 이루고 있다. 전쟁이 일어나면 진주성을 지키는 지휘 본부였고, 평화로운 시절에는 선비들이 풍류를 즐기는 곳이며, 때로는 과거를 치르는 고사장이기도 했다.

드디어 풍악이 울리고 춤과 노래가 울려 퍼지자 거나하게 취한 적군들은 진주성을 빼앗은 승리의 축제라며 절름발이도, 병이 깊어 당장 쓰러질 것 같은 자들도 일어나 마치 신들린 것처럼 이리 뛰고 저리 뛰며 야단들이다.

향이는 논개의 심부름으로 옥가락지를 어제까지 간신히 열 개를 구할 수 있었다. 무엇에 쓰는지 정확히는 모르지만 어쩐지 불안했다. 논개 마님에게 기어이 사유를 물으면 얘기할지도 모르겠지만 마님의 얼굴이 너무나 근엄해서 차마 말을 꺼낼 수 없었다.

논개는 아직도 상처가 완전히 아물지 않았지만 행동에는 별 지장이 없었다. 간밤에는 향이를 부르더니 나중에라도 서도식이 오거든 전해주라며 편지 한 장을 건네주었다. 왠지 마음은 걷잡을 수 없이 뛰었다.

가슴을 헤집는 논개의 마음과는 달리 아침부터 날씨는 맑았다. 그처럼 극성을 부 리던 날씨는 이날따라 제법 가을 분위기를 자아낸다. 논개는 새벽부터 일어나서 목욕재계하고 몸단장을 단정히 했다. 곱게 분칠을 한 발그스름한 얼굴은 마치 그리운 님이라도 만나러 가는 것 같은 조금은 흥분된, 조금은 들뜬 기분이었다.

7월 칠석, 견우직녀가 1년 만에 해후하는 날이다. 마님도 그리운 님을 만나러 가는 길일까? 그간의 정을 아쉬워하며 향이와 작별한 후 논개는 걸음을 재촉하여 산길을 내려왔다. 산 위에는 성급한 잎사귀들이 가을을 담아내고, 하늘은 가없이 푸르고 투명했다. 그와 함께 했던 가을날도 이처럼 산뜻했을까?

산길을 내려오자 멀리 형체만 남은 진주성이 가슴을 서늘하게 한다. 그곳에서 적들을 물리치느라 그 얼마나 고군분투했던가. 그러나 끝내…… 논개는 가슴이 떨려온다.

아름다운 남강과 절벽에 지어진 진주성은 고려 시대에서 조선 시대까지의 흔적을 찾을 수 있는 역사의 보고인 귀중한 성을 저렇듯 망가뜨려 버리다니.

원래 진주성은 토성이던 것을 고려조 우왕 5년에 진주목사 김중광이 석축하였다고 한다. 그렇듯 견고한 돌을 드러내고 높다란 장벽을 허물어뜨려 다시는 성벽의 구실을 할 수 없도록 철저하게 무너뜨려 평지나 다름없이 만들어 버린 왜적들. 논개는 분함을 이기지 못해 몸을 부르르 떨었다.

그와 함께 했던 진주성에서의 9일간의 일들이 주마등처럼 떠오른다. 10만이 가까운 포악무도한 왜군을 단 6천 명의 군사로서 당해내기엔 힘겨웠던가. 그러나 8일간은 거뜬히 사수하지 않았던가. 비만 오지 않았더라도, 무기만 충분히 있었더라도, 단 얼마만큼이라도 지원군이 와 주었더라도 충의에 불타는 우리 적은 군사로서도 거뜬히 이길 수 있었을 텐데.

촉석루가 가까워지자 분에 못 이겨 어찌할 바를 몰랐지만 가까스로 마음을 진정시키고 한 걸음 한 걸음 그의 곁으로 가고 있었다. 촉석루에는 이제 한창 흥이 나는지 징소리와 꽹과리가 울려 퍼지는 사이로 가냘픈 가야금 소리에 맞추어 기녀들의 간드러진 노래소리가 끊이지 않고 이어진다.

'여보, 오늘이 칠월 칠석, 내 나라를 폐허로 만든 오랑캐들이 감히 내 땅에서 잔치를 벌인다나요. 그 꼴을 어떻게 보겠어요. 생전에 불러 보고 싶었던 '여보'라는 말을 당신이 안 계신 이 땅에서 하게 되네요. 제겐 당신이 감히 쳐다볼 수도 없을 만큼 너무나 높고 위대한 분이었으니까요. 제겐 하늘과 같은 당신의 비보를 듣고 제가 어떻게 숨을 쉴 수 있었겠어요. 비록 험악한 전쟁터였지만 당신의 숨결이 가까이 있고, 당신의 그림자가 제 곁에 있다는 것만 해도 제겐 행복이었으니까요.

여섯 살 아이가 무얼 알았겠어요. 동헌 뜰 마루 위에 높이 앉아 계시던 당신이 어쩌면 어린 제 눈에 그리도 멋있어 보이던지요. 그때부터 저는 당신을 한 시도 놓아본 적이 없었어요. 어렵사리 당신과 혼인을 하고 당신과 함께 한, 일 년도 채 안 되는 시간들이 제겐 너무나 소중한 시간들이었어요.

여보, 이제 당신 곁으로 한 발 한 발 가까이 다가가고 있어요. 우리가 진주성에서 헤어진 지 보름도 채 안 된 것 같은데 당신이 어찌 그리 뵙고 싶던지요. 보아도, 보아도 도무지 싫증이 나지 않는 당신의 그 인자하고 자상하신 모습, 하늘에도, 길에도 심지어 저 푸른 나무들 위에도 오직 당신의 모습만이 겹쳐 떠오르는군요.
아, 남강 언저리에 무궁화가 한창이네요. 우리 민족성을 닮은 무궁화가 바야흐로 7월을 맞아 남강의 길섶에는 이제 한창입니다. 그러나 이날따라 만개한 무궁화가 왠지 쓸쓸해 보이네요. 그러나 내일은 또다시 새로운 꽃을 피워 올리겠지요.
비록 진주성은 천운이 따르지 않아 그렇게 억울하게 함락되고 훌륭한 장군들과 백성들이 목숨을 잃었지만, 아직 남아있는 우리 백의민족들이 또다시 분발할 것입니다. 당신의 가심이, 아니, 이 나라의 모든 장군들, 병사들, 백성들의 죽음이 결코 헛되지 않을 것입니다.
당신, 진주성에서의 며칠 간 얼마나 노고가 컸습니까? 금방이라도 쓰러질 것 같은 허약한 몸으로 오랑캐들을 막아내느라 그토록 노심초사 하셨건만, 기어이 당신은 가셨습니까? 당신을 비롯하여 많은 장군들과 병사들의 그 아름다운 정신이, 조선이 살아있는 한 빛을 발할 것입니다.'

무궁화에서 눈을 떼어 멀리 진주성을 바라보니 그 웅장하던 성은 온데간데없이 허물어져 있었다. 그 옆에 날아갈 듯이 서 있는 촉석루는 순식간에 도둑의 소굴이 되어 지금 몸살을 앓고 있다.

'여보, 우리의 짧은 인연, 못다 한 사랑, 우리 이제 전쟁도, 시기도, 질투도 없는 저 세상에서 다시 만나 이제 그 나라에서 절대 헤어지지 말고 영원히, 영원히 함께 살아요. 당신의 아내, 지금 당신 곁으로 가고 있어요.'

논개는 시야가 흐려져 걸음을 떼어놓을 수 없었다. 이제 머잖아 사랑하는 님을 만난다는 설렘과 혹이나 실패하면 어쩔까 하는 생각이 한데 겹쳐 오히려 으스스한 기분마저 든다.

향이가 소개 시켜준 기녀와 만날 시간은 아직 이르다. 논개는 진주성 한 곳에 몸을 숨기고 기녀가 나오기만 기다리고 있었다. 왜군들이 진탕 마시고 정신을 가누지 못할 때 촉석루 아래로 번개처럼 지나가기로 약속했다. 그 기녀 역시 목숨을 건 모험이었다. 마침 왜군들이 술기운에 정신을 차리지 못할 때를 기다렸다가 논개가 다람쥐처럼 그곳을 무사히 지나갈 수 있었다.

이윽고 촉석루에서 빤히 내려다보이는 남강변 강가, 수면 위로 우뚝 솟은 바위 위까지 그 누구의 제지도 받지 않고 무난히 올라갈 수 있었다. 촉석루에서는 한판 질펀하게 먹고 마시느라 그 누구도 논개를 의식하는 자가 없었다.

논개가 아슬아슬하게 서 있는 바위 아래는 깊이를 알 수 없는 시퍼런 강물이 유유히 흘러내리는 가운데 논개는 금방이라도 뛰어들 듯이 강물을 굽어보고 있었다. 눈을 들어 하늘을 보니 이름 모를 수많은 새의 무리들이 논개의 머리 위에서 슬픈 듯이 원을 그리며 서서히 날고 있다. 과연 미물인 새들도 진주성의 이 통분함을 알고 있을까?

마침 그때 촉석루에서 세상모르고 술을 부어라 마셔라 하며 흥에 겨워 날뛰던 병사 하나가 깜짝 놀라며 논개가 있는 곳을 가리켰다.

"바위 위에 선녀가 서 있다."

병사가 외치는 소리에 모두들 촉석루에서 곧장 내려다보이는 바위 위에 시선이 머물렀다. 자세히 보니 과연 그곳에는 웬 여인이 날아갈 듯한 고운 자태로, 금방이라도 물속으로 뛰어들 것만 같이 바위 위에 아슬아슬하게 서 있었다. 그러자 촉석루에 모인 모든 이들이 순식간에 말을 잃고, 위험천만한 바위 위에 홀로 서 있는 여인을 보느라 정신이 없었다.

"아, 논개다."

누군가의 입에서 '논개'가 거론되자 순식간에 연회석은 물을 끼얹은 듯 조용해졌다. 그러자 너나 할 것 없이 눈에 불을 켜고 논개인지 아닌지 이쪽을 바라보느라 서로 밀치고 당기고 야단들이었다.

논개는 그때야 가지고 온 함을 열어 열 손가락에 반지를 끼기 시작했다. 그리고 최 경회 장군이 시묘살이를 갔을 때 그리움의 글을 담아 낸 편지를 치마 한쪽 말기에 채곡채곡 접어 넣었다. 옥반지를 손가락에 끼자 열 손가락의 반지에서 빛을 뿜어냈다.

촉석루에서 내려다본다는 것을 감지한 논개는 짐짓 슬픈 몸짓으로 연두색 저고리에 열두 폭 다홍 치맛자락을 살포시 휘어잡자, 그 자태가 천상의 선녀였다. 그대로 한 폭의 그림이었다.

이제 술기운은 완전히 사라졌는가. 병사들과 장수들이 전쟁 중에도 최경회의 여인 논개를 모르는 자가 없을 뿐 아니라, 전투 때 무던히도 찾아 헤매던 그녀가 스스로 자신들 앞에 나타났으니 더할 나위 없는 횡재였다. 논개임을 확인하자 병사들이고 장수들이고 모두들 와르르 그곳으로 달린다. 그런 어수선한 중에 벽력같은 소리가 그들의 발걸음을 멈추게 했다.

"뭐하는 거야?"

그는 다름 아닌 게야무라 로그스케였다. 일본군들이 돌아갔다지만, 몇 명의 장군들은 부하들과 함께 아직 남아 있는 상태였다. 사납기 그지없는 왜군들은 당장 그 자리에서 지기들끼리 칼부림이 일어났다. 병사들은 꼼짝도 못하고 두세 명의 장수들이 서로 논개를 차지하려고 순간 칼부림이 일어났지만, 그 중에 임진왜란 때 가장 용맹하고 지혜로운 장군인 게야무라 로그스케가 몇 명의 장군 중에서 압도적이었다.

그는 신검이란 명성을 휘날린 검술 사범으로서 출세한 입지전적인 사무라이였다. 그는 전투지에서 논개를 보자 그녀의 아리따움에 현혹되어 버렸다. 저희들끼리 전쟁 중에도 현상금까지 붙였던 논개가, 그 험한 전쟁 중에 아직까지 살아있어 주었다는 게 고맙기까지 했다. 그런 논개가 지금 제 발로 걸어왔으니 지옥인들 어떠랴. 비록 그녀가 외로이 서 있는 강가의 바위 아래는 시퍼런 강물이 금방이라도 집어 삼킬 듯이 입을 벌리고 있지만 그게 무슨 상관이랴.

그는 모든 이들을 저지하고 촉석루에 모인 잔치꾼들이 뚫어져라 보는 앞에서 당당하게 논개가 있는 곳으로 유유히 걸어갔다. 아니, 달려갔다.

'저렇듯 요염한 자태, 내 일찍이 조선 계집 논개처럼 한 방에 사내를 뇌살시키는 여인은 일찍이 본 적이 없었다. 그녀만 내가 품을 수 있다면.'

술기운 탓에 그는 한층 더 열에 들떠 있었다. 세상이 온통 조선 계집 논개로 가득 찼다.

이윽고 일본 장군이 나타나자 논개는 빨간 치맛자락을 수줍은 듯 살며시 당겨 잡으며 고혹적인 눈으로 그를 빨아들이듯 살포시 웃고 있지 않은가. 앵도 같은 입술에 새하얀 잇속, 백옥 같은 얼굴, 실버들 같은 허리에 맵시 있게 차려 입은 논개를 가까이에서 보자 그는 말문이 막혀 버렸다.

그는 온 전신이 녹아나는 듯한 전율을 느끼며 "논개! 논개!"를 부르며 서슴없이 논개가 서 있는 바위로 성큼 건너갔다. 게야무라로그스케는 서슴없이 논개를 와락 끌어안으려 하자 논개는 예의를 갖추어 저지했다. 그제야 그도 아차, 정신을 차렸다.

조선인은 무례한 섬나라 일본인들과는 달리 예의범절이 투철하며 양반의 나라가 아닌가! 더구나 남녀 간의 사랑임에야 더더욱 그 어떤 예의가 있어야 하지 않은가.

그는 지금까지 거친 전쟁의 소용돌이 속에서 지내왔지만 천하일색 논개에게 만큼은 멋진 사내이고 싶었다. 실은 전쟁에 승리한 장군이 한낱 패배한 조선의 아녀자를 그 자리에서 목을 날릴 수도 있지만, 논개에게 만큼은 멋있는 장군으로 남고 싶었다. 그제야 그는 논개에게 예를 갖추어 정중히 대했다.

"어찌해서 가냘픈 여인의 몸으로 이 위험한 곳에 홀로 서 있습니까?"

천하일색 논개는 양 미간을 찌푸리며 머뭇머뭇하더니 드디어 앵도 같은 입술을 열었다. 그러자 그 자태에 또 한 번 숨이 막힐 것 같은 왜장은 가까스로 정신을 가다듬었다.

"예, 저의 남편이 이번 전투에 패배하고 이 남강에 몸을 던졌습니다. 너무나 애석하고 안타까워 이렇게라도 하지 않으면 낭상 죽을 것만 같아서요."

"정말 유감입니다."

그는 그렇게 말하면서도 논개의 물 찬 제비 같은 몸매를 훑어보느라 정신이 없었다. 논개는 그 눈치를 모를 리 없었다. 구역질이 날 정도로 속이 매스꺼웠지만, 오늘의 거사를 그르칠까 혼신의 힘을 다해 참고 있었다.

문득 보니 건너편 암벽 바위 사이에 무궁화나무 한 그루가 서 있었다. 그리 큰 나무는 아니지만, 가지마다 무궁화가 송이송이 피어서 한낮의 햇살을 즐기고 있었다.

'그래, 바위틈에서도 자라나는 끈질긴 생명력을 가진 무궁화처럼, 충의에 불타는 내 백의민족들이 반드시 저 야만족들을 깨끗이 퇴치하는 날이 올 거야. 삼국 시대부터 우리나라는 주위의 수없는 침략을 받아왔지만 지금까지 거뜬히 지켜온 나라가 아닌가.'

논개는 당장이라도 자신을 죽일 수도, 살릴 수도 있는 무시무시한 왜장이 있다는 것도 잠시 잊은 채 생각에 골똘해 있었다.

"무얼 그리 열심히 생각하십니까? 그대의 수심에 잠긴 애련한 모습이 더 매력적이고 아름답습니다."

아무리 거친 왜적이라지만 그녀 앞에 무릎을 꿇으라고 해도 마다하지 않았을 것이다. 그제야 논개는 정신을 번쩍 차렸다. 갑자기 그가 무서워지기까지 했다. 논개는 얼른 정신을 가다듬고 "죄송합니다. 예의가 아니었습니다."라고 했다.

"하하! 뭘 그렇게 놀랄 것까지는 없고요."

논개의 머리 위에는 여전히 이름 모를 새들이 그 자리를 떠나지 않고 원을 그리며 서서히 날고, 한낮의 햇살은 따가웠다.

'신의 칼'이란 별명을 가진 사내. 6만 명의 조선군을 앗아간 무지한 왜장. 그러나 지금은 바로 눈앞에 있는 조선 계집 논개를 취하려는 생각뿐이었다. 그러나 저렇듯 매혹적인 여인을 한시라도 빨리 안아보고 싶지만 채신머리없이 덤벼들었다가는 오히려 역효과를 가져올 것이 분명하다.

"논개, 오늘이 마침 칠월 칠석, 견우직녀가 만나는 뜻 깊은 날이라고 하던데, 하늘도 당신과 나의 만남을 축복해 주는 게 아닐까요? 오늘 우리가 만난 것도 인연인데 춤이라도 한 번 출까요?"

그가 없는 세상, 그와 함께 목숨을 다해 지키려 했던 진주성이 저렇듯 오랑캐들의 말발굽 아래 허물어져 버렸는데 더 무엇을 바랄 건가.

"여보, 이 땅에서 못다 한 사랑, 우리 그 나라에 가서 영원히 함께 살아요."

논개는 짐짓 의외라는 듯 게야무라를 지긋이 바라보다가 "예, 그래요." 했다.

"논개, 하늘이 맑습니다. 조선에는 이렇듯 아름다운 곳이 많습니다. 아마, 조선인의 마음씨가 이처럼 아름답겠지요."

이윽고 그들은 서로 맞잡고 춤을 추었다. 논개는 왜장의 손길이 몸을 더듬을 때마다 당장 따귀를 후려갈기고 싶었지만 꾹 참았다.

"아버지, 어머니, 당신의 딸 지아비를 위해, 나라를 위해 작은 일이나마 할까 합니다. 도와주세요. 항상 제게 큰일을 할 아이라고 입버릇처럼 말씀하셨잖아요."

논개는 반지를 낀 열 손가락 마디마디에 힘을 주어 왜장이 빠지지 않도록 꽉 끌어안았다. 아무리 무서운 왜장이라 해도 지금은 자신에게 정신이 팔려있다. 어느 정도 춤을 추자 그는 아직 술기운이 남아 있다는 것을 감지했다.

지체해서는 안 된다. 한 번 더 반지 낀 열 손가락이 빠지지 않도록 힘을 주었다. 문득 도도히 흐르는 강물 위에 아버지, 어머니, 꿈에도 그리던 최경회 장군이 논개에게 어서 오라는 듯 손짓하고 있었다.

논개는 눈을 감았다. 지금 발아래는 깊이도 알 수 없는 시퍼런 강물이 당장이라도 온 세상을 집어삼킬 듯이 도도히 흘러가고 있다.

아찔했다. 용기를 내자.

순간 왜장을 끌어안은 깍지 낀 열 손가락에 혼신의 힘을 다해 시퍼런 강물이 요동치는 강물 속으로 왜장을 힘껏 밀었다.

하늘과 땅이 정지되었다.

"풍~덩!"

소리와 함께 깊이를 알 수 없는 강물 속으로 미끄러져 들어갔다. 뒤늦게야 정신이 번쩍 난 장수는 불호령을 쳤지만, 이미 그곳은 전장터가 아닌 깊이를 알 수 없는 깊은 물속이었다. 끝내 소용돌이치는 강물은 그들의 사정을 아는지 모르는지 이리저리 휩쓸리며 그들을 삼켜버리고야 말았다.

주논개, 그녀는 세상에 올 때도 기이하게 왔으며, 세상을 떠날 때도 기이하게 떠났다. 꽃다운 나이로 채 피어보지도 못한 채 나라를 위해, 낭군을 위해 그렇게 속절없이 가 버렸다.

어느새 강물은 그들을 집어 삼킨 채 말이 없고, 논개가 왜장을 안고 뛰어든 시퍼런 강물 위에는 때아닌 노랑, 파랑, 흰색의 편지지만이 강물 위에 떠다녔다. 뒤를 이어 무궁화 꽃이 슬픈 듯이 논개 주위를 떠나지 않고 송이송이 원을 그리며 맴을 돌았다.

전장에 핀 무궁화 (下)

초판 1쇄 인쇄 2019년 05월 08일
초판 1쇄 발행 2019년 05월 15일

지은이 권명애
펴낸이 김양수
표지 본문 디자인 곽세진 **교정교열** 박순옥

펴낸곳 도서출판 맑은샘 **출판등록** 제2012-000035
주소 (우 10387) 경기도 고양시 일산서구 중앙로 1456(주엽동) 서현프라자 604호
대표전화 031.906.5006 **팩스** 031.906.5079
이메일 okbook1234@naver.com **홈페이지** www.booksam.kr

ISBN 979-11-5778-375-5 세트
ISBN 979-11-5778-377-9 (04810)

* 이 책의 국립중앙도서관 출판시도서목록은 서지정보유통지원시스템 홈페이지(http://seoji.nl.go.kr)와 국가자료공동목록시스템(http://www.nl.go.kr/kolisnet)에서 이용하실 수 있습니다.
(CIP제어번호 : CIP2019018088)